DISCOURS DE SAMM
de Victor-Lévy Beaulieu
est le cent quarante-neuvième ouvrage
publié chez
VLB ÉDITEUR.

Victor-Lévy Beaulieu
Discours de Samm
comédie

vlb éditeur

VLB ÉDITEUR
918 est, rue Sherbrooke
Montréal
H2L 1L2
Tél.: 524.2019

Maquette de la couverture:
Mario Leclerc

Illustration de la couverture
et des pages deux et trois:
Gilles Tibo

Photocomposition:
Atelier LHR

Distribution en librairies et dans les tabagies:
AGENCE DE DISTRIBUTION POPULAIRE
955, rue Amherst
Montréal
H2L 3K4
Tél.: à Montréal — 523.1182
        à l'extérieur — 1.800.361.4806
                        1.800.361.6894

pour Céline
de la ruelle Mentana
à cause de
Tomasso Albinoni

J'ai oublié mon masque, et mon visage était dedans.

Kenneth Patchen,
Le journal d'Albion Moonlight

Eh! c'est toujours très laid, un livre! il faut ne pas en avoir fait la sale cuisine, pour l'aimer.

Émile Zola,
L'Œuvre

Jouer la comédie: se comporter avec sincérité dans des circonstances imaginaires.

D.S.
Sélection du Reader's Digest

1

. . . .
. . . . elle dit:
L'hôpital du Sacré-Cœur, énorme bâtisse de briques rouges, avec le rideau des grands arbres devant, et le stationnement toujours plein, et les ambulances qui vont et qui viennent, souvent jaunes et parfois blanches. C'est ce que je vois de la fenêtre où je suis, dans cette chambre qui sent la mort et ce qui pourrit au creux des organes fatigués. Tant de portes et tant de chambres et tant de souffrance! Pourtant, je travaille ici comme infirmière, à mi-temps puisque je suis aussi comédienne, c'est-à-dire ce rêve que j'ai de le devenir, depuis si longtemps derrière moi que j'ignore où ça a commencé, dans quel pays de mes enfances multiples, sans doute à Chicoutimi qui m'a fait venir au monde, à quelques pieds à peine du Saguenay et de la ouananiche. Aussi je m'appelle Samm comme mon père — beau et grand, cette bouche pulpeuse, ces longues dents très blanches, et ce sourire qui avait tout le temps l'air de se perdre dedans. Mon père avait apprivoisé un corbeau, rescapé par lui de la forêt, une aile en démanche et la patte gauche brisée. Une fois guéri, le corbeau n'a plus jamais laissé mon père qu'il suivait partout, juché bien haut sur son casque d'ouvrier, comme heureux d'être simplement là, au-dessus de celui qui lui avait redonné sa vie.

Mais ce n'est ni du corbeau ni de mon père dont je

veux parler. C'est de *lui* que je viens de connaître à l'hôpital. Je suis debout devant la porte de la chambre 411, et je le regarde venir vers moi. Allongé sur une civière, son visage me paraît transparent à force de pâleur. Sa barbe et ses longs cheveux noirs baignent dans le vomi. Je sais qu'on vient de lui faire subir une gastroscopie, et c'est pourquoi le cœur lui lève sans arrêt, parce qu'il faut que quelque chose proteste quelque part (trop d'air projeté dans l'estomac, et ce long tube de caoutchouc entré là de force, avec l'œil microscopique attaché au bout, de quoi déclencher la colère du corps et son inefficace rébellion). Je m'écarte pour laisser passer la civière que pousse cet infirmier tout grimaçant à cause de la bile et des caillots verdâtres qui maculent la barbe et les longs cheveux noirs. Et nous entrons tous dans la chambre. Deux autres patients l'occupent déjà, le premier très vieux et gâteux, qui a pour idée fixe de tout le temps se déshabiller dès qu'on le libère des sangles qui lui emprisonnent les bras, et le deuxième affligé d'un cancer du pancréas qu'après deux mois d'hospitalisation, il persiste toujours à considérer comme une simple mauvaise grippe.

Une fois la civière rangée contre le lit, *il* ouvre les yeux. Les haut-le-cœur n'ont pas cessé, faisant ruisseler la bile dans sa barbe. Il s'assoit dans la civière, se met à fixer le mur devant lui, ses yeux refermés à moitié, et le bout de ses pieds tressautant. Moi je n'ose pas intervenir alors qu'il essaie de se reprendre en mains, toute son énergie passant à calmer son cœur. Il dit: «De l'eau.» Sa voix est chaude, mais avec quelque chose de brisé dedans, qui me fait mal. Comme une volée de petites flèches fiévreuses s'enfonçant dans l'air. À même la carafe sur la table de chevet, je vide de l'eau dans le verre et le lui offre. Il regarde le verre, essaie de sourire, mais ses lèvres trop sèches ne répondent pas. Il dit: «Ça serait bon de boire mais je ne suis pas capable. Ce que je voudrais, c'est un

linge et de l'eau pour me laver la figure.»

Et c'est peut-être ça qui marque le véritable commencement, lorsque je lui apporte la bassine d'eau et cette serviette qu'il flaire avec attention, ce qui me paraît si curieux que je ne peux pas m'empêcher de lui demander: «Pourquoi tu fais ça?» Il me regarde, ses yeux encore plus verts et perçants, et répond: «Un pauvre ne se fie à personne, encore moins aux linges qu'on lui apporte et qui pourraient être pleins de méchant.»

Malgré les haut-le-cœur qui le secouent toujours, il me fait un clin d'œil, et je reste là devant lui, comme attirée souverainement, avec l'envie bizarre de me déshabiller, de me retrouver toute nue pour me frotter à lui, mes seins voyageant dans ses longs cheveux noirs et dans sa barbe, mon ventre s'enfonçant entre ses cuisses fortes et bronzées. C'est la première fois qu'une telle absurdité s'empare de moi parce que j'ai toujours été plutôt prude, sauf en présence de mon père avec qui j'aimais bien dormir nue, fascinée par le contact de la peau sous les couvertures.

Il met du temps à se nettoyer comme il faut, ses gestes semblant venir de très loin en lui. Je trouve qu'il ressemble à une bête blessée et prise dans l'angoisse de la mort possible. Mais cette image me fait mal et je voudrais bien m'en aller pour ne plus me sentir touchée et pour me cacher cette culpabilité qui me vient de m'imaginer nue contre lui, maternelle, mes seins, mon ventre et mes fesses s'offrant pour apaiser sa souffrance.

Heureusement qu'il laisse tomber la serviette dans la bassine d'eau et que, de ses mains tremblantes, il me la tend, disant: «Je te remets la bassine du sacrifice parce que je suis trop épuisé pour aller plus loin.» Cette voix toujours aussi chaude, mais si étrangement cassée, qui me fait tout drôle dans le ventre. Je crois bien que c'est par les yeux surtout que ça se parle, et je suis prise par

eux, ne sachant plus reconnaître qui d'eux ou de la voix me filoute ainsi. Alors je prends la bassine d'eau et je vais la déposer sur la table qu'il y a près de la fenêtre, contente d'entendre enfin les gémissements de l'homme très vieux et gâteux qui s'est réveillé et tente maladroitement de se libérer des sangles qui lui emprisonnent les bras. Ça me fait du bien de me savoir habillée de nouveau, de reconnaître mon uniforme d'infirmière et de me retrouver dans le monde que j'habite depuis tant de mois — rien de plus qu'une garde-malade compatissante, banalement honnête et banalement incompétente. Je calme l'homme très vieux et gâteux, puis je sors de la chambre, le sté-thoscope battant contre ma poitrine. Je me retrouve au poste de garde, presquement terrorisée parce que mon cœur cogne follement et que je me sais les joues très rouges, ce qui m'arrive seulement quand je suis surexci-tée ou complètement épuisée. Je ne comprends surtout pas ce qui s'est passé et c'est ce par quoi je me sens taraudée, moi si ordonnée aussitôt que j'enfile mon uniforme d'infirmière et que je ne laisse plus en moi aucune place à la comédienne que je rêve d'être. Je fais semblant de m'enfoncer très creux dans les rapports que je dois remplir, mais je ne fais que penser à mon inquiétude, à ce qu'il y a de profondément irrationnel en elle. Aussi je sursaute lorsque l'infirmière-chef me dit: «On vous réclame à la chambre 411. Vous ne voyez donc pas la lumière rouge qui est allumée?»

Bien sûr, c'est *lui* qui a appelé. Son large front est en sueurs, il fait des efforts pour vomir mais rien ne sort. Les deux autres patients dans la chambre gémissent et, pour la première fois depuis que je suis infirmière, je trouve ça vraiment insupportable, à me nouer tous les nerfs. Je m'approche de lui qui halète. Ses yeux sont fermés, et il y a une telle désolation sur ce visage que je voudrais le caresser comme il faut pour que ça s'en aille. Je dis:

«Est-ce qu'il y a quelque chose que je peux faire?» Il ouvre les yeux, réprime l'envie qu'il a de vomir, et me dit: «Je devais être seul dans la chambre. Et je voudrais être seul parce que c'est déjà assez compliqué de même.» Je dis: «Il n'y a pas d'autre chambre disponible.» Il dit: «Dans ce cas, mettez-moi n'importe où, dans le corridor si vous voulez, mais j'ai besoin d'être seul.» Je dis: «Tout ce que je peux faire, c'est d'en parler à l'infirmière-chef.» Il dit: «C'est ça. Mais faites vite: être seul, ça n'attend pas des fois.»

Comment ai-je pu sortir de la chambre, pour me rendre au poste de garde où je parle de tout ça à l'infirmière-chef, cette vieille et revêche femme qui me déteste parce que je suis belle, toute noire de cheveux et d'yeux, et que je sais quelle souplesse l'on peut mettre dans son corps même quand il est abrillé dans un uniforme d'infirmière? Elle dit: «Où croit-il être, *votre* patient? Dans une auberge? Laissez-moi faire: je vais lui régler son cas et ça ne prendra pas de temps.»

Je la suis jusque dans la chambre, m'arrête comme elle au pied du lit. *Il* se bat toujours contre les haut-le-cœur, le visage très pâle, le plat pour vomir tressaillant dans sa main. L'infirmière-chef dit: «Pour la chambre privée que vous avez demandée, il n'y en aura pas avant demain. Alors vous êtes aussi bien d'en faire votre deuil.» Il lève la tête, regarde l'infirmière-chef, quelque chose de fou dans les yeux: «Tout ce que je demande, c'est d'être seul, dans le corridor s'il le faut.» L'infirmière-chef est-elle sensible comme moi aux yeux verts et perçants, au point que ce qui vient sur ses lèvres n'y pouvait pas ne pas venir? Elle dit: «D'accord. D'accord.» Et me regardant, elle ajoute: «Samm, allez chercher une civière.» Je dis: «Mais c'est absurde qu'il dorme dans le corridor.» Elle dit: «Tout ce que je vous demande, c'est d'aller chercher une civière.»

15

J'ai l'impression de rêver, incapable de mettre le doigt à la bonne place sur tout ce qui cloche depuis qu'*il* est arrivé, mais je vais quand même chercher la civière. Je la range de nouveau près du lit. Lui, il lui faut tout son petit change pour s'y glisser, les haut-le-cœur se succédant l'un après l'autre, mais sans que rien ne sorte de sa bouche. Il me fait quand même un autre clin d'œil, tandis que l'infirmière-chef pousse la civière dehors. Nous traversons le long corridor, passons devant la section réservée aux cas de contagion, avec les infirmières entrant et sortant des chambres, le nez et la bouche cachés derrière les masques blancs. Lorsque nous arrivons devant le fumoir, l'infirmière-chef me demande d'ouvrir la porte, et c'est là-dedans que nous entrons tous. Arrêtant de pousser la civière, l'infirmière-chef dit: «Si vous êtes capable de vous contenter de ça, vous pouvez passer la nuit ici.» Et lui, il répond: «Tout ce que je veux, c'est être seul.»

L'infirmière-chef s'en retourne tout de suite au poste de garde, et nous restons ensemble, lui et moi. C'est assez bizarre de voir cette civière entre les deux rangées de chaises et de cendriers sur pied pleins de vieux mégots de cigarettes. Il dit: «J'ai l'impression d'être dans un salon funèbre, entouré de chandeliers aussi usés que moi et aussi puants.» Il me fait un clin d'œil malgré les haut-le-cœur, et garde ses yeux verts fixés sur moi. Ça me mange par l'intérieur, et je n'ai pas de défense face à ça, du moins tant que je m'imagine infirmière, avec de la maladie à sauver contre elle-même malgré le fait que je ne sais pas d'où c'est venu, par quelle crispation et quel désespoir. Aussi, je m'imagine de nouveau toute nue devant lui, seulement mes seins et mon ventre plat, ceux que je me donne si aisément aussitôt que la comédienne surgit en moi pour que tout dans le monde prenne un autre sens, sans haut-le-cœur pour m'infirmer dans ma vie. Alors je lui dis: «C'est vrai qu'ici c'est comme un salon

funèbre, entouré que tu es de chandeliers aussi usés que toi et aussi puants. Mais tu n'as rien vu encore, et c'est moi qui vais te le montrer.»

Je me sens pareille à une vestale, mon corps tout à fait autre maintenant, comme ce qui s'agite en moi quand je vais voir mes amis jouer à l'École nationale de théâtre et qu'il n'y a plus de différence entre ce qui se passe sur la scène du Monument national et ce qui naît en moi, même si je ne fais que regarder et qu'entendre, bien assise dans mon fauteuil, et toute mouillée dans mes aisselles et dans mon ventre. C'est alors que je suis ce que je n'ose pas souvent, c'est-à-dire cette comédienne que je rêve toujours d'être pour que le striptease de moi-même soit définitif.

Je n'ai pas besoin de le regarder pour savoir que ses yeux verts et perçants me suivent, qu'il a hâte lui aussi que j'écarte les rideaux, découvrant brusquement l'autel qu'il y a à l'extrémité du fumoir, avec la lampe du sanctuaire éteinte, le gros livre de messe sur le lutrin et ces odeurs particulières venues du vieux Dominicain qui, tous les matins, se livre au simulacre de toutes les morts et de toutes les renaissances. Et dans l'armoire, juste à côté de l'autel, les vêtements d'église du vieux Dominicain, l'aube très blanche, la soutane brune et les sandales aussi. C'est ce que je lui montre, juchée sur cette marche qui me met plus haut que lui et me permet enfin de dominer sa souffrance. Je dis: «Je suis un soldat du Christ et, parce que tu souffres, je vais te consoler. Dieu n'existerait pas sans ça.» Je m'habille de la soutane brune et de l'aube très blanche, j'enfile les sandales et j'ouvre la petite porte derrière laquelle est le tabernacle, prenant le ciboire qui s'y trouve, et je vais vers la civière, porteuse de compassion et de vie. Il me regarde venir vers lui, surpris dans ses yeux verts et perçants, et dit: «Bien sûr, si je suis venu ici, c'est qu'il fallait que je communie pour que mes haut-le-

cœur me lâchent.»

Du bout du pouce et de l'index, je prends une hostie dans le ciboire, et la lui offre. Il tire la langue puis, refermant la bouche, se met à mastiquer. Mais dès qu'il avale l'hostie, les larmes lui brouillent les yeux, son visage devient écarlate et il fait de gros efforts pour vomir. Je cours à l'autel où je remets le ciboire dans le tabernacle, puis j'enlève l'aube, la soutane et les sandales. Je me sens honteusement malheureuse, mon geste me sautant dans la face parce que je n'ai pas voulu comprendre jusqu'à quel point il est atteint et jusqu'à quel point il est si seul. Bien que désespérément vidé de toute énergie, il a quand même trouvé en lui-même cette force bizarre qui l'a poussé à me séduire, et moi je n'ai pas su le reconnaître, trop pleine de ma vie pour me rendre compte de ce qui, peut-être, constitue l'enjeu de n'importe quelle énorme maladie. Pourtant, il a accepté avec le sourire ce que je lui ai offert dans le fumoir, jouant ses haut-le-cœur et tout le mal qui ne peut pas ne pas venir d'eux. Aussi hoquète-t-il dans la civière, son corps plié en deux, la pâte triste de l'hostie coulant dans sa barbe. Et toujours ce sourire sur ses lèvres, à la limite de la grimace. Je vais vers lui, mets ma main sur son bras, et dis: «Je regrette. Je n'aurais pas dû te tenter autant.» Il dit: «Ce n'est pas moi que tu as tenté, mais toi. Le mal n'est donc pas là où tu penses. Ce n'est pas ma faute ni la tienne si mon corps ne veut plus de moi.»

Il cligne des yeux, oblige son corps à se décontracter, me paraît tout à coup bien petit dans la civière, et à peine vivant. Contre quoi lutte-t-il? Et à ce point, qui lui fait venir les larmes aux yeux, comme ruissellements sur ses joues, et cette lèvre dans laquelle ses dents mordent, avec tant de fureur que le sang se met à jaillir, et qu'il dit: «Tout ce que je veux, c'est être seul. Si je ne suis pas seul, je n'y arriverai jamais.» Sa voix, toujours aussi chaude, mais

tendue comme une harpe quand elle monte trop haut et que son chant se brise. Je dis: «Laisse-moi au moins te nettoyer le visage.» Il dit: «Quelle importance? Quelle importance quand tout mon corps est devenu visage et ce qui coule dessus, une hostie qui ne pouvait même pas entrer?»

Il se tourne sur le ventre et enfouit sa tête dans l'oreiller. Son corps est pareil à une mer, enfermé dans le ressac de ses vagues, et il y a tant de souffrance là-dedans que malgré moi, je cours jusqu'à la porte du fumoir et sors. J'ai l'impression que tout le mal que j'ai *vu* dans la civière m'a été donné, de sorte que la porte du fumoir refermée derrière moi, je vais dans les toilettes et, les mains agrippées au rebord de l'évier, je me mets à faire des efforts pour vomir, mon visage transparent dans le miroir, rien que deux yeux pareils à des trous de lumière blanche. Et je suis là, haletante, incapable de revenir à ce qu'il y a de tranquille en moi, tout mon corps me faisant mal, une douleur jamais ressentie jusqu'alors, irradiant de mon ventre à mon vagin (je me trouve brusquement si mal prise avec moi-même que je me mets à gémir, mes longs cheveux noirs dans l'évier, si perdue dans ce qui m'arrive qu'il me semble que ça s'est mis à couler entre mes jambes. Et c'est pourquoi je relève jusqu'à mes hanches mon uniforme d'infirmière, pour voir si ça coule vraiment le long de mes cuisses, du sang, de l'eau ou je ne sais pas quoi. Mais il n'y a rien, que cette folie par laquelle je suis atteinte et d'où il faut que je remonte). J'inonde mon visage d'eau, me rappelant à moi-même, ameutant l'infirmière que je suis, chassant par le fait même cette comédienne que je veux être et qui se laisse si facilement berner par l'établissement de n'importe quelle complicité, ça même qui m'a valu mon renvoi de l'École nationale de théâtre, en ces temps déjà lointains où j'aurais voulu que par le seul corps de ma présence, le

monde se mette à tourner plus rapidement, dans le vertige de sa représentation.

Après ça, il m'est possible de revenir dans le corridor et de me dire qu'il faut que je retourne dans le fumoir. Je suis redevenue une simple garde-malade compatissante, banalement honnête et banalement incompétente. Ça ne m'intéresse plus de savoir qui *il* est, pas plus que d'apprendre ce qu'il y a dans l'urgence de sa maladie. Parce qu'une fois que j'en aurai terminé avec mon travail, je m'en irai dans mon appartement de la rue Christophe-Colomb et, toute nue, je relirai pour moi seule *les Troyennes,* dans l'adaptation fabuleuse qu'en a faite Jean-Paul Sartre. Et lorsque la colère des femmes deviendra telle qu'à moins de la vivre, il est impossible de l'assumer, je sais que je ferai tourner ce disque obsédant de Mick Jagger, et que je me mettrai à danser, passant mes mains sur mes seins, ou touchant mes cuisses, ou caressant mes fesses, ou dodichant mon vagin, follement, jusqu'à l'épuisement de mon corps et de la fureur qu'il y a toujours en lui quand je me retrouve dans ma nudité de comédienne.

Je pousse donc la porte du fumoir, m'attendant à *le* voir allongé sur la civière, la tête enfouie dans l'oreiller comme lorsque je l'ai quitté. Mais ça serait trop simple. Il n'est pas dans la civière, mais debout près de la fenêtre qui donne sur la rivière des Prairies, regardant le jeu des lumières ballottées par les eaux. Il n'a plus de haut-le-cœur et semble n'avoir jamais été malade. Il tourne la tête au bruit que la porte fait en se refermant, me sourit. Il me laisse venir vers lui, me montre la rivière et ce qui s'y miroite dedans. Il dit: «La nuit, ça paraît tellement beau tout ça. Mais essaie d'imaginer Virginia Woolf dans le petit matin, essaie de l'imaginer alors qu'elle sort de chez elle et va vers la fascination de l'eau. Et essaie aussi de voir comment ç'a dû être, sa canne plantée dans le sable,

et elle marchant à petits pas vers sa mort d'eau. Il faut beaucoup de courage pour en arriver là, et toute l'impossibilité de soi.» Il me regarde, me fait un clin d'œil, ses yeux verts et perçants comme une insatiable provocation. Je dis: «Ça serait mieux que tu te recouches.» Il dit: «Bien sûr que ça serait mieux. Mais si l'on ne peut pas commander à son corps, même quand il est pour te lâcher, à quoi bon tout le reste?»

Et je comprends par ces mots, bien mieux encore que par ce qui m'a été dit sur Virginia Woolf, que tout ce qu'il fait, c'est de lutter encore. À force de retenir le rebord de la fenêtre, ses doigts sont tout blancs et son corps, sous la jaquette délavée de l'hôpital, veut trembler même si on ne l'y autorise pas. Le visage devient dur comme pierre, les mâchoires se contractent, et quelque chose vient entre les lèvres, que je ne comprends d'abord pas mais qui m'est répété: «Laissez-moi seul. Parce que si je dois mourir, c'est sans aucune béquille. Et si je dois vivre, c'est pareil.» Il me montre la porte du fumoir, et cligne de l'œil. Je me sens si démunie devant ça que je ne peux pas faire autrement que de m'en aller, me retournant seulement une fois rendue à la porte. De la fenêtre, il regarde de nouveau la rivière des Prairies entre les maisons, là où, peut-être, Virginia Woolf s'est suicidée. Il me paraît mince comme un fil, mais imprenable. J'ouvre la porte et lui, croyant que je suis déjà sortie, il se retourne, son visage comme défait, avec la rage de son cœur qui se manifeste d'un seul coup. Alors il perd pied et est pareil à une bête, tournoyant sur lui-même, blessé à mort, ses genoux manquant, et tout le terrazo du fumoir lui montant au visage. Je me précipite vers lui qui est cloué sur le plancher, et il ouvre ses yeux verts et perçants, et il me regarde, et il trouve loin en lui le moyen de dire avant de perdre vraiment connaissance: «Je meurs, mais il ne s'agit pas encore de la bonne fois.»

2

. . . .
. . . . il écrit:
C'est toujours très flou quand on rêve et puis qu'on se
réveille. J'étais dans cet ascenseur et je savais qu'il allait
s'écraser, que ni les poulies ni les engrenages ne pourraient résister longtemps au poids énorme de mon corps.
Pourtant, je regardais tout ça et le sourire me venait,
heureux que j'étais de constater que les étages du
building venaient aussi rapidement et qu'il n'y avait rien
d'assez puissant pour empêcher quoi que ce soit, surtout
pas l'écrasement prévisible de mon corps dans la fosse,
tout au fond, là où c'est noir à perte de vue, et inhumain.
Puis j'ai vu l'aînée de mes filles sauvages, là où précisément c'est noir à perte de vue, et je me suis dit: «Il ne faut
pas que l'ascenseur arrive jusque là, parce que Plurabelle
y joue et que si je ne fais rien, il va y avoir partout de
grandes éclaboussures de sang.» Alors je me suis préci-
pité sur tous ces boutons qu'il y avait dans l'ascenseur, et
mes doigts extrêmement agiles tout à coup ont occupé
tout l'espace, et l'ascenseur s'est arrêté, et je me suis
élancé dans le vide. Plurabelle n'était pas sous l'ascenseur, et rien ne s'y jouait. C'était seulement moi qui venais
d'y mourir, comme ça m'arrive tout le temps quand je

suis à l'hôpital et qu'il n'y a rien à faire avec moi.

Il y a maintenant une semaine que je suis ici, dans cette chambre toute blanche où je ne fais qu'aller et venir, par ma tête étant donné que mon corps est allongé dans ce lit, tout mou maintenant que la crise est passée, qu'il n'y a plus rien pour que mon corps se lève de rage, plus de bile mauvaise ni de caillots verdâtres venus de ce qui en moi s'était fissuré. Depuis deux jours, je mange de la soupe aux champignons, je bois du lait écrémé et des jus de fruits. C'est comme si j'étais à la maison, et qu'il n'y avait rien qui s'était passé entre elle et l'hôpital. Mes yeux se promènent sur les murs, ne retiennent rien, que cette blancheur qui me renvoie à moi-même, qui n'exprime pas grand-chose sinon que la mort s'est tirée de moi, une fois de plus.

C'est pourquoi le rêve revient, n'importe quel rêve, parce que je suis comme ce qui n'existerait pas encore, c'est-à-dire quelqu'un de malade, c'est-à-dire quelqu'un à l'article de sa mort, et dont la mort ne veut pas. Et c'est pourquoi aussi je me retrouve dans cette voiture, l'aînée de mes filles sauvages à côté de moi. Nous traversons le pont Jacques-Cartier, dans la musique tout en bagatelles de Mozart. Du coin de l'œil je regarde Plurabelle, si angélique dans sa robe fleurie, toute contente dans ses joues et dans ses lèvres, pareille à un pierrot de lune parce que jamais en elle le mal ne s'est encore fait jeu. En bas, c'est le Saint-Laurent, l'île Notre-Dame et tout ce qui miroite au soleil. Je suis très excité par cette douceur inhabituelle qu'il y a dans le paysage, avec partout dans mon corps ce besoin de bonté que je n'arrive pas souvent à exprimer, surtout quand je suis en présence de l'aînée de mes filles sauvages, trop pareille à moi, et sans mots pour que ça se reconnaisse. Je viens pour lui mettre la main sur la cuisse, et elle me dit: «Regarde-moi plutôt. Ça va être bien meilleur.»

Je tourne la tête vers elle, et ce que je vois m'horrifie. Cette lame de rasoir que l'aînée de mes filles sauvages promène sur son visage, les traits ensanglantés que ça laisse partout, défaisant la beauté de la robe fleurie. Je pèse à fond sur l'accélérateur, me mets à zigzaguer sur le pont tandis que Plurabelle me dit: «Tu vas voir: maintenant je vais être belle à mon goût pour toi.» Et elle enfonce la lame de rasoir dans sa joue, et moi je suis comme fou, et je ne sais plus conduire la voiture, et c'est bientôt le parapet qu'il y a devant, déjà embouti pour que toute l'eau du Saint-Laurent monte vers nous et nous engloutisse.

C'est ce que je n'aime pas toutes les fois que je remonte de ma mort, toutes ces images de noire folie qui s'emparent de moi parce que mon corps n'ayant plus à se défendre contre lui-même s'amuse à me faire des ennemis avec n'importe quoi, peut-être simplement pour que je l'oublie et le laisse se refaire une beauté. La vérité, c'est qu'une semaine de jeûne et une semaine d'hôpital m'ont aminci, me redonnant ce corps que j'avais lorsque je n'étais pas encore prisonnier du monde de mes images. Ce grand jeune homme fort, aux épaules robustes, aux cuisses larges, au ventre plat et solide comme la pierre. Qui sait! J'aurais pu être ce formidable joueur de hockey, pareil à une traînée de lumière sur la glace, ivre de la vitesse de ses jambes et de tout ce qui se devine si facilement quand on est pour soi-même une musique triomphante. C'est ce que l'infirmière m'a dit ce matin lorsqu'elle est venue me prendre le pouls, étonnée des lents battements de mon cœur: «Quarante-huit pulsations à la minute. C'est le cœur d'un athlète que vous avez. Vous êtes sûr que vous ne vous surentraînez pas?»

J'aurais bien aimé rire, mais l'image de Plurabelle se tailladant le visage au moyen d'une lame de rasoir, cela me revint dans toute son outrance terrifiée, et il me fut

impossible de dire quoi que ce soit, toute mon énergie passant à refouler loin en moi mon désespoir. Comme j'aurais voulu avoir Samm à mon côté! Des jours et des jours qu'elle n'est plus venue dans ma chambre, à croire que je l'ai imaginée elle aussi, dans ce fumoir où j'ai été transporté parce que, croyant vraiment que j'allais mourir, je ne voulais pas que l'on me regarde quand ça allait m'advenir. Et depuis, il n'y a rien de plus que cette vie inquiétante, moi allongé dans le lit blanc, agressé par tous ces médecins et toutes ces infirmières qui se succèdent à mon chevet, incapables de comprendre ma maladie. Comment tout cela m'est-il arrivé? Pourquoi y a-t-il eu cette première fois où j'ai vomi, arrivé aux petites heures du matin chez moi, après cette longue soirée à essayer de sauver ma vie, entre ce Juif riche et l'exécuteur des basses œuvres du capital qui menaçait de me faire casser les deux jambes si je ne lâchais pas le morceau, c'est-à-dire ce que j'avais mis trois ans de mon existence à créer, cet éditeur qu'il y a toujours eu en moi, heureux de participer aux grandes passions des autres et de prolonger leurs mots par les miens mêmes?

Ça s'est passé dans un bureau sordide, plein de *Playboy* et de *Penthouse*. Sur un mur, il y avait cette toile de Jean-Paul Lemieux, ce visage blafard comme l'hiver qu'il y avait derrière, sans grande levée de neige, le vent tué dans la peinture pour qu'il ne reste plus rien d'autre que la grande nudité blanche, l'espace à perte de vue parce que privée de couleurs. Et moi, j'étais assis entre le Juif riche et l'exécuteur des basses œuvres du capital, et j'essayais de m'en sortir sans être brisé dans mes jambes ni nulle part ailleurs. C'était une joute dont je ne connaissais pas les règles, que je ne pouvais pas gagner. On ne gagne pas contre un Juif riche qui, toutes les fois qu'on ouvre la bouche dans son bureau, met en marche le magnétophone qu'il a dissimulé dans son pupitre de

chêne. Au cas où ça serait la pègre qui essaierait de le harponner, ou la Gendarmerie Royale, ou, plus simplement, le premier bandit venu. Mais moi, j'avais tout mis là-dedans, et bien davantage que mon énergie d'éditeur: ma passion et ma mort. Je me suis retrouvé à deux heures du matin, attablé à *La grange à Séraphin*, avec devant moi l'exécuteur des basses œuvres du capital, une manière de diable à pied, tout noir dans sa barbe, et menaçant. C'était l'édition ou mes jambes. Je fis le jars parce que je n'avais pas le choix, puis je rentrai chez moi, épuisé. J'étais un très dérisoire petit mené et la pègre vivait de poissons bien plus gros que moi. Alors je me suis retrouvé devant le miroir qu'il y a dans la chambre de bains, j'ai vu mon visage défait et c'est là, pour la première fois, que le cœur m'a levé, c'est là que j'ai compris ce qu'il y a d'insupportable dans sa solitude quand on est pauvre, voué à l'intimidation, aussi bien dire Québécois, cette passion qui ne peut s'assouvir que dans l'acceptation de la dissolution. Et la tête penchée bien bas vers l'évier pour que le miroir ne garde pas le souvenir de ce que je faisais, j'ai vomi sans dérougir jusqu'à l'aube, vomi la beauté que je croyais avoir mis dans mon métier d'éditeur, vomi la beauté de ma vie, celle qui m'avait fait acheter cette petite ferme dans la Mattawinie, un paysage de pierres et d'arbres qui me rappelait mon pays d'enfance mais qu'à cause de ma faillite d'éditeur, je ne pourrais pas faire autrement que de perdre.

C'était à cette époque où je voulais écrire sur Melville, et il me semblait que je ne pourrais pas le faire ailleurs qu'à la campagne, parce que là les coqs se lèvent toujours à bonne heure et que c'est dans la profondeur de leurs chants que la vie vient.

Et je vomissais, et il n'y avait rien à faire contre ça. On n'avait pas besoin de me casser les deux jambes, je n'étais plus grand-chose, que ce qui continuait à s'écrire

en moi, cette faillite qui m'enlevait tout, ma famille et ma vie, ma passion et mon rêve, afin que je me retrouve platement devant ma mort. Mais comme j'étais jeune, il m'était impossible de vomir bien longtemps, pas davantage qu'une nuit même si de cette nuit-là je ne devais jamais m'en remettre, ce qui explique que trois ans après, je me retrouve dans cet hôpital, la crise encore une fois jugulée, moi allongé dans mon lit, entre ce patient très vieux et gâteux qui a pour idée fixe de tout le temps se déshabiller dès qu'on le libère des sangles qui lui emprisonnent les bras, et cet autre affligé d'un cancer du pancréas qu'après des mois d'hospitalisation, il persiste à considérer comme une simple mauvaise grippe.

J'essaie d'écarter le rêve, mais il est bien plus fort que moi. Je le vois qui me sourit derrière la fenêtre qui donne sur la rivière des Prairies, là où Virginia Woolf s'est avancée vers l'eau, les paumes de ses mains ouvertes vers le ciel pour que toute la colère rentrée du monde s'y déchaîne, et la noie. Mais au lieu de Virginia Woolf, ce sont mes filles sauvages que je vois maintenant derrière la fenêtre, presque méconnaissables à cause de toutes ces tumeurs qui brisent leurs visages, boursouflant leurs joues et rendant monstrueuses leurs oreilles. Elles dansent à la corde, me souriant pour que je sache qu'elles m'aiment et que malgré toute ma lâcheté, elles sont encore capables de s'amuser. Je ferme les yeux, me concentre sur mon cœur, voudrais le forcer à se lever, mais c'est trop tard maintenant, et il ne me reste plus qu'à me mordre les lèvres, les larmes coulant de mes yeux fermés. Tout de suite après, c'est cette main qui se pose sur mon bras, et la voix de Judith: «Est-ce que ça va mieux maintenant?»

Je la regarde, étonné de sa fragilité, si petite près de mon lit, avec ses grands yeux jaunes qui expriment toute la tragédie de son visage, tragédie venue de ma maladie et du refus que je lui ai opposé parce qu'elle voulait y

entrer. Je dis: «Je t'avais demandé de ne pas venir. J'ai besoin d'être seul, et tu le sais. Pourquoi fais-tu toujours semblant de ne pas comprendre ce que je te demande?» Elle dit: «Je ne voulais pas venir. Mais ce matin quand je me suis réveillée, ç'a été plus fort que moi, et je savais que je viendrais. Mais je ne resterai pas longtemps. Plurabelle et Livia t'ont fait des dessins qu'elles voulaient que je t'apporte. Et je t'ai aussi trouvé un livre, qui te plaira, j'espère.»

Elle fait tout ce qu'elle peut pour ne pas pleurer, et cela remplit sa voix, ce filet d'eau qui coule entre elle et moi, et ce qu'il y a de salé dedans. Pauvre Judith! Pauvre Judith qui a laissé le ciel floridien et son riche pharmacien, pour me revenir et être si malheureuse! Je voudrais pouvoir la serrer dans mes bras, je voudrais pouvoir lui dire que tout ça n'est rien de plus qu'un malentendu, que je l'aime et que j'ai besoin d'elle. Mais pas un mot ne me vient. J'ai fermé les yeux et j'attends qu'elle s'en aille. Elle remet sa main sur mon bras, effleure ma peau, et j'ai tout à coup très mal dans mon corps, cette boule de souffrance comme un serpent lové dans mon estomac, et j'aimerais crier, et j'aimerais que Judith se jette sur moi, seulement pour que je sois abrillé dans mon corps et enfin capable de sucer mon pouce sereinement. Elle dit: «Quand tu pourras, appelle-moi.»

Elle a déposé sur la table de chevet l'enveloppe brune dans laquelle il y a les dessins de mes deux filles sauvages et aussi le livre qu'elle m'a apporté. Puis j'entends le bruit feutré de ses sandales qui s'éloignent, et je me retrouve enfin seul, tout mon corps en sueurs comme si j'avais longtemps lutté pour rien. J'appelle le rêve, lui demande de venir prendre possession de moi parce que je veux oublier que Judith est partie et que marchant dans le long corridor qui mène à la fin de l'hôpital, elle ravale ses larmes, désespérée à cause de

moi. Je tends la main vers l'enveloppe brune même si je sais que je n'aurai pas le courage d'aller plus loin, même si je sais que je ne regarderai pas les dessins qu'ont faits pour moi mes deux filles sauvages, et pas davantage le livre que Judith m'a apporté. C'est le médecin noir entrant brusquement dans la chambre qui retarde le rêve que je voudrais faire venir, tout autant que le constat de mon impuissance. Il me regarde, sa main bougeant dans ses cheveux crépus, et me dit: «Je pensais bien ce matin vous apprendre ce qui vous fait souffrir exactement. Mais les examens ne révèlent rien encore. C'est sans doute votre foie qui ne fonctionne pas comme il devrait. Voilà pourquoi je suggère la biopsie. L'infirmière-chef va vous expliquer tout ça.»

Il se tapote le crâne, tourne sur ses talons et disparaît, ce qui redonne tout son espace au rêve. Je suis allongé sur une civière, dans le bloc opératoire où l'on m'a emmené parce qu'il faut me scier la cage thoracique et m'arracher le cœur. Ce sont mes filles sauvages qui sont les infirmières, une longue scie entre elles et moi. Je voudrais leur dire de ne pas faire ça parce qu'il n'y a rien de bon à boire dans mon sang, mais je détache moi-même les cordons de ma jaquette et exhibe ma poitrine, montrant du bout des doigts là où il faudra couper. Mes filles sauvages s'installent de chaque bord de la scie, me font chacune un clin d'œil et, fiévreusement, se mettent à l'ouvrage. Ce qu'il y a de curieux, c'est que je ne ressens aucun mal. Même si la scie s'enfonce creux dans ma poitrine, il me semble que je n'ai jamais été aussi bien. Sans doute est-ce parce que le sang ne coule pas pour s'être peureusement réfugié dans ma tête. Je dis: «Faites vite avant que l'angoisse ne jaillisse.»

Mes filles sauvages accélèrent le mouvement de la scie, et bientôt il ne reste plus rien à couper et le cœur bondit de lui-même hors de la poitrine. Plurabelle l'em-

poigne à pleines mains, me le montre et dit: «C'est normal que tu aies été aussi malade, avec ce crapaud-là à la place du cœur! Maintenant tu vas pouvoir dormir.» Je dis: «Embrassez-moi, plusieurs fois sur la bouche, parce que je ne voudrais pas que vous pensiez qu'il y a déjà eu trahison.»

Elles sont pareilles à deux anges, et ça virevolte au-dessus de mon corps, et il y a tout à coup cette pluie de pétales de roses, et je me sens bien, avec plus rien à me défendre contre. Je n'entends même plus les gémissements de l'homme très vieux et gâteux qui, dans le lit à côté du mien, vient de se réveiller et essaie de se défaire des sangles qui lui emprisonnent les bras.

C'est l'infirmière-chef qui m'oblige à redescendre de ma joie. Elle est debout au pied du lit, me regarde derrière ses petites lunettes, un contenant de je ne sais pas quoi dans la main ouverte. S'approchant de moi, elle dit: «La biopsie, ce n'est jamais très compliqué. Il s'agit seulement d'aller jusqu'au foie pour en tirer un peu de tissu. L'affaire de quelques secondes. Pour que vous ne sentiez rien, il y a ici ces pilules qu'il faut que vous preniez.»

Je ne dis rien, prêt encore une fois à me laisser faire, comme cela est arrivé tous les jours depuis que je suis à l'hôpital. Je sais bien qu'il n'y aura pas de profit à tirer de ça, mais maintenant que me voilà remonté de ma mort, je ne me sens pas du même bord que la révolte, anxieux seulement quand je pense à Judith et à nos deux filles sauvages, et anxieux aussi quand le souvenir de Samm me donne mal à la tête parce que je ne sais plus très bien comment elle était et pourquoi je ne l'ai pas revue depuis la nuit du fumoir. Aussi bien avaler ces pilules que me tend l'infirmière-chef, et me préparer sans délire à la biopsie. Presque aussitôt, le chirurgien fait son entrée, escorté par une dizaine de stagiaires qui entourent mon

lit, leurs yeux tout grands et leurs joues rouges. Le chirurgien me remonte la jaquette jusqu'à la poitrine et, de la main, se met à me frapper le ventre, à la recherche de mon foie qu'il trouve bien petit. Moi, je suis là et je n'y suis pas en même temps, mon corps baignant dans les eaux de la rivière des Prairies, tout près de celui de Virginia Woolf pareil à une étoile, bras et jambes étendus, et le bizarre petit chapeau anglais qui flotte au-dessus. Je voudrais parler à Virginia Woolf, et comprendre ce sourire qui lui illumine le visage, comme s'il n'y avait jamais eu de mort, mais que l'état bienheureux de la sérénité immobile. Alors le chirurgien dit: «Ça va être une simple piqûre, vous ne la sentirez même pas. Continuez à vous décontracter.»

L'infirmière-chef me tient la tête pour que je ne voie pas l'aiguille qui va s'enfoncer dans mon foie, et, tout à coup, c'est comme si le soleil m'écrasait de son impitoyable puissance, ma tête pleine d'éclairs zigzaguant follement, bien loin des eaux de la rivière des Prairies et du corps de Virginia Woolf dérivant dans sa beauté. Peutêtre ai-je poussé un cri, mais je n'en suis pas certain. Le chirurgien regarde l'aiguille et le morceau de chair, légèrement jaunâtre, qu'il m'a tiré du foie. Il dit: «Je pense que ça ira. Mais je m'excuse de vous avoir fait mal: j'ai touché un centre nerveux qui n'aurait pas dû être là.»

Et tout le monde de quitter la chambre à la suite du chirurgien, sauf cette infirmière qu'on a laissée à mon chevet parce qu'après une biopsie, dit-elle, il est important de vérifier souvent la régularité des signes vitaux. Je n'ai pas grand-chose à redire à ça et, comme il n'y a rien à voir, je ferme les yeux. Les drogues qu'on m'a fait prendre avant la biopsie font leur effet. Je me sens comme liquéfié dans mon lit, à peine angoissé par l'idée qui me vient que ma chair est devenue ce miel très odorant, en train de couler du lit et de se répandre sur le

terrazo de la chambre. En même temps, j'essaie de revenir à moi, pour faire remonter le miel dans le lit afin que les images apaisantes de ma vie ne s'effacent pas à jamais de ma mémoire. Mais comme ça me paraît loin de moi, tous ces visages rieurs de Plurabelle et de Livia, et ces yeux jaunes et tragiques de Judith, et cet éditeur qui m'a rendu malade! Quelque chose en moi me dit que ça s'est imaginé tout seul, que je n'ai rien eu à y voir, que tout était inscrit dans l'air, à peine menaçant, un monde d'images extrêmement simples et souples par lesquelles j'ai été avalé. C'est bien après que ça s'est mis à mal tourner, quand l'épuisement est venu et que la cohérence s'en est allée, faisant intervenir les mauvais rêves. Cette guerre entre Judith et moi, cette guerre entre l'éditeur et mes livres, cette guerre entre ma déraison et ma passion, pour que la violence éclate et détruise tout. Tant de banalité au fond de n'importe quoi! Et tant de folie partout! L'infirmière dit: «Dormez. Je reviendrai tantôt.»

J'ouvre les yeux pour la voir s'en aller et, tout à coup, je voudrais retenir la douceur qu'il y a en elle, qui apparaît dans ses petits yeux gris et le rose de sa peau. Ça serait bien si l'infirmière restait à côté de moi, sa main sur mon poignet comme lorsqu'elle me prend le pouls. Mais elle est déjà loin maintenant, sans doute au poste de garde où elle inscrit dans mon dossier les nombres qu'elle a vus dans mes signes vitaux. Je tourne la tête vers la fenêtre, vois l'homme très vieux et gâteux qui pleure, les poings serrés. Il me regarde, et grimace. L'autre patient qui a le cancer gémit, les mains à plat sur son ventre, un doigt sur le tube qui mène de son pancréas à une grosse bouteille près du lit, en train de se remplir lentement d'un liquide visqueux et brunâtre. Je me redresse dans mon lit, attiré par la lumière qui vient de la fenêtre et qui seule pourrait me permettre d'échapper à cette angoisse qui monte dans la chambre. Je m'assieds sur le rebord du lit,

tout étourdi, mes jambes flageolantes. Il y a une semaine que je suis couché, et tout autour de moi me paraît si vaste que je n'ose pas descendre du lit. Le cœur me cogne dans la poitrine. Mais il faut que j'aille à la fenêtre, il faut que je me rende compte de ce que le jour a changé dans le rêve de Virginia Woolf.

C'est très difficile, lever une jambe et puis l'autre. C'est très difficile quand on ne l'a pas fait depuis une semaine, qu'on croyait être mort mais que rien de tout ça n'est arrivé, sinon ce qu'il y a de dérisoire dans ce qu'on entreprend sans que l'ardeur du désir ne vienne avec. Voilà sans doute pourquoi j'ai l'impression que les murs me sautent dans la face, avec tant de voracité que je me prépare au pire, mes mains protégeant mes yeux parce que j'ai peur brusquement de les perdre. Et je me retrouve haletant, les doigts agrippant le rebord de la fenêtre, tout étonné que je suis de n'être pas tombé en chemin. Je me passe la main sur le front et, pour la première fois, ça me fait mal là où le chirurgien a tiré de mon foie ce morceau de chair jaunâtre. Peut-être qu'il y a maintenant un grand trou de ce côté-là de mon corps, par où mon sang va jaillir, pour que je meure enfin dans l'indignité suprême de ma solitude. Ça serait une mort que j'accepterais parce qu'après tout ce qui s'est passé, quelle autre pourrais-je bien avoir?

Je regarde dans la fenêtre, cherchant ce qui du rêve de Virginia Woolf pourrait bien y être encore, son simple petit chapeau anglais peut-être, ou l'une de ses mains hors de l'eau pour que je sache qu'il n'y a pas de mal à être seul, et qu'il n'y a rien dans la profondeur de la maladie, sinon le refus qu'on a toujours d'elle. Ce n'est pas Virginia Woolf que je vois, mais mes deux filles sauvages qui dansent à la corde et me sourient, presque méconnaissables à cause de toutes ces tumeurs qui brisent leurs visages, boursouflant leurs joues et rendant

monstrueuses leurs oreilles. Je me bats contre la vitre, essayant de rescaper mes deux filles sauvages de l'enfer où je les ai mises, mais ça n'empêche ni leurs sourires ni le chant de la corde à danser qui les enveloppe. Comment alors me délivrer de cette folie? Les larmes coulent de mes yeux, et c'est si lourd tout à coup que je m'effondre, noyé dans ma culpabilité et dans mes amours perdues. Je ne dois plus ressembler à grand-chose, recroquevillé que je suis sur le terrazo, mêlé dans toutes les parts de moi-même, et malheureux même dans ce que je ne suis pas.

Je hoquète et il me semble que ça s'est remis à vomir en moi, quelque chose d'affreusement noir qui me macule les pieds, et qui rend tout nauséabond, cette chambre où je suis, prisonnier d'une souffrance bien trop grande pour mon corps. Je crie même si je ne suis pas certain que quelqu'un pourra entendre ce qui au travers de mon cri s'adresse à n'importe qui, parce que c'est de cela dont je meurs sans que jamais il n'y ait dedans quelque chose de définitif — ma trahison et ce qui de moi refuse d'y sombrer.

À quatre pattes, je me traîne vers mon lit, pareil à une bête aveugle, mon nez seul capable de reconnaître ce qui doit orienter mon corps, ce monde de mes odeurs qui, tout le temps que je me suis déplacé de mon lit à la fenêtre, a laissé des traces dans la forêt de la folie.

Comme je suis devenu pitoyable! À peine assez fort pour grimper dans mon lit, et y reprendre mon souffle, incapable même de mettre fin à ces larmes qui coulent de mes yeux. Si je devais vraiment mourir, ça serait maintenant que ça se passerait, mais la mort n'est jamais aussi simple et tout ce que je vais faire, c'est prendre cette enveloppe brune que Judith a mise sur la table de chevet, et regarder dedans, et voir ces dessins que mes deux filles sauvages ont faits pour moi: une ambulance toute simple sous le grand soleil dont les rayons montent trop haut

vers le ciel, et une fleur, énorme, que dévore un nuage carnivore.

Je mets les deux dessins contre mon visage, et je laisse les larmes couler, et je voudrais que tout disparaisse parce que c'est justement ça que mon corps m'interdit, que je m'en aille sans plus jamais raconter d'histoire à personne.

3

. . . . elle dit:
Ce que je ne voudrais pas, c'est que Leonard mette
beaucoup de temps à arriver, parce qu'alors je ne suis pas
sûre de ce que je vais faire. Je n'aurai pas ce courage
d'attendre aussi longtemps, à tourner en rond dans cet
appartement que j'habite sur la rue Christophe-Colomb
et qui, depuis quelques jours, me paraît tellement inviva-
ble. Pourtant, j'aime Leonard, j'aime ses yeux si petits
derrière les grosses lunettes, j'aime tout ce qui s'anime
dans son visage quand je me sens en forme et que pour
lui seul je danse le flamenco. Mes cuisses sont dures, mon
ventre plat, mes seins pareils à ceux qu'ont les statues
dans les parcs. Et Leonard me regarde, et il bat des mains
quand il me trouve bonne, et il rit sans arrière-pensée, et
ça me fait tout chaud en moi-même parce que je me dis
que je suis enfin cette belle comédienne que je rêve
d'être, avec un rôle à ma mesure. Et jamais Leonard ne
me demande quoi que ce soit, pas même mon corps dont
il se contente du seul fait que je danse. C'est peut-être
parce qu'il travaille dans le cinéma et que ce n'est pas la
beauté qui lui manque. C'est peut-être aussi parce qu'il
me connaît et qu'il respecte la peur que j'ai du corps des
hommes, de la violence qu'il y a tout le temps dedans dès
que le désir change la profondeur des yeux.

J'essaie de lire en attendant Leonard, mais les mots

37

se mettent à courir dans tous les sens de la page, et je n'arrive pas à rencontrer leur pertinence. Même le café me paraît âcre et imbuvable. Je suis assise dans la cuisine, au cœur de cette journée qui se perd, incapable même de me décider à prendre mon bain pour mieux accueillir Leonard quand il va rentrer. Il aime les poudres et les huiles et, souvent, nous passons notre samedi à courir les petites boutiques de la Main où il connaît tout le monde, ce qui est normal dit-il (quand il parle comme ça, Leonard fait toujours allusion au fait qu'il est juif, ce qui paraît l'obliger à un tas de recherches dont je ne comprends pas toujours le sens). Mais maintenant, c'est moi qu'il ne comprend plus, à cause de ce qui s'est passé depuis une semaine, et qui m'a égaré dans ce que je suis, au point que je n'ai pas été capable de retourner à l'hôpital du Sacré-Cœur, disant à l'infirmière-chef que j'étais malade. C'est à cause de *lui* évidemment, du petit monde d'images qui m'obsèdent depuis cette nuit étrange pour moi dans le fumoir. Alors les œuvres complètes d'Albert Cohen que m'a offertes Leonard pour mon anniversaire, je n'arrive plus à entrer dedans. C'est la même chose pour mes amis de l'École nationale de théâtre. Ils me téléphonent, m'invitent à leurs petites fêtes et aux représentations qu'ils donnent en ce moment des *Neiges* de Michel Garneau, mais sortir de l'appartement est vraiment au-dessus de mes forces.

Ce matin, j'ai accompagné Leonard dans le Vieux-Montréal. C'est là qu'on tourne un bien curieux film qui est sensé se passer à Londres, avec plein de vieilles Rolls-Royce, des autobus rouges à deux étages, des bobbies de carton-pâte, tous québécois puisqu'ils n'ont rien à dire, qu'on les a embauchés pour peupler le décor des rues rebaptisées pour les besoins du tournage. C'est ainsi que ce matin la rue Saint-Gabriel était devenue Browning Street, et la rue Saint-Amable, Barlow Avenue. Je regar-

dais Leonard qui cajolait le vieux chien jaune qui est la vedette de ce film avec une grande actrice toute blonde qui, entre les prises de vues, nombreuses parce que le vieux chien jaune collaborait bien mal, buvait du cognac en grimaçant et en invectivant tout le monde en anglais. Elle portait un très riche manteau de zibeline et avait l'air absolument antipathique. Je ne sais pas pourquoi j'avais l'impression d'être violée, sans doute parce que j'aime le Vieux-Montréal et qu'on était en train de me l'enlever pour produire un film sûrement très minable. Il y a aussi que je pensais à *lui,* à ce qui s'était joué dans le fumoir avec tellement d'angoisse et de volonté, que le travail de Leonard, apprivoisant un vieux chien jaune à l'aide de morceaux de sucre, me parut tout à coup dérisoire. C'est pourquoi je me suis enfuie sans le prévenir, et suis revenue m'enfermer dans l'appartement, épuisée, mon visage tout rouge.

Les pommes de terre manquent d'eau et brûlent sur la cuisinière. Il va me falloir encore pas mal de temps avant de m'en rendre compte. Pour tout, c'est comme ça depuis une semaine. Je ne vois que *lui.* Il est debout devant la fenêtre, regarde la rivière des Prairies, est pareil à un chêne, inatteignable. Et pourtant, il tombe, et c'est tout mon corps qui en est retourné parce qu'à ce moment-là, je suis incapable de vivre autant de souffrance.

Quand je suis rentrée à l'appartement et que j'ai vu Leonard assis sur le sofa-lit, en train d'écouter les concertos de Brahms, les yeux fermés et les mains croisées sur la poitrine, j'aurais voulu me cacher, me réfugier dans la salle de bains, faire la morte et m'endormir tout à fait dedans. Mais je me suis jetée sur Leonard, je lui ai dit: «Aime-moi, tout de suite, parce que sinon ça va faire très mal partout.» Il m'a regardée, d'abord pas très content parce qu'il n'aime pas qu'on le dérange quand il écoute de la musique, puis ses yeux ont changé, il m'a pressée

contre lui, et il a dit: «Tes amis de l'École nationale, tu ne devrais pas les voir aussi souvent. Ça te rappelle trop ce que tu es, mais autrement que les autres.» Je lui ai dit: «Ce n'est pas avec eux que j'étais. En quittant l'hôpital, je me suis retrouvée dans un bar, toute seule, incapable de revenir jusqu'à moi.»

Il m'a encore regardée avec attention, puis il s'est levé, est allé vers la table tournante et a interrompu en plein milieu l'*Allegro giocoso, ma non troppo vivace* de Brahms. Mais contrairement à ce qu'il fait toujours, il n'a pas remis le disque dans la pochette et ne l'a pas replacé avec les autres, à la verticale dans l'étagère, parce qu'il est méticuleux et connaît le prix des choses. Ensuite, il est allé dans la cuisine d'où il est revenu presque tout de suite, un verre de scotch dans chacune de ses mains. Moi, j'étais effondrée sur le sofa-lit, avec mon cœur qui cognait follement. Leonard m'a dit: «Tu as tout ton temps pour revenir jusqu'à toi, et je suis capable d'attendre jusque-là.» J'ai pris le verre qu'il m'offrait, j'y ai trempé les lèvres, mais l'alcool n'a pas eu le temps d'arriver nulle part que tout mon corps s'est rebellé. Alors j'ai couru vers la chambre de bains et me suis laissée tomber devant les toilettes, le verre de scotch renversé à côté de moi. Leonard s'est accroupi, m'a passé la main dans les cheveux, a dit: «Je ne sais pas ce qui t'arrive, mais peu importe ce que c'est, je suis avec toi.»

Il a fallu de longues heures avant que je lui raconte. Nous étions allongés sur le sofa-lit, avec des tas de couvertures par-dessus moi parce que je grelottais, et Leonard dans son curieux pyjama rose qu'il m'a presque-ment forcée de lui acheter parce qu'il prétendait que ça lui convenait, toute sa douceur et son aménité reconnaissa-bles dedans — un an de vie commune, mais sans jamais coucher ensemble, à peine les mains de Leonard effleu-rant mon corps parfois, le trouvant d'une rigidité à toute

épreuve, comme ça se passait quand mon père s'allongeait à côté de moi et me dodichait avec discrétion pour que je m'endorme et ne fasse plus de cauchemars. Mais cette nuit-là, après tout ce qui s'était passé dans le fumoir, mes muscles étaient noués comme jamais ils ne l'avaient été, me rendant semblable à une momie de pierre. Dans sa grande compréhension, Leonard a senti que quelque chose d'énorme venait de m'arriver, et ça me faisait mal pour lui parce que j'étais incapable de rien lui dire, dérisoirement frissonnante à son côté. Le petit matin a dû survenir pour que je sois capable de tout lui apprendre, ma tête allant de droite à gauche et de gauche à droite sur l'oreiller, follement, tandis que ça sortait de moi, par bouts de phrases tout syncopés. Jamais je n'avais eu autant honte de moi. Après, il ne restait plus rien, que Leonard me caressant le front du bout des doigts, et me disant: «Je ne voulais pas te demander ce qui s'est passé parce que tout ce que j'aimerais que tu saches, c'est que je suis avec toi.»

Et c'est comme ça depuis une semaine, Leonard si gentil pour moi. Bien sûr, il n'a jamais été vindicatif, même pas quand ça lui arrive de boire beaucoup et qu'à mon sens il devrait laisser sortir sa frustration parce qu'à cause de moi, nous vivons comme si nous étions frère et sœur, sans danger aucun pour l'un comme pour l'autre. C'est ce que j'ai tout de suite compris quand nous nous sommes vus la première fois, *Chez Peter's*. Comme exercice pédagogique à l'École nationale de théâtre, l'on avait monté *La folie d'Héraclès,* et c'est moi qui jouais Mégara, et je me souviens bien de tout ce qu'il m'en coûtait de dire: «Voyez-vous: le sort à ma naissance ne m'a rien refusé. Jadis mon père eut grand renom pour sa richesse; il possédait la royauté, bonheur envié, pour lequel on risque sa vie en de grandes batailles. De plus, il avait des enfants. Il me fiança à ton fils, haute alliance qui

41

faisait de moi l'épouse d'Héraclès. Et maintenant, tout ce bonheur s'est envolé, a disparu, et nous voici, vieux père, sur le point de mourir, et moi, et toi, et les fils d'Héraclès, que sous mes ailes j'abrite, comme une poule ses poussins. L'un après l'autre, ils me harcèlent de questions: 'Mère, où s'en est allé notre père? Que fait-il? Quand reviendra-t-il?' Dans leur puérile inconscience, ils le cherchent partout. Et moi, je les distrais par des récits que j'invente. Mais qu'on heurte à la porte, chacun, surpris, saute sur ses pieds, tout prêt à se jeter aux genoux de son père.» Cette réplique de Mégara, comme elle m'a habitée longtemps, non pas que je m'y voyais comme la femme d'Héraclès, mais pareille à sa fille, cherchant après lui (comme j'ai tant cherché après mon père quand il est disparu, emmené au-delà des Portes de l'Enfer par ce petit groupe d'Américains venus à Chicoutimi pour trouver le guide capable de les conduire au grand orignal. Et mon père, jamais il n'est revenu de cette chasse, son corps défait quelque part dans le pays montagnais, l'hélicoptère le transportant, lui et le petit groupe d'Américains, s'étant écrasé sur le flanc vert de n'importe quelle colline de chasse. Son corps jamais retrouvé, donc sa mort jamais certaine, mais moi privée de sa puissance, mais moi toute seule désormais dans mon lit, avec plus jamais cette main pour me faire entrer dans la nuit joyeuse). Et c'était là tout ce que je retrouvais dans le rôle de Mégara, ma vie d'avant la comédie, qui me faisait si mal que quand le rideau du Monument national tombait, je perdais pied et que mes camarades devaient me soutenir pour que je puissse répondre aux applaudissements du public. Alors, dès que j'arrivais *Chez Peter's*, je commandais cette première grosse bière que je buvais saffrement parce que je me sentais desséchée de partout, avec plein de rochers, de débris d'hélicoptère et du corps de mon père mutilé, pareil à un ver tronçonné se traînant

vers la mythique colline de chasse.

C'est à la dernière représentation de *La folie d'Héraclès* que Leonard est arrivé dans ma vie. Je l'ai vu assis dans la salle et, pendant tout ce texte où je parlais d'Héraclès disparu, je le voyais qui pleurait, les mains fermées sous le menton, et tout de suite j'ai su qu'il était fatal que nous nous rencontrions, touchés que nous étions par ce que je disais, moi, et par ce que lui, il entendait. Je le retrouvai *Chez Peter's,* assis tout seul à cette table que nous réservions tous les soirs, et il m'a souri avec une telle timidité que je me suis littéralement écrasée à côté de lui, laissant ma tête tomber sur son épaule. Tout le temps que nous avons été *Chez Peter's,* il n'a pas dit un mot, se contentant de me sourire et d'écouter le discours des autres comédiens. Après, nous sommes partis ensemble, et nous avons longtemps marché avant d'arriver à l'appartement de la rue Christophe-Colomb, toujours dans le calme de nos corps, moi trop épuisée et trop malheureuse parce que je savais que le rêve venait de prendre fin, qu'il n'y aurait plus jamais la disparition d'Héraclès pour me faire revivre celle de mon père.

Pendant que je préparais les scotchs, Leonard a regardé mes disques, m'a dit: «Brahms, c'est quelqu'un que tu devrais écouter aussi», et il m'a encore souri, et nous nous sommes assis sur le sofa-lit, absolument gênés tout à coup, comme si moi je n'étais brusquement plus rien, que la dépouille du personnage dans lequel je m'étais jouée. Puis Leonard m'a pris le menton dans sa main, il m'a forcée à le regarder, et il m'a dit: «Ce n'est pas nécessaire qu'on se parle ce soir, parce que tu as déjà tout dit de ce que tu étais, et de ce que moi aussi je suis. Tout ce que je regrette, c'est de ne pas avoir été là pour chacune des représentations afin de pleurer dans mes yeux ce que toi tu pleurais dans ton corps.»

C'est la première fois cette nuit-là que j'aurais aimé faire l'amour avec quelqu'un, sans penser à mon père. Mais dès que Leonard et moi nous nous sommes retrouvés l'un à côté de l'autre, tout nus, et nos corps sentant la sueur, je me suis retrouvée comme toujours je me retrouve dès que je suis avec un homme, incapable de quoi que ce soit, figée comme une bête qui se sait bientôt morte et ne peut s'en défendre que dans la passivité de son refus. Mais ça même, Leonard l'a compris puisque ni ce soir-là ni les autres qui ont suivi, il n'a exigé beaucoup de moi, m'aimant simplement comme il m'avait trouvée, perdue dans mon passé et ce que de moi je persiste toujours à représenter par lui. Qu'espérait Léonard par ça? Qu'un jour, mon corps soit à la hauteur de ce qu'il attend du sien, c'est-à-dire cette reconnaissance que j'aurais enfin de moi-même parce que délivrée de tout ce qui n'arrête jamais de mourir de l'ancien temps?

Sauf que depuis une semaine, c'est bien différent. Si encore j'étais certaine que ce qui s'est passé dans le fumoir est bien arrivé, Virginia Woolf se noyant dans les eaux de la rivière des Prairies tandis que *lui*, il la regardait pour s'empêcher dans sa propre mort. Tous ces rêves que je fais depuis, qui rendent mes nuits tourmentées et me font ce nœud d'angoisse dans le ventre, comme jadis avant que mon père ne meure. Il se querellait tout le temps avec Mam, surtout lorsqu'il revenait de la chasse, honteux de conduire au-delà des Portes de l'Enfer ces Américains trop riches et trop armés qui ne s'intéressaient pas à la beauté et, parfois, s'amusaient à traquer le grand orignal du haut de l'hélicoptère, le poursuivant dans l'eau et l'abattant quand ils en avaient assez, même pas intéressés à repêcher la carcasse, riant et buvant tandis que le sang du grand orignal rosissait l'eau. Lorsque mon père racontait ça, Mam haussait les épaules et disait: «Je vois pas pourquoi tu t'en fais pour ça, Sam. On te paie

bien, c'est tout ce qui compte.» Mon père ne répondait d'abord pas, mettait son casque d'ouvrier, allait jusqu'à la cage où le corbeau apprivoisé par lui était confiné quand il s'absentait, et il le prenait dans sa main, et tout de suite le corbeau se juchait sur le casque. Puis mon père prenait dans l'armoire une bouteille d'alcool, et il s'assoyait à la table. Il buvait toujours à même la bouteille, lentement mais fort. Et quand Mam lui demandait ce qu'il voulait manger, il répondait: «Pourquoi voudrais-tu que j'aie le goût de manger? Et pourquoi fais-tu toujours semblant de ne pas comprendre que si je suis guide, c'est parce que j'aime la forêt, que j'aime les bêtes et que je suis content de les montrer aux autres?» Mam haussait les épaules: «Si tu ne faisais pas ce métier-là, c'est pas ton travail à l'usine qui nous ferait vivre.» Mon père se tournait alors vers moi qui étais assise à l'extrémité de la table, mais qui aurais aimer me retrouver sur ses genoux seulement pour qu'il m'embrasse et me dise qu'il s'était ennuyé de moi, et il me souriait, avec toute cette tristesse dont son visage était capable, et il me disait: «Ça fait longtemps que j'ai renoncé à faire comprendre quoi que ce soit à ta mère. Ce n'est pas la chasse que j'aguis parce que tuer le grand orignal pour les bonnes raisons, ça peut être beau. Mais c'est faire semblant qui est inacceptable. C'est tuer le grand orignal et ne pas vouloir comprendre ce que ça signifie. Depuis que je la connais, ta mère a toujours fait semblant. J'espère seulement que toi, ça ne t'arrivera jamais. Tu comprends?» Il me faisait un clin d'œil, puis tournait la tête vers Mam et disait: «J'aimerais mieux ne pas me chicaner avec toi ce soir. Alors fiche-moi la paix.» Mam disait: «Ça serait difficile, c'est toi qui cherches tout le temps la chicane.» Et, d'une répartie à l'autre, la colère montait, je me sentais toute petite à l'extrémité de la table, retenant mes larmes même si je savais ce qui allait se passer, Mam provoquant mon père qui finirait par pleu-

45

rer, son corps plein d'une tristesse infinie que même le corbeau juché sur son casque comprenait parce qu'il se mettait à crailler, tourné vers Mam, comme pour l'engueuler à son tour. Les cris du corbeau mettaient Mam dans tous ses états, et c'est comme ça que la guerre éclatait, quand mon père enlevait son casque d'ouvrier, le déposait sur la table, se levait et allait vers Mam et lui disait: «Je ne suis pas intéressé à ce que ça aille plus mal entre toi et moi. Mais crisse, ferme ta gueule!» Mam le repoussait et, tous ses grands chevaux emballés, disait: «Sam, tu n'as pas le droit de me dire ça. Parce que si la maison a tenu depuis qu'on vit ensemble, c'est grâce à moi! Et ça, il serait temps que tu t'en rendes compte! La mort de deux ou trois chevreuils, la mort de deux ou trois orignaux tués par des Américains, que c'est que tu voudrais que ça me fasse? Ça me permet juste de payer l'épicerie et le loyer, c'est tout! Et ça te permet à toi de boire comme un trou!» Moi qui entendais ça à l'extrémité de la table, près du corbeau juché sur le casque et craillant follement, je me mettais les mains dans le visage, je criais: «Chicanez-vous pas! Je vous en prie: chicanez-vous pas!» C'était toujours trop tard, je le savais, et c'est pourquoi j'allais me réfugier dans ma chambre, la tête enfouie dans mon oreiller. Mon père finirait par se battre avec Mam, et la mettre à la porte de la maison. Puis il se rasseoirait à la table, remettrait son casque d'ouvrier sur la tête, avec le corbeau juché dessus, et boirait une autre bouteille d'alcool. Couchée dans mon lit, moi je pleurais toutes les larmes de mon corps, parce que j'aimais mon père, et j'aimais Mam aussi, mais il ne me restait jamais rien ni de l'un ni de l'autre, et les cauchemars me venaient, et je mourais au centre de tant d'angoisse que lorsque mon père, titubant, entrait dans ma chambre, le corbeau juché sur son casque, j'avais quand même le goût de lui sauter dans les bras parce que dans ma peur d'être abandonnée

par tous, il n'y avait plus que ça qui tenait, mon père qui enlevait son casque, le déposait sur la commode à côté du lit, mon père qui s'allongeait tout près de moi et qui m'effleurait le corps de sa grande main rude, mon père qui disait: «Samm, ta mère et moi, on a passé toute notre vie à faire semblant. Il ne faut pas que ça t'arrive jamais, même par besoin de tendresse. Aussi ça serait mieux que tu dormes maintenant et que les anges naviguent dans ton sommeil. Il y a juste toi que j'aime dans le monde, ma petite fille. Et quand tu seras assez grande, on va partir tous les deux, on va entrer dans la forêt et, pour la première fois, les bêtes vont être d'accord avec nous autres.» Il continuait à effleurer mon corps de sa main rude, mais il y avait tellement de douceur dedans que je finissais par m'endormir, déshabitée de ma peur.

C'est sans doute pourquoi ce qui s'est passé dans le fumoir m'a autant bouleversée. Parce que ça m'a redonné l'image de mon père que j'ai combattue de toutes mes forces depuis que je ne suis plus une petite fille. Et c'est pourquoi je me sens comme au milieu d'un remous, avec les pommes de terre qui continuent de brûler sur la cuisinière, et Leonard qui arrive enfin, un bouquet de roses à la main, qu'il m'offre, feignant de ne s'apercevoir de rien. Je dis: «Excuse-moi pour ce matin. Mais je n'étais pas capable.» Il m'embrasse très discrètement sur la bouche, me sourit, dit: «Si tu penses que je ne t'ai pas comprise, tu te trompes.» Et il va vers l'évier, met les roses dans un vase qu'il dépose au beau mitan de la table, puis regarde tout ce qui a brûlé sur la cuisinière, sans jamais perdre son sourire. Il dit: «Je vais nous préparer un petit souper pas comme les autres. Laisse-moi faire.» Il ouvre le panneau de l'armoire, en sort une boîte de sardines, des petits pois, des cœurs de palmier en conserve et des pommes de terre dans l'huile. J'admire Leonard quand il est de même, qu'il sifflote joyeusement même si le cœur

n'y est pas et qu'il sait que n'importe quand, la déchirure ne manquera pas de se produire. Tant de tendresse pour moi que je suis nouée dans tous mes muscles. Alors qu'il dépèce la pomme de salade, je dis: «Quand je te vois faire tout ça pour moi, je trouve encore ça plus triste.» Il ne dit rien, ouvre la bouteille de vin et vient vers la table, déposant d'abord le grand plat où les couleurs de la nourriture sont si gaies que je ne peux pas faire autrement que de sourire. Je dis: «Si je savais aimer, c'est pour toi que je le ferais vraiment un jour.» Il dit: «On va boire un peu, on va manger un peu, et après, si tu veux, tu me diras ce qui te taraude.»

Je prends une sardine, la porte à ma bouche. Mais le goût de mer qui vient tout de suite me force à remettre la sardine dans mon assiette. Ça n'ira pas mieux avec le vin ni avec rien d'autre. Leonard fait comme s'il ne s'apercevait de rien, boit et mange, toujours souriant. J'imagine que quand on est juif, ça ne peut pas être autrement, qu'il y a trop de mort accumulée en soi pour que ça puisse vous troubler. Je dis: «Je ne sais pas ce qui se passe, mais ça empêche tout. J'ignore pourquoi je suis menacée et ce qu'il faudrait que je fasse pour m'en défaire.» Il a piqué une sardine avec le bout de sa fourchette, la porte à sa bouche, mastique lentement comme tout ce qu'il fait, et dit: «Il faut que tu retournes à l'hôpital, c'est aussi simple que ça. Tant que tu ne l'auras pas revu, tu ne peux pas être certaine de toi.» Je dis: «J'ai peur que ça fasse mal, et pas seulement à moi.» Il dit: «Si c'est ça qui est pour arriver, on verra bien. Pour le moment, moi je suis bien avec toi et, quoi qu'il arrive, je le serai toujours. Alors retourne à l'hôpital, et le plus tôt possible, ça va être le mieux.»

Il me sourit toujours, sauf que sa voix n'est plus tout à fait la même, légèrement tremblante comme si elle appréhendait le pire des malheurs. Je dis: «J'aimerais

mieux ne plus jamais retourner à l'hôpital, du moins tant qu'*il* va y être. Parce que je suis comme toi et que je ne sais pas si je pourrais passer au travers.» Il s'essuie la bouche avec la serviette de table, et dit: «C'est ce que nous saurons bien quand tu iras. Pour le moment, pourquoi on ne se contente pas seulement de vivre les couleurs de la nourriture?»

Je prends une sardine dans l'assiette devant moi et je l'avale en espérant que le goût de mer qui vient avec ne me donnera pas de haut-le-cœur. Mais le sourire de Leonard est si amical que la sardine va faire son chemin jusque dans mon ventre et que, bientôt, les cœurs de palmier et les petits pois vont faire pareil, sans que jamais ma répugnance d'eux ne refasse surface. Je regarde Leonard et dis: «Je t'aime, et personne n'y pourra rien.» Il dit: «Bien sûr, mais le plus important, c'est que tu sois heureuse. De le savoir, je le serai aussi, quoi qu'il arrive.»

Et il lève son verre, et nous trinquons, et c'est comme une grande bouffée d'air frais qui traverse brusquement tout mon corps. Peut-être que j'ai imaginé tout ça pour être enfin vraiment bien avec Leonard, et réellement amoureuse, dans la musique de Brahms, lui et moi allongés sur le sofa-lit, en train de nous manger doucement dans le grand silence de toutes nos amours.

4

. . . .
. . . . il écrit:
Je suis allongé sur mon lit, dans une belle tranquillité
depuis que l'homme très vieux et gâteux qui était à côté
de moi a été libéré de ses sangles et qu'on l'a emmené
dans un foyer pour vieillards, à Shawinigan. L'autre
patient a eu moins de chance puisqu'il est mort la nuit
dernière, emporté par son cancer au pancréas. Comme il
n'y avait personne à côté de lui à ce moment, il m'a
demandé de lui tenir la main, et je pense qu'il s'est
imaginé que c'était sa femme qui était près de lui, parce
qu'il m'a appelé par trois fois «Bébette» avant de mourir.
J'ai dû me rendre jusqu'au poste de garde pour alerter
une infirmière: depuis qu'il y a menace de grève, l'hôpital
est devenu un grand bordel, avec pas grand-chose à y
attendre. C'est moi qui ai fermé les yeux du vieux
monsieur qui venait de mourir, l'infirmière trop énervée
pour être capable de le faire. J'ai mis mes doigts sur les
paupières, ne sachant pas vraiment quoi faire, et c'était
déjà froid, et ce que cela disait, c'est qu'il n'y avait jamais
rien eu, à peine cette naissance il y avait longtemps, et
tout ce qui était venu d'elle, ces mois de souffrance, et
cette mort solitaire, avec la main d'un inconnu dans la
sienne. Après, l'aumônier et le médecin sont venus,
faisant chacun ses simagrées au-dessus du corps qu'on a
enlevé finalement et qui, maintenant, doit reposer dans

51

un réfrigérateur, quelque part dans une morgue anonyme. Ce n'était pas pour le mort que les infirmières étaient tristes, mais pour moi qui avais assisté à sa fin, le tube débranché de son pancréas parce que se sentant mourir, il l'avait retiré, voulant s'en aller avec rien d'étranger en lui. Je me souviens de l'avoir embrassé sur le front malgré que sa peau était toute froide, puis de m'être recouché dans mon lit afin de reprendre là où je l'avais laissée la lecture du livre que m'a apporté Judith.

Il s'agit d'un roman du Brésil, *La boutique aux miracles* de Jorge Amado, un écrivain dont j'ai tout lu, sauf évidemment ce livre que Judith a dû chercher bien longtemps parce qu'elle voulait me faire plaisir. Elle sait que je rêve d'écrire sur ces peuples qui sont pris dans la Croix du Sud, qui nous ressemblent tellement par tant de côtés que jamais je ne suis dépaysé, sachant ce que l'on met dans le fait de boire beaucoup, d'habiter un bidonville de Bahia de tous les Saints et de toujours se perdre dans ce que l'on est, la reconnaissance ne pouvant pas venir de soi ni des siens, mais de ces États-Unis d'Amérique qui sont devenus le gonflement de tout l'Occident, sa machine guerrière et ce qui, dedans, interdit même la fuite de la musique. C'est pourquoi Pedro Archango me fascine, et c'est pourquoi aussi je suis bien dans ses mots, dans sa passion de vie et dans sa passion de mort, parce qu'il me paraît pareil à moi — ce pauvre petit écrivain brésilien tellement beau par ses grandes amours impossibles et tellement beau par tout ce qu'il y a de nécessaire dans ses poésies, qu'il ne peut pas être entendu par les siens tant que l'Amérique ne débarque pas à sa porte pour partir à la recherche de sa mort.

Mais dans l'état où je suis, ce n'est pas vraiment là-dessus que je m'arrête, mais sur ce que je lis dans le hasard du texte, sidéré par tout ce que Judith sait de moi sans même s'en rendre compte: «Pour te voir et t'avoir,

j'avalerai des couleuvres et des crapauds s'il le faut.» C'est ce dans quoi je me retrouve depuis que l'énergie de mon corps m'est revenue, désintégrant le dérisoire en moi, me rendant tout mou, pareil à une bête qui ne voudrait plus être dans la présence de ses petits. Je rêve de Plurabelle et de Livia, et c'est maintenant très doux, et tout ce que je regrette, c'est d'avoir abîmé leurs dessins parce que je pleurais. Comme j'ai hâte de revenir à la maison, de les prendre dans mes bras, de les embrasser partout dans le visage pour qu'elles oublient ce qui, dans ma folie, finit toujours par me rendre furieux.

Une infirmière vient, qui me demande si je veux qu'elle me frictionne le dos. Je me redresse dans le lit, offrant mon corps à ces mains extrêmement souples qui se mettent à me masser, et je me demande pourquoi Judith n'agit jamais ainsi, pourquoi au lieu de m'aimer par ses doigts me caressant le dos, elle fait toujours venir l'ambulance et m'envoie à l'hôpital.

Après, je m'endors, le livre d'Amado contre ma poitrine, et c'est ce médecin maigre comme un cure-dents qui me réveille, me frappant la main de ses doigts trop secs. En guise de sourire, il esquisse cette grimace, me montrant ses dents noires, et dit: «Le docteur Baillargeon m'a passé votre dossier et m'a demandé de l'étudier. C'est pourquoi je viens vous voir. Je suis psychiatre et je pense que votre maladie n'est pas simplement physique. Est-ce que je peux vous aider?»

Comment quelqu'un d'aussi laid que lui pourrait-il quoi que ce soit dans ma maladie? Aussi lui dis-je: «Demain, je ne sais pas, mais ce soir je pense bien que je n'aurai pas besoin de vous.» Il dit: «Peut-être que vous vous trompez.» Je dis: «On passe tout son temps à se tromper. Vous qui êtes psychiatre, vous devriez savoir ça.» Il dit: «D'accord, on se reverra demain si vous voulez.»

Et il s'en va tout de suite, sans avoir allumé cette cigarette dont il frappait le bout sur le paquet qu'il tenait à la main. Je me rendors encore, rêvant à Plurabelle et à Livia que j'emmène au zoo de Granby dans la vieille station-wagon, un énorme panier de provisions sur le siège arrière parce que je tiens à ce que le pique-nique dure longtemps. C'est Samm qui me réveille lorsqu'elle vient pour me prendre le pouls. J'ouvre les yeux, je vois la grande beauté de son visage au-dessus de moi, et je ne peux m'empêcher de lui dire: «Depuis cette nuit dans le fumoir, je croyais que vous étiez une apparition. Mais je suis bien content que cela soit autrement.» Elle dit: «Moi aussi, mais cela ne durera pas. Je viens d'apprendre qu'on m'a transférée deux étages plus bas.» Je dis: «Alors je veux y aller aussi.» Elle dit: «Faudrait demander à l'infirmière-chef.»

Nous ne dirons rien d'autre, moi heureux parce qu'elle touche mon corps et que, face à tant de douceur, il n'y a plus de mots qui peuvent venir. Je suis tout en sueurs. Quand Samm fait mine de s'en aller, je la retiens par le bras et je lui dis: «J'aimerais vous savoir heureuse.» Elle dit: «Moi aussi, j'aimerais te savoir heureux. Je reviendrai plus tard.»

Elle s'en va et c'est très triste tout à coup dans la chambre, trop de choses s'étant retenues pendant que Samm était là, comme cette autre nuit dans le fumoir alors que j'étais trop malade pour me rendre vraiment compte de ce qui se passait, toute l'énergie de mon corps orientée vers ma mort impossible. C'est pourquoi je me lève dès que Samm n'est plus dans la chambre. Je vais vers la fenêtre et regarde dehors. C'est le petit matin, avec le soleil qui fait sa trouée dans les nuages, dessinant plein de taches de couleurs sur la rivière des Prairies. Ce que j'ai perdu dans le jeu que j'ai joué avec la mort, ce n'est pas moi mais le désir, celui que, brusquement, j'ai eu pour

cette infirmière, et qui, tout aussi brusquement, n'est plus là. Aussi je me dirige vers la garde-robe, incapable que je me trouve maintenant de rester plus longtemps dans cette chambre d'hôpital. Dans la garde-robe, il n'y a que mon pyjama et mes sandales que Judith m'a mises dans les pieds avant que l'ambulance n'arrive. Comment n'ai-je pas pensé à ça? J'enlève quand même la jaquette blanche, enfile le pyjama et les sandales, prends sur la table de chevet le livre d'Amado, de même que les dessins brisés de Plurabelle et de Livia, et je sors dans le corridor. C'est le petit matin et c'est tout à fait tranquille, la grève possible à l'hôpital appelant les infirmières partout, sauf dans les couloirs. Je peux donc me rendre jusqu'à l'ascenseur, faire ce détour par la salle d'urgence bondée, de sorte que personne ne s'intéresse à moi, même quand, me sentant fatigué, je m'assois dans ce fauteuil roulant près d'un garde de sécurité qui, derrière un petit pupitre, joue aux cartes. Et moi qui ne fume jamais, je lui demande une cigarette dont je ne sais pas quoi faire quand il me la donne. Alors je me lève, franchis les portes de l'hôpital et me retrouve dehors, hélant un taxi.

Ce voyage de retour vers Plurabelle et Livia me paraît si agréable que je ne l'oublierai pas de toute ma vie. C'est toujours le petit matin, il y a ce jeu du soleil dans les arbres, et les feuilles qui se sont mises à tomber, et le commencement de ce qui pourrit quand la nature, gênée par sa folie, se défait, bariolant le paysage de couleurs fauves et inondant le boulevard Gouin de tout ce qu'elle s'oblige à faire finir. J'ai baissé la vitre de la portière et je laisse le vent sécher les gouttes de sueurs qui me coulent des cheveux. C'est la première fois de ma vie que je trouve Montréal-Nord aussi accueillant, m'y enfonçant comme dans un ventre malgré toute sa laideur. Lorsque le taxi brûle le feu rouge à l'angle de Langelier et Gouin, je dois signaler au chauffeur que nous sommes arrivés et

qu'il n'y a plus d'affolement possible. Conscient tout à coup que je n'ai pas un sou sur moi, je lui dis: «Attendez-moi, ça ne sera pas long. Je vais demander à Judith qu'elle règle la course.» Et je descends, retrouvant mon pays d'exil, ce vieux chalet que Judith et moi l'on a rafistolé, qui sent bon les fleurs, les thuyas et le mûrier pleureur. Je monte les marches deux à deux, arrive devant la porte et appuie sur la sonnette. J'ai beau le faire plusieurs fois, personne ne répond. Pourtant, la vieille station-wagon est dans l'entrée, ce qui veut dire que Judith ne peut pas être ailleurs que dans la maison. Je m'obstine, mais il n'y a pas davantage de réponse. Dans le taxi, le chauffeur s'impatiente, klaxonnant pour me rappeler que je ne lui ai pas encore payé sa course. Je suis catastrophé parce que jamais je n'ai imaginé que Judith, Plurabelle et Livia ne sauraient pas être là pour mon retour. Je manque de m'effondrer sur la véranda, mais je vois la voisine qui me regarde de la fenêtre de sa cuisine, et je vais désespérément vers elle, moi qui l'aguis à cause de son gros chien jaune qui fait ses besoins sur notre terrain, terrorisant Plurabelle et Livia parce qu'elles aiment les chats, en ont chacune deux et ne les laissent plus sortir.

Je frappe plusieurs fois dans la porte et quand elle s'ouvre enfin, la voisine retient son gros chien jaune qui voudrait bien me sauter dessus. Je dis: «J'arrive de l'hôpital et Judith n'est pas à la maison. Prêtez-moi vingt dollars. Je vous le rendrai dès qu'elle reviendra.» La voisine ne dit rien, referme la porte, et moi j'attends. Une main apparaît finalement, m'offrant ce billet de banque pour payer le taxi.

Mais je ne suis guère plus avancé parce que je n'ai pas les clés pour entrer. Je suis si affolé de m'en rendre compte tout à coup que je me laisse tomber dans la chaise longue qu'il y a derrière la maison et que Judith ne

songe jamais à protéger des intempéries parce qu'elle n'est pas de ce bord-là des choses. Mon estomac se remet à me faire mal et c'est pour que les haut-le-cœur ne me reprennent pas que je retourne chez la voisine, pour lui emprunter un escabeau. C'est juché là-dessus que je finis par pénétrer dans la maison, comme un voleur, sans être attendu par personne, épuisé, me laissant tomber dans les pots de fleurs, haletant. Puis les odeurs de la maison me ramènent à moi, et je regarde sans doute pour la première fois le lieu de nos amours malcommodes à Judith et à moi, et je retrouve tout comme c'était avant que je ne parte pour l'hôpital, tous ces jouets de Plurabelle et de Livia traînant partout, tous ces morceaux de linge sur le fauteuil, toutes ces assiettes sales dans l'évier, et même le rostbeef en train d'être mangé par les vers dans le four. Les chats de Plurabelle et de Livia se frôlent contre mes jambes, contents de voir quelqu'un qui pourra enfin leur donner à manger, mais il n'y a pas de nourriture pour eux, sauf dans le réfrigérateur, ces deux pièces de viande déjà nauséabondes que je jette sur le prélart, incapable de les dépecer. Les chats sautent dessus parce qu'affamés, et moi je me dis que je vais devenir fou si je reste plus longtemps dans la maison. J'enlève mon pyjama, enfile un jean et un chandail, prends les clés de la voiture qui sont dans la corbeille de fruits pourris sur la table, et je m'en vais. Cette mort que j'ai vue est pire que celle qui n'a pas voulu de moi à l'hôpital. Je monte dans la vieille station-wagon, les yeux noyés par mes larmes, et je prends le chemin de Mattavinie. Il y a cette vieille terre qui m'appartient encore dans le Grand Rang, qui est à mon image et à ma ressemblance, et c'est là que je dois aller pour que je puisse me récupérer dans ce que je suis encore avant qu'il ne soit trop tard.

J'y arrive fourbu dans le commencement des grandes pluies d'automne. Ce n'est pas encore le soir, mais je

m'imagine que la journée est déjà loin, que bientôt il y aura la grande noirceur partout et qu'ainsi je n'aurai plus à me demander pourquoi je ne suis pas encore mort. Lorsque je sors de la vieille station-wagon, je m'appuie à l'un des deux érables argentés derrière la maison, et je me mets à brailler, perdu à cause de Judith qui a trouvé le moyen de n'être pas là pour mon retour, perdu à cause de Plurabelle et de Livia qui n'y étaient pas non plus — mais sans savoir pourquoi il aurait été si important qu'elles y soient.

Je n'entrerais sans doute jamais dans la maison si Philémon Brault n'arrivait pas brusquement. Il m'a vu passer dans Sainte-Émilie, il a reconnu la vieille station-wagon, et il est parti tout de suite à ma poursuite, parce qu'il m'aime et ne comprend pas pourquoi je ne suis pas heureux. Sans un mot, il m'entraîne dans la maison et me fait boire ce verre de gin chaud qui me redonne quelque ressemblance avec celui qu'il croit que je suis toujours, un éditeur et un écrivain célèbre du grand Montréal, dont on voit la photographie et la signature dans les journaux, ce qui, à son avis, est déjà bien suffisant pour être content de son sort. Comment le détromper? Je n'y trouverais aucun profit, sauf celui d'être pris avec Philémon Brault pour toute la soirée, ce dont je n'ai pas envie. Je lui fais donc le grand jeu de ma fatigue. Comme il n'y comprend rien, trop heureux de me retrouver, je vais m'étendre sur le lit qu'il y a à l'extrémité de la grande pièce, et je ferme aussitôt les yeux, feignant de tomber dans un sommeil aussi énorme que ma ruse. Philémon Brault me regarde dormir puis, après m'avoir abrillé comme il faut avec la courtepointe, il sort de la maison sur la pointe des pieds.

Dès qu'il est dehors, je saute hors du lit. Philémon Brault a-t-il cru vraiment que je suis revenu dans la Mattavinie pour m'endormir, moi qui n'ai pas su le faire à l'hôpital, et pas davantage chez moi? Je marche jusqu'à

l'escalier en spirale et monte à la chambre mauve (elle n'a jamais eu cette couleur que parce que je me suis acharné à la lui donner dans ma tête, les murs de la pièce étant désespérément de cette teinte que prend le bois quand il est agressé par le soleil et que personne ne s'occupe de lui). Je retrouve la petite table que j'ai mise devant la fenêtre, et les vieux livres de navigation, et les grandes feuilles de notaire, et la petite baleine suspendue par un fil à la lampe. Si je n'étais pas aidé par quelque malentendu profond, je sais bien que je ne pourrais pas inventer quoi que ce soit, surtout pas Moby Dick jaillissant des eaux de la Mattawin pour me détenir dans la fièvre de la création. Alors je pense à cette infirmière qui a failli m'accompagner dans ma mort, et je la revois tout de suite, elle qui s'appelle Samm — le noir de ses longs cheveux et le noir de ses yeux, et je me dis que c'est d'elle dont j'ai besoin pour que le nœud en moi se dénoue et pour que *Monsieur Melville* puisse apparaître. Comme d'habitude, je vais d'abord inventer la fin parce que c'est plus facile quand on commence. J'imagine donc que Samm est montagnaise et qu'elle vient de la Pointe-Bleue (ça ne peut pas être autrement étant donné que dans le fumoir de l'hôpital, elle était entourée de cette aura bleue jusqu'à ce que je tombe, dans le fin bout de ma résistance). Pour le reste, ce sera assez simple: Samm ne dira pas un mot et restera toujours debout derrière moi, lisant par-dessus mon épaule tout ce que j'écrirai.

Je me mets à travailler furieusement et, lorsque le matin vient, *Monsieur Melville* est déjà terminé même si le premier chapitre n'a pas encore été écrit. Comme toujours, je me suis retrouvé dans la magie des mots, le réel enfoncé très creux pour faire apparaître la série des longues phrases, moi délivré de toute appréhension, capable de labourer le texte qui me semble goûter la bonne terre noire. Je recapuchonne le stylo feutre, le

dépose sur la grande feuille de notaire, me tourne vers Samm et lui fais ce clin d'œil complice afin qu'elle sache que tout va bien maintenant et que c'est grâce à elle. Elle me répond par un sourire, et nous descendons l'escalier en spirale, elle derrière moi, le souffle de sa vie faisant de petits cercles de frisson dans mon cou.

Il y a ce grand soleil qui entre par toutes les fenêtres, et le besoin que j'ai d'être avalé par lui est si entier que je mets mes longues bottes de pluie et me retrouve dehors. Cette rosée dans les herbes si vertes, la vieille grange devant moi, et l'étang juste à côté, et le champ de framboises, et bien au-delà le rideau d'épinettes noires. C'est à la rivière que je veux me rendre, pour me rassurer dans la présence silencieuse de Samm. Peut-être ai-je tout imaginé au sujet de Blanche, cette année de vie avec elle, ma tête enfouie entre ses seins, ou ma tête enfouie entre ses cuisses, à boire le don qu'elle me faisait de son corps. Le petit pont enjambant la rivière n'a probablement jamais existé, pareil en cela à la planche de fakir, au petit mouton blanc, aux deux jarres de biscuits de mer et à la vieille barque radoubée du grand-père Job J. Tout cela est né d'une fièvre schizoïde, et c'est parce que je veux me l'admettre enfin que je marche dans le petit sentier. Seule Samm a toujours existé, faisant venir la maladie dans mon estomac pour que j'aille vers elle et trouve, grâce au silence de sa présence, la fin de *Monsieur Melville.*

C'est exactement comme je pensais que cela devait être: il n'y a que la petite rivière, au débit si dérisoire qu'un simple pont jeté au-dessus d'elle serait une inutile agression dans le paysage. Je me laisse tomber sur une grosse pierre, regarde Samm et lui dis: «Tu vois, c'est ce qu'il y a de terrible avec l'écriture: parce qu'on est toujours au cœur de la mystification. Quand on l'a épuisée, il faut s'en inventer une autre. Et c'est pourquoi tu es apparue dans

ma vie, pour que cela puisse se continuer mais jamais autrement qu'en se recommençant. C'est bien vrai que j'ai vécu ici avec Blanche, mais ce n'était pas celle dont j'ai parlé par la suite parce que j'étais devenu elle et filouté à cause de tout ce que nous n'avions pas su faire venir. Mais maintenant, tu es là, à l'hôpital et derrière moi, et cela explique que je sois amoureux: je veux savoir qui tu es pour m'oublier dans ma trahison et apprendre à devenir fou avec sagesse.»

Elle me sourit, me montrant ses belles dents blanches, et j'ai désir de la toucher, ma main se levant vers son visage, mais je ne rencontre que les feuilles de ce peuplier qu'il y a à côté de moi, auxquelles je m'accroche parce que je crains ce qu'il y a de menteur dans la mémoire. Je dis: «Tu as bien raison de ne pas t'y laisser prendre. Si tu le faisais, je n'écrirais plus et me contenterais de te savoir heureuse.»

Elle me sourit encore, s'écarte afin de me laisser passer. Nous remontons vers la maison, moi ahanant parce que les pentes sont raides, et Samm soufflant avec force dans mon cou pour que je ne m'effondre pas en chemin. Il y aura l'hiver bientôt, la neige jetée par grosses pelletées sur le paysage, la neige qui va tout refroidir et faire de l'imaginaire une peau de chagrin. Aurai-je le temps d'être rendu assez loin dans mon livre pour que même si l'encre du stylo feutre se mettait à geler, rien ne pourrait plus m'arrêter, pas plus le flux des phrases que mon amour pour Samm? C'est ce que je voudrais lui dire, mais Samm est trop loin derrière moi, à mi-chemin entre la petite rivière et l'hôpital du Sacré-Cœur. Il vaut mieux que je rentre dans la maison et que je prépare le petit déjeuner. Même si je le lui demande plusieurs fois, Samm refuse de s'asseoir en face de moi. J'ai pourtant mis les deux tasses et les deux assiettes, de même que les ustensiles. Le refus silencieux de Samm me rappelle à

l'exigence du pari que je me suis fait, et je me retrouve tout honteux, avec plus d'autre choix que de mastiquer fort, afin de ne pas perdre complètement la face. Je dis à Samm que j'imagine devant moi alors qu'elle se tient derrière mon épaule: «Tu vois, c'est ça qui est difficile, mettre beaucoup de volonté pour différer ses amours pour ne pas les perdre à cause de mauvaises raisons, c'est-à-dire soi.»

Presque tout de suite après, il y a cette voiture qui arrive derrière la maison, et je pense que Philémon Brault, inquiété par ce qu'il a vu de moi la veille, s'en vient aux nouvelles. Aussi je continue de manger calmement. Mais lorsque la porte du bas-côté s'ouvre et que, tournant la tête, je vois les yeux tragiques de Judith, je manque m'étouffer de surprise. D'où vient-elle, et si tôt dans le matin? Elle tient Plurabelle et Livia par la main, qui me regardent en faisant de grands yeux, comme si de me voir assis à la table était quelque chose au-dessus de ce qu'elles peuvent comprendre. Judith dit: «Quand j'ai vu que tu étais venu à la maison et que tu en étais reparti, j'ai pensé que tu ne pouvais pas être ailleurs qu'ici. Alors j'ai emprunté la voiture de Jim, et c'est pourquoi nous sommes là.»

Livia laisse la main de Judith, court vers moi et se laisse tomber dans mes bras. Je l'embrasse partout dans le cou comme elle aime tant que je le fasse puis, redressant la tête, je dis: «Et toi, Plurabelle, tu ne m'embrasses pas?» Elle reste près de Judith et dit: «Je suis contente parce que tu n'es plus à l'hôpital.»

Cela me fait mal au cœur que de la voir ainsi, si loin de moi, comme cela s'est toujours passé et sans que j'aie jamais su pourquoi il faut qu'entre elle et moi, rien d'autre n'arrive, que cette retenue et cette discrétion impossibles à défaire. Peut-être est-ce parce que Judith et moi, nous avons vécu longtemps loin l'un de l'autre dans les

premiers temps de Plurabelle. Son corps doit le savoir et deviner ce qui s'est alors manifesté dans ma vulnérabilité. Elle n'était encore qu'un tout petit bébé et je me souviens qu'elle dormait mal la nuit et que je passais de longues heures à me promener avec elle dans la grande maison de Lorraine, elle et moi tout nus sous la couverture dont je m'abrillais parce que je croyais que ce dont Plurabelle avait besoin pour que les coliques cessent, c'était de cette chaleur venue de mes amours d'elle. Le fait que Judith et moi, nous nous sommes quittés quelques mois après, cela a sans doute été suffisant pour que je perde Plurabelle. Je l'avais d'ailleurs compris quand habitant avec Blanche ici, Judith s'est mise à me téléphoner, sa voix pleine de menace: «Si tu ne viens pas nous voir, Plurabelle et moi, je prends la voiture de Jim, et nous allons nous jeter dans la rivière des Prairies.» Alors un soir je suis retourné dans Montréal-Nord, courant après Judith et Plurabelle. Elles étaient tout près du boulevard Pie IX, juste à côté du pont, là où il y a cette promenade qui donne sur la rivière des Prairies. Les phares de la voiture de Jim étaient allumés, et la tête de Judith reposait sur le volant. Plurabelle était debout à côté d'elle, ses cheveux noirs tout frisés, la tétine usée dans sa bouche. Elle sautait sur la banquette et semblait s'amuser beaucoup. J'ai demandé à Judith de me laisser sa place au volant et, l'espace de quelques secondes, j'ai hésité: au lieu d'embrayer par derrière, comme cela aurait été si simple d'appuyer sur l'accélérateur, de démolir le garde-fou et de nous retrouver tous ensemble dans la rivière des Prairies! Mais Plurabelle est partie à pleurer, ses doigts empoignant ma barbe sur laquelle elle s'est mise à tirer, comme si elle avait tout compris, particulièrement ce qu'il y a toujours eu d'excessif dans ma folie.

Mais Judith est maintenant près de moi et regarde le couvert que j'ai mis sur la table pour Samm. Elle dit:

«Pourquoi deux tasses, deux assiettes, deux couteaux et deux fourchettes quand tu manges tout seul?»

Je suis incapable de lui dire que c'est parce que je l'attendais même si je sais que ce mensonge lui ferait plaisir. J'ai trop besoin de Samm et j'ai déjà trahi trop souvent, toutes sortes de gens que j'aimais, pour risquer une telle bêtise. Je ne réponds donc rien, me contentant d'un haussement d'épaules. Après quoi, je regarde Plurabelle et Livia qui courent dans la maison, fascinées par l'énorme divan sur lequel elles se mettront bientôt à sauter, peu désireuses de savoir ce qui se passe de ce bord-ci des choses, avec une Judith dont les sourcils se sont coincés en accents circonflexes. Elle s'est assise sur la chaise que j'ai offerte à Samm, et dit: «Avant que tu t'en ailles à l'hôpital, tu m'avais demandé de mettre une annonce dans *La Presse,* au cas où quelqu'un serait intéressé à acheter la ferme.» Je dis: «Pour ça, il n'y a rien qui presse.» Elle dit: «Tu sais qu'il faut le faire. Depuis la faillite de la maison d'éditions, il n'y a plus rien qui entre de nulle part. C'est ou bien la maison de Montréal-Nord ou bien la ferme. Le gérant de la Caisse a appelé trois fois cette semaine parce que l'emprunt hypothécaire n'a pas été payé depuis trois mois. On ne peut pas continuer de même. Hier, je suis allée chez Simpsons parce qu'il fallait que j'achète un manteau à Plurabelle et je n'ai pas pu le payer avec la carte, tout notre crédit étant déjà utilisé. C'est la même chose pour la Banque Royale, à cause de cet emprunt que tu as fait pour devenir actionnaire de la maison d'éditions. Comme elle n'existe plus, on te demande de rembourser. Et moi, j'en ai assez de répondre au téléphone toute la journée pour dire que tu es à l'hôpital et qu'à ton retour, tout ça va s'arranger.» Je dis: «Je vais mieux maintenant. Et bientôt, j'espère que je vais être en mesure de régler à tout le monde ce que je lui dois. Fais-moi confiance, Judith.» Elle dit: «Ce n'est pas

une question de te faire confiance ou pas. C'est juste une question de payer ces dettes que tu as faites parce que tu voulais publier des livres. Je te l'ai souvent dit: tu aurais dû te contenter d'écrire les tiens. Comme ça, tu n'aurais pas besoin de faire la navette entre l'hôpital et la maison, et il y aurait peut-être du beau temps pour Plurabelle et Livia, aussi bien d'ailleurs que pour toi et pour moi.» Je dis: «Je ne peux pas échapper à ce que je suis, parce que si cela arrivait, je ne serais plus rien.» Elle dit: «C'est possible, Abel. Mais comme tu n'es pas tout seul dans le bateau, il n'y a pas seulement toi qui as droit au chapitre.» Je dis: «Qu'est-ce que tu veux dire?» Elle dit: «Simplement que cette annonce que tu m'avais demandé de passer dans *La Presse*...» Je dis: «Ce n'était rien de plus qu'une idée. Maintenant...» Elle dit: «Maintenant, l'annonce a été publiée et hier, quelqu'un a appelé. Il a dit que ça l'intéressait et qu'il viendrait voir la ferme samedi.» Je dis: «Je ne veux pas la vendre. J'ai trop besoin d'elle pour écrire mon livre.» Elle dit: «Peut-être. Mais Plurabelle, Livia et moi, nous ne sommes pas encore assez grandes pour vivre entre les pages de n'importe quel livre, même de toi.» Je dis: «Tu ne me laisses pas beaucoup de choix.» Elle dit: «Ce n'est pas moi qui ne te laisse pas de choix, c'est la faillite de cette maison d'éditions dans laquelle tu avais tout mis. Faire confiance à un juif riche et à cet autre homme dont je ne me rappelle plus le nom, qui avait l'air d'un entrepreneur de pompes funèbres et qui, quand je l'ai vu, passait son temps à prendre les genoux de sa secrétaire sous la table du restaurant où il nous avait invités! Qu'est-ce qu'il te fallait de plus?»

Ainsi a toujours été Judith, capable de comprendre le monde pour ce qu'il est, ce que je me suis toujours refusé à faire parce que je trouve cela trop triste, parce que j'ai besoin de le savoir autre si je ne veux pas me perdre dans ma vie et dans tous ce qui en elle n'est que

mon angoisse.

Je regarde Judith qui est assise à la place de Samm, et j'ai tout à coup beaucoup de pitié pour nous tous, pour elle autant que pour moi, pour Plurabelle autant que pour Livia, parce que je sais qu'une fois la ferme de Mattavinie vendue, il n'y aura plus, pour personne d'entre nous, de lieu amical — que cet enfermement dans lequel on sera et dont on ne pourra plus se déprendre. Je dis: «Il reste encore quelques jours avant samedi. Peut-être que celui qui a téléphoné pour l'annonce ne viendra pas. Et peut-être que quelque part il va se produire un miracle qui va nous permettre de ne rien perdre.» Elle dit: «Aussi bien croire que les enfants naissent dans les choux et que tout le Québec n'est plus qu'un vaste Oratoire Saint-Joseph, avec les tas de béquilles qu'y ont laissées les miraculés!»

Je ferme les yeux parce que ce que Judith me dit, je sais bien que toute la réalité est dedans, et moi je m'y retrouve bien menacé, Melville et Samm si loin dans la pulsation du monde qu'ils ne peuvent pas grand-chose pour me protéger. Il n'y a plus que ces quelques jours avant le samedi fatidique qui amènera l'acheteur du pays de mon rêve. Les yeux pleins d'eau parce que je suis pareil aux vaches espagnoles qui pleurent sans raison, je dis à Judith: «Si on est pour perdre la Mattavinie, il faudrait qu'avant on ait tout le monde un peu de plaisir.» Elle dit: «Cela, je le veux bien, Abel. Mais avant, il va falloir que tu sortes de ta brume. Et aussi, j'aimerais bien boire un café.»

Elle fait cette grimace qui pourrait être un sourire, et je vois Plurabelle et Livia dans la grande pièce, qui s'amusent avec les coussins du divan, et je me sens si démuni, si incapable de vivre les vraies choses et si totalement emporté par les chimères, que je me dis que je n'ai plus rien à craindre, et pas davantage Judith, Plura-

belle et Livia. Quelque chose arrivera, bien avant le samedi fatidique, qui bouleversera les données du dérisoire. Alors je souris à Judith et je dis: «Je suis content que vous soyiez venues me rejoindre. C'est peut-être parce que je vous aime au fond et que vous êtes tout ce que je connais et connaîtrai jamais même si tout m'appelles ailleurs, c'est-à-dire nulle part.»

5

. . . . elle dit:
Je suis derrière la fenêtre quand je le vois monter dans le
taxi, vêtu seulement de son pyjama dont les grandes
rayures bleues lui donnent l'allure d'un prisonnier échapp-
pé de Bordeaux, pareil à un vieillard, son dos courbé, sa
démarche incertaine, ses cheveux comme aplatis sur sa
tête. Est-ce le même homme, celui qui prend maintenant
ce taxi et celui que j'ai vu dans le fumoir, si suprêmement
au-dessus de sa vie que j'ai éprouvé le besoin de n'être
plus seulement ce que je suis, mais quelqu'un d'autre,
c'est-à-dire *un corps mystique* capable de l'arracher à sa
mort? Pourtant, il m'a suffi de lui dire que je venais d'être
transférée deux étages plus bas pour que ses yeux verts et
perçants ne disent plus rien, comme si le charme s'était
par cela même rompu alors que ce que j'attendais, c'était
qu'il se déprenne de sa pitié et me dise ce qui, depuis que
je le connais, est l'objet de ma chimère, cette rencontre
unique qui désormais m'empêchera toujours d'être une
garde-malade compatissante, banalement honnête et banalement incompétente. Tout ça, sans doute, aurait été
plus facile s'il n'y avait pas eu dans la chambre ces mots
d'indigente banalité lorsque nous nous sommes retrouvés, lui me regardant comme n'importe qui peut et doit
être regardé, particulièrement quand on est infirmière et
que la maladie ne peut être autrement que chiffrée par

ces numéros de chambres, toujours les mêmes, sur n'importe quel étage, que c'en est à désespérer de la maladie, interchangeable, les patients se succédant, souffrant, étant opérés, s'en remettant ou mourant de ce qu'il y a toujours de tragique quand la fin est là et doit être vécue.

Dire comment je me retrouve quand le taxi disparaît sous le rideau des grands arbres qui mènent de l'hôpital du Sacré-Cœur au boulevard Henri-Bourassa, ça je ne le pourrais pas. La face appuyée dans la vitre de la fenêtre, je pleure, me retrouvant telle que j'ai été à la mort de mon père, incapable de me rendre à l'église, voulant le faire, essayant de me tracer une trail dans la neige, mais rebroussant toujours chemin, malgré Mam qui essayait de me tirer à elle, toute toilettée, belle comme elle ne l'avait jamais été, comme si la mort de mon père la rendait enfin à elle-même, souveraine et inattaquable. Mais moi, de savoir que je ne le reverrais plus jamais et que, toute ma vie, je songerais au rêve qu'il m'avait donné qu'un jour il y aurait la forêt dont Mam a toujours eu horreur, et que lui et moi nous nous enfoncerions dedans, pour que les bêtes sachent qu'il n'y avait plus de haine — mais moi, de savoir que tout ça était fini, que désormais il n'y aurait plus que ce tumulus dans le cimetière de Chicoutimi, tumulus sous lequel le corps de mon père ne serait même pas parce qu'on n'avait rien retrouvé de lui, moi de savoir tout ça, ça m'enlevait la force de mes jambes et c'est pourquoi, avant le service funèbre, je me laissai tomber dans la neige, voulant y mourir malgré Mam qui faisait tout pour que je me relève, qui me suppliait, mais sans que jamais rien de moi ne réponde, contente que j'étais de m'enfoncer dans le banc de neige. Je pensais au casque d'ouvrier de mon père, je voyais le corbeau juché dessus, et c'était tout à coup plein de larmes parce que lui aussi n'avait trouvé rien de mieux à faire que de mourir, mon

père ne revenant pas du pays de la chasse au grand
orignal, l'hélicoptère qui le transportait s'étant écrasé
quelque part, au travers des rochers monstrueux du pays
des Portes de l'Enfer. Et c'était pourquoi je ne pouvais
plus répondre à rien, pas davantage au désir de Mam et
pas davantage à la réalité de ces hommes qui vinrent
m'enlever à la profondeur du banc de neige pour me
ramener à la maison où je restai figée dans mon lit par
tout le froid venu de la mort de mon père, incapable de
leur crier que je voulais être seule parce que je savais que
rien de tout ce qui se vivait n'était vrai, que tout proche il
y avait la forêt et que bientôt j'allais m'y retrouver dedans,
avec celui qu'on voulait enterrer même si son corps, et le
désir de son corps, ne pouvait pas se voir enfermé dans
un aussi petit carré de terre.

Et pleurant, la face écrasée contre la vitre de la
fenêtre, c'est là tout ce que je revis, la mort de mon père
et celle qu'*il* m'a redonnée en prenant ce taxi, fuyant loin
de moi comme s'il n'avait pas reconnu ce qui, sous
l'uniforme de l'infirmière, ne s'adressait qu'à lui pour
s'être adressé si longtemps pour rien à mon père.

C'est l'infirmière-chef qui me découvre alors que je
suis assise contre le mur, les mains dans mon visage. Elle
ne prononce d'abord pas un mot et c'est bien la première
fois qu'elle est à court de paroles, incapable de m'admo-
nester, se contentant de me passer la main dans les
cheveux et de me dire: «Samm, j'ai toujours pensé que ce
n'était pas votre place que de travailler dans un hôpital,
mais maintenant je sais de quoi je parle.» Moi, tout ce que
je voudrais lui dire, c'est que je suis devenue infirmière
parce qu'on n'a jamais retrouvé le corps de mon père, et
que c'est ça que depuis j'attends: cette ambulance qui
arrive enfin, transportant cette civière sur laquelle il y a
plein de débris d'hélicoptère, et j'y reconnais le visage de
mon père, tout maculé de sang, que j'embrasse et contre

lequel je colle mes joues, pour que ça ne s'en aille pas, pour que le corbeau ait le temps de revenir, et, aussi, cette tranquillité après l'orage. Mais l'infirmière-chef dit: «Samm, vous êtes bien fatiguée. Je pense que vous devriez vous reposer. Je vais demander qu'on vous accorde un congé sans solde.» Mais moi, je pleure toujours, recroquevillée contre le mur, perdue dans ma tête et dans mon corps. C'est la deuxième fois que mon père part pour le pays des vertes collines de chasse, et c'est la deuxième fois qu'il ne revient pas, me laissant toute seule avec mon désir de lui.

C'est Leonard qui m'arrache de la fenêtre. Sans doute est-ce l'infirmière-chef qui l'a prévenu après qu'on ait vainement tenté de me faire revenir à moi. Tout essoufflé, Leonard arrive dans la chambre, se laisse tomber à côté de moi, me prend la main qu'il met dans sa barbe. Ça sent la feuille morte et je suis prise de frissons, et j'essaie d'enlever ma main de celle de Leonard. Alors il me force à le regarder et, parce que mes yeux sont brouillés de larmes, je le vois mal, j'ai même peur de lui, comme j'ai peur de tout le reste qui m'affole, cette chambre dans laquelle je suis sans savoir pourquoi. On vient peut-être de m'amputer les deux jambes et je fais ce cauchemar de mon père mort. On vient peut-être de m'enlever les deux seins et, me voyant, mon père ressuscité a tellement honte de lui qu'il s'enfuit par la fenêtre dans le vertige de ses grandes ailes de corbeau. Leonard dit: «C'est passé maintenant. Nous allons rentrer à la maison et ce qu'il faut faire, je t'assure qu'on le fera.»

Il me semble que dehors il fait une grande tempête, que la neige froide tombe partout autour de nous, qu'il ne servirait à rien d'essayer d'y échapper, sinon en se recroquevillant toujours davantage, ce que je fais, devenue si petite que Leonard peut me prendre dans sa main, courir dans le long corridor de l'hôpital et m'emmener à

la petite Volkswagen stationnée sous les grands pins. Je ne me suis pas trompée: il neige, la première neige de l'hiver qui arrive toujours avant son temps, creusant la fatigue et le sommeil. Je m'y réfugie toute, pour ne plus avoir à souffrir, ne revenant à moi qu'une fois rendue dans l'appartement de la rue Christophe-Colomb quand, allongée sur le sofa-lit, Leonard fait jouer l'*Adagio pour orgue* de Tommaso Albinoni, cette musique que je préfère à toutes les autres parce qu'elle pleure comme jamais le corps ne sera capable de le faire avec autant d'humilité, les mots se frayant un chemin dans l'air, vous retournant sur vous-même dans une beauté telle que vous aimeriez être nue et toute diaphane, pour faire ces gestes de tendresse très lents, envoûtée par la marche du violon, et cette chaude présence qui le fait vibrer, qui vous met comme en état de siège, qui vous investit dans tout ce que vous êtes, faisant venir le grand mouvement du plaisir qu'il y a à n'être plus qu'un chant lancinant, somptueux dans ce qui se dit, avec tous ces altos, ces violoncelles et ces contrebasses qui poussent le violon à devenir corps et mystique du corps. Quand Leonard sait qu'il n'y a plus rien à faire avec moi, il me fait jouer Tommaso Albinoni, et ça m'est bien meilleur que n'importe quelle nuit de sommeil. Je lui dis, alors qu'il s'étend à côté de moi, buvant par petites gorgées le scotch qu'il s'est préparé: «Je voudrais être capable de m'excuser comme il faut. Jamais je n'aurai le droit de te faire ce que je viens de te faire. Mais je n'arrivais plus à me rejoindre dans mes bouts et c'était comme si toute ma vie avait brutalement coulé de moi. J'ignore toutefois pourquoi c'est comme ça. Parce que c'est toi que je voudrais aimer comme tu le mérites.»

De la main, il me caresse lentement l'épaule, ce qu'il fait toujours quand il a de la peine et ne veut pas l'exprimer. Il dit: «Ce n'est peut-être pas nécessaire qu'on

reparle de tout ça. Maintenant qu'on t'accorde ce congé sans solde à l'hôpital, tu devrais en profiter pour faire ce que tu as vraiment le goût de faire. Pourquoi ne retournerais-tu pas à l'École nationale de théâtre? C'est de ça dont tu rêves même si tu n'y es plus.» Je dis: «On ne voudra jamais plus de moi.» Il dit: «Ça fait déjà deux ans qu'on t'a renvoyée de l'École. Et puis, il y a une nouvelle directrice maintenant. Si tu allais la voir, pourquoi voudrais-tu qu'elle soit contre toi?»

Je ne réponds rien, laissant tout mon corps refaire surface dans la musique de Tommaso Albinoni, la tête appuyée contre l'épaule de Leonard, me sentant déjà coupable par-devers lui, ce qui est signe que je vais mieux, le pyjama à grandes rayures bleues faisant lentement naufrage quelque part en moi. C'est pourquoi je prends la main de Leonard et que je la promène partout sur mon corps, parce que j'ai besoin de le savoir heureux lui aussi, comme moi je suis en train de le redevenir en pensant tout simplement que la nouvelle directrice de l'École nationale de théâtre croira enfin en moi et à cette comédienne par laquelle je suis avalée.

Toute la nuit, je laisse la main de Leonard me caresser, et je le dodiche moi-même, mes doigts très souples sur sa peau, reconnaissant pour la première fois tout ce qu'il y a de solide chez lui, ses muscles saillants et tout ce qui se retient dans leur tranquillité. Même son sexe, je voudrais faire toutes sortes de choses avec, mais l'aimer surtout même si Leonard, prévenu par tout ce qu'il sait d'impossible entre lui et moi, le tient bien prisonnier entre ses jambes, ne me donnant que ses poils à effleurer pour que je ne prenne pas peur. Allongée près de lui, c'est ce que je trouve si curieux: qu'il se taise avec autant d'efficacité dans sa sensualité parce qu'un jour je lui ai parlé de mon père et de tout ce qui aurait pu se passer entre lui et moi s'il n'était pas mort. Pourquoi

Leonard comprend-il absolument tout, et pourquoi y a-t-il toujours ce calme en lui? Dans cette nuit que je passe dans la chaleur de son corps, je voudrais qu'il me le dise, mais il me laisse faire sans manifester quoi que ce soit, sinon ce sourire bien au-dessus de toute question, ce sourire qui est encore là quand, le lendemain, il vient me reconduire à l'École nationale de théâtre, me laissant devant la porte après l'éclat de son grand rire et ses lèvres sur ma bouche. J'entre dans le hall, mes yeux tout grands pour revoir enfin les maquettes de tous ces décors qu'on a mises sur les grandes tables de verre. Quelque part dans l'École, des élèves répètent, faisant venir cette clameur sourde qui me fait battre le cœur très fort, m'empourprant les joues et me faisant devenir toute mouillée entre les seins. Je monte l'escalier qui, deux étages plus haut, mène au bureau de la directrice. C'est une comédienne superbe, avec de grands cheveux roux, une voix rauque qui vient de bien plus loin que de la gorge, de cette profondeur que la vie dense vous donne, ce qui se reconnaît même dans la démarche, ce quelque chose de suprêmement félin qu'il y a en elle et qui m'a tout le temps impressionnée quand je l'ai vue jouer au théâtre.

Alors que je me tiens derrière la porte, n'osant frapper, c'est cette voix que j'entends, moi me demandant si elle est bien réelle ou dérisoirement surgie de la musique de Tommaso Albinoni. Quand le silence se fait, je donne trois petits coups dans la porte qui s'ouvre presque aussitôt sur un visage tout souriant. Deux belles lèvres nues m'embrassent sur les joues, et tout de suite je suis invitée à m'asseoir. Cette voix si chaude que j'entends, et qui me rend toute molle de partout: «Je ne sais pas pourquoi on t'a renvoyée de l'École il y a deux ans, mais tout ce que je peux te dire, c'est que je t'ai vue dans *La folie d'Héraclès* et que j'ai été très émue. Si le théâtre t'intéresse toujours, je ne vois pas pourquoi tu ne revien-

drais pas. Est-ce que ça te fascine vraiment?»

Je la regarde, incapable de faire venir un seul mot. Elle tire follement sur la cigarette qu'elle vient d'allumer, me souriant toujours, attendant que je dise quelque chose, mais seuls mes yeux pleins de larmes parlent pour moi. Alors elle se lève et me dit: «J'ai assez travaillé pour ce matin. On va prendre un verre?»

Elle ne me laisse pas le temps de répondre, me prend par la main et m'entraîne hors de son bureau. Nous dévalons l'escalier, pour nous retrouver dehors, à courir dans la rue Saint-Denis, moi agrippée à elle, n'osant pas croire ce que je vois, même le boulevard Saint-Joseph tout dénudé dans ses grands arbres, et le restaurant *La Niçoise* où nous nous engouffrons, plongées tout à coup dans le sombre où je me guide sur son corps, cette élégance et cette fureur qu'il y a en lui, mais dans un contrôle tel que c'en est souverain. Nous nous assoyons à cette table qui est protégée par l'encoignure des murs, et je passe tout l'après-midi à l'écouter, envoûtée par la fièvre qui l'anime. Tous ces projets dont elle me parle, ce *Macbeth* que Michel Garneau est en train de traduire, dans des mots qui nous grandissent tellement qu'il ne peut plus y avoir de comédiens, mais seulement la voix et le corps du texte quand ils se savent somptueux et emportés par la démesure.

Je retrouve toute ma vie d'avant mon renvoi de l'École, émue dans ce que j'étais alors et qui, d'un seul coup, m'est redonné par cette grande actrice rousse, intarissable par tout ce qu'elle sait laisser monter de sa vie, par les gestes vastes qu'elle fait, par les mots qui sortent de sa bouche, si certains d'eux-mêmes dans leur exigence que je suis toute retournée, me retrouvant devant tant de beauté comme une bête assoiffée qui voudrait continuer d'entendre éternellement ce qu'il y a d'intense dans le discours. Cette grande sœur que je n'ai jamais eue, est-ce

possible? Tout lui paraît si aisé, si totalement faisable! Je dis: «Comment on fait pour être ce qu'on est comme toi tu en es capable?» Elle me sourit, avale d'un trait son verre de vin, essuie avec la serviette de table les quelques gouttes qui ont coulé sur son menton, et me dit: «On n'a jamais de mérite à devenir ce qu'on a toujours été. L'important et le plus difficile, c'est de le découvrir et de se tenir par tout son corps à cette découverte. Tu sais pourquoi je suis devenue comédienne? Tout simplement parce que, quand j'étais petite, j'étais grosse et que personne ne voulait de moi, sauf ma mère. Si j'ai travaillé autant, c'est pour elle, parce qu'elle était une femme extraordinaire, avec une telle douceur et tant de retenue dans cette douceur que je me suis sentie obligée d'être à la même hauteur qu'elle.» Je dis: «Pourquoi tu parles de ta mère au passé? Elle est morte?» Elle dit: «Non, mais j'aimerais mieux qu'elle le soit. Ma mère vit avec la mort depuis cinq ans et la douceur lui est de plus en plus difficile, et c'est ce qui la rend si triste, d'être vaincue par une prolifération de cellules folles qui risquent de briser l'image qu'elle a toujours eue d'elle-même... pour moi.»

Il y a ce grand silence tout à coup, moi incapable même de la regarder, devinant trop bien ce qu'il y a de douloureux dans cette voix qui tremblait parce qu'elle disait les choses essentielles et qu'elle aurait mieux aimé ne pas les dire, mais c'est le vin qui a fait son effet sans doute, rejetant le théâtre très loin et faisant venir cette grande souffrance d'amour, tout ce qu'il y a de sombre dans les yeux qui n'osent plus me regarder, comme les mains qui naviguent entre le verre de vin et le rebord de la table où elles tapent avec une grande nervosité. Je dis: «Je n'aurais pas dû te poser les questions que je t'ai posées. Et je le regrette.» Elle me regarde, me sourit, fait ce geste de la tête pour enlever la mèche de cheveux qui est dans son visage, et me dit: «Tu n'as pas à regretter

quoi que ce soit. Ma mère se meurt et c'est affreux, mais il faut bien que je lui survive. Tu comprends? Et puis, tu n'as pas à vivre ça pour moi. Ça serait bien mal finir une journée qui a si bien commencé. Alors, qu'est-ce qu'on fait maintenant?»

C'est à mon tour de prendre le verre de vin et de le boire, parce que je ne sais pas quoi répondre, c'est-à-dire qu'il y a ce désir qui monte en moi, qui voudrait que je sois toute nue, en train de danser sous n'importe quelle musique pour qu'il n'y ait plus de souffrance nulle part, seulement le plaisir du corps dans l'urgence de son ardeur. Elle dit: «Je ne voudrais pas rentrer chez moi dans l'état où je suis maintenant.» Et, me prenant la main, elle ajoute: «*Je voudrais danser avec toi.*»

Pourquoi devine-t-elle tout? Parce que je ne suis qu'à fleur de peau, aussi bien avec les autres qu'avec moi-même, mais que je n'ose pas me l'avouer parce que le passé vit trop bien en moi et que je suis incapable de m'en déprendre? Pourtant, je ramasse tout mon courage, je la regarde droit dans les yeux, et je dis: «J'aimerais bien danser moi aussi, mais *danser vraiment,* avec juste toi parce que finir autrement la soirée, ça ne voudrait rien dire. Si tu veux, je t'emmène chez moi, et nous danserons jusqu'à l'épuisement.» Elle dit: «Dans ce cas, ça serait mieux qu'on parte le plus vite possible.»

Et nous nous retrouvons dans la rue, son bras passé sous mon bras, sa hanche contre la mienne, alors qu'elle chante et rit et que je fais comme elle parce que je veux déporter très loin la mort qui détruit l'image qu'elle a de sa mère. Dans *La folie d'Héraclès,* Amphytrion disait: «Même le malheur finit par se lasser, et les souffles des vents n'ont pas toujours la même violence. Les gens heureux ne le sont pas jusqu'à leur fin.» Ce sont ces mots qui me trottent dans la tête alors que nous marchons vers l'appartement de la rue Christophe-Colomb, moi troublée

par ce que j'ai entendu, moi si sensible que je voudrais que la grande actrice rousse avec qui je m'en vais soit heureuse — ces masques qui se ferment sur toute vie, qui n'osent pas vraiment se dire pour trop se vivre sans doute, dans cette tragédie toute simple qu'est n'importe quelle existence, mais qu'il est toujours difficile d'appréhender parce qu'on ignore toujours de quoi le monde est fait, du haut de quelle montagne de frustration il se jette afin de ne plus avoir à s'apitoyer sur lui-même.

Elle me laisse monter devant elle, et je me dis que peut-être Leonard est déjà là, à m'attendre dans la cuisine comme je l'ai fait si souvent, habillée simplement de ma robe de chambre, mon corps couvert de ces huiles odorantes qu'il aime tant. Je tourne la poignée de la porte, et c'est l'obscurité qui m'accueille, et c'est le silence aussi: s'il n'y a pas cette musique de Brahms et pas davantage ces concertos pour violon de Mozart, c'est que Leonard n'est pas rentré et que la maison nous appartient, à la grande actrice rousse et à moi. Elle s'est laissée tomber sur le sofa-lit, rejetant ses cheveux par derrière, et elle dit: «Avant de danser, je pense que je prendrais un bon scotch.» Je dis: «Je te l'apporte tout de suite», et je m'en vais dans la cuisine. Parce que Leonard déteste les glaçons, il met la bouteille de scotch dans le réfrigérateur, de même que les verres. Mais avant d'y arriver, je vois ce lampion qui brûle sur la table. C'est encore une autre manie de Leonard: quand je ne suis pas là et qu'il a quelque chose à me dire, il allume la bougie et met près d'elle ces curieux billets que lui seul sait rédiger comme il faut: «Parce que dernière (enfin!) journée de tournage, toute l'équipe invitée à *La Pampa*! Peu important de savoir si les serveurs sont vraiment argentins, comme le vin, puisque ces odeurs de la viande grillée touchent bien davantage. Un agneau qui tourne lentement sur la broche et, très discrète, cette musique des grandes prairies de la

latine Amérique. Viens me rejoindre dans n'importe quelle part de ta soirée. Je t'y attendrai tout le temps qu'il faut, en t'embrassant dans tout le partout de ton corps.»

Pauvre Leonard que j'imagine assis tout seul à cette table, s'ennuyant de moi et attendant que j'arrive, ce que je ne ferai pas parce qu'une fois le scotch versé dans les verres, je vais aller rejoindre la grande actrice rousse, m'asseoir à côté d'elle et écouter cette musique qu'elle a mise. Tant de fureur chez Mick Jagger sur qui *Life* a fait, la semaine dernière, ce grand reportage qui me l'a montré dans sa grande ferme des États-Unis, en train de faire du jogging, cette énorme bague à son majeur, et ces chevauchées sur l'alezan dans la grande campagne, avec de la brume partout, et tant de naïveté au fond, rien que pour garder la forme et paraître, torse nu, devant son fils blond comme les blés. L'Amérique dans sa riche moyenne, qui sait si bien distinguer la vie quotidienne et cette autre vie que la musique vous donne quand ça vient d'une grue jouquée haut dans les airs, et ce corps filiforme dont la voix hurle dans les haut-parleurs afin que la danse naisse dans l'abandon de la peau.

Prenant la main de la grande actrice rousse, je dis: «Dansons», et elle me suit aussitôt, et maintenant nous ne faisons que ça, nous laisser pénétrer par la musique afin qu'elle nous porte et que nous soyons aimées d'elle, pour faire venir la souplesse et ce grand besoin de nudité qui va faire disparaître nos vêtements jetés autour de nous alors que nos rires prennent toute la place. Si Leonard que je connais si bien se déshabillait ainsi devant moi, je ne saurais plus quoi faire, empêchée que je serais dans tout mon corps par la violence de son acte. Pourtant, la grande actrice rousse et moi, nous sommes maintenant nues, et il n'y a pas de provocation. C'est comme si je dansais devant un miroir pour mieux connaître la rondeur de mes formes. Je dis: «Quelle paix il y a parfois

dans la violence quand elle n'a pas à se retourner contre elle-même.» La grande actrice rousse me sourit, et c'est alors que nos corps se comprennent, s'effleurant et se frôlant dans le rythme effréné de la musique. Toute cette beauté devant moi, ces muscles fermes et résolus qui savent si bien exprimer le désir dans ce qu'il a d'exclusif, les bras et les jambes faisant cette roue scintillante dans l'orbite de laquelle j'entre, pour être bien et amoureuse du mouvement, pour oublier toute cette tristesse qu'il y a dans le passé et les yeux tout à coup alarmés de la grande actrice rousse quand elle me parlait de sa mère.

Des heures et des heures ainsi, à tournoyer dans la musique de Mick Jagger, le corps de la grande actrice rousse et le mien tout mouillés, emportés par la frénésie, comme si sa beauté et la mienne devenaient électriques, de plus en plus attirées l'une par l'autre, au point que nos visages ne peuvent pas faire autrement que de se rapprocher afin de s'ouvrir dans la profondeur des lèvres, et se découvrir dans les dents, et se découvrir dans la bouche. Mais dès que ça se passe ainsi, la grande actrice rousse perd pied et son corps se défait, comme une masse de morceaux épars sur le sofa-lit, et moi je la regarde, et moi je ne sais plus ce qui se passe, et moi je me laisse tomber à côté d'elle qui a croisé ses mains sur son ventre, et grimace, et dit: «Je pense que mon ulcère m'est revenu. J'entends le sang qui coule de mon estomac à mon ventre.»

Tout de suite après ça, la porte de l'appartement s'ouvre et Leonard apparaît, un bouquet d'œillets à la main. Il regarde la grande actrice rousse qui se tord sur le sofa-lit, et il me regarde, essayant de deviner ce qui se passe, mais ne trouvant rien, il reste comme figé devant la porte, *trop habillé* pour comprendre ce qu'il y a maintenant de catastrophique dans notre nudité. La grande actrice rousse dit: «C'est mon ulcère et ça saigne. Mais

demain matin, il n'y aura plus rien. Il suffit que je dorme quelques heures.» Elle s'abrille avec la courtepointe, et moi je ne sais plus quoi faire, assise à l'indienne à côté d'elle, Leonard me mettant la main sur l'épaule et disant: «On serait mieux d'appeler une ambulance. Quand le sang coule, ni Mick Jagger ni Brahms ni Albinoni n'y peuvent rien.»

Et tout de suite il va vers le téléphone, et tout de suite c'est la journée de rêve qui s'en va, me laissant dans la honte de ma nudité et dans ma honte de ce qui coule tout le temps chez les autres, que je sois infirmière, ou bien comédienne, ou bien ce rien du tout qui va mordre de toutes ses dents la courtepointe avant que les ambulanciers n'emmènent la grande actrice rousse à l'hôpital du Sacré-Cœur. Leonard dit: «Calme-toi et rhabille-toi, je t'en prie.» Il m'aide à enfiler mes vêtements et ne regarde pas la grande actrice rousse qui en fait autant sans se lever du sofa-lit, toute pâle et affolée. Puis Leonard va répondre à la porte. Les ambulanciers déposent la civière, aidant la grande actrice rousse à s'y allonger — quelques minutes à peine mais l'éternité de toutes les douleurs. Je regarde la grande actrice rousse et je lui dis: «Je vais avec toi.» Elle dit: «C'est pas la peine.» Je dis: «J'y vais quand même.» Et me tournant vers Leonard, j'ajoute: «Tu permets que j'y aille?» Il dit: «J'imagine qu'il faut que tu le fasses.» C'est la première fois que je le vois grimacer et ça me fait de la peine. Je dis: «Si tu aimes mieux que je reste, je vais le faire.» Il dit: «L'ambulance n'attendra pas. Donne-moi des nouvelles dès que tu pourras.» Il m'embrasse sur le front, me sourit, mais je vois bien que ça lui est difficile parce qu'il ne comprend encore rien à ce qui s'est passé. Je dis: «Je vais te téléphoner aussitôt que possible», et je m'engouffre dans l'escalier, criant après les ambulanciers pour qu'ils ne s'en aillent pas sans moi.

6

. . . .
. . . . il écrit:
Ces quelques jours dans Sainte-Émilie-de-l'Énergie, avec
mes filles sauvages et Judith toujours aussi acrimonieuse
contre moi, ne me cédant pas un pouce de terrain,
comme si elle se doutait déjà de ce qui va nous advenir
avec tout ce qui se passe, ma faillite d'éditeur, l'état de
chômage dans lequel je suis, la ferme qui, bientôt, sera
vendue, et ce livre que j'ai commencé dans la déprime de
mon dérisoire pour que les acides qui me rongent
l'estomac me laissent un peu de cesse. Me promener une
dernière fois sur mes terres, Livia grimpée sur mes
épaules et Plurabelle me tenant par la main, afin de boire
par les yeux tout le paysage possible, et la tranquille
inertie qui vient avec, même si je sais que ça ne suffira
pas, mon mal d'être bien trop grand. Pourtant, il y a
toutes ces odeurs qui montent de la terre, et le chant lent
des oiseaux, et les cocottes que sous les grands sapins
l'on ramasse, mes deux filles sauvages et moi. Est-ce que
tant de plaisir ne devrait pas suffire face à l'hiver qui s'en
vient dans l'abondance de ses neiges? Ce serait trop
simple et ça serait surtout compter sans Judith qui, de la
porte de la maison, nous regarde revenir, encore fâchée
contre le monde parce qu'elle a laissé brûler les pommes
de terre et que, sans l'ombre d'un doute, c'est ma faute à
moi. J'ai beau lui dire que les pommes de terre brûlées

n'ont aucune espèce d'importance, elle récrimine pareil, s'assoit devant moi à la table, son visage mauvais. Tout l'après-midi va passer de même, elle se contentant de bouder et de boire de la bière, et moi faisant sauter Plurabelle et Liva sur mes genoux. Quand le soir tombe, je mets fin au jeu et je dis: «On va maintenant rentrer à Montréal-Nord. Comme ça va être la dernière fois, essayons tout le monde d'être à la hauteur.»

Je me lève, monte à la chambre mauve, mets dans une petite caisse tout ce que j'ai commencé du livre de Melville. C'est la cadette de mes filles sauvages qui tire sur la ficelle au bout de laquelle est suspendue la baleine. Elle me la donne et dit: «Elle va s'ennuyer si tu la laisses toute seule ici.» Je dis: «Tu as raison. Tu as toujours raison, Livia», et prenant la baleine, je l'embrasse là où normalement il devrait y avoir l'évent. Je dis: «Livia, je te la donne, la baleine. Comme ça, elle va être bien, dans la chaleur de tes eaux.» Elle dit: «J'ai beaucoup de poupées, mais toi tu as seulement une baleine. C'est mieux que tu la gardes.» Elle me redonne la baleine et je l'enferme dans la petite caisse avec tout ce que j'ai commencé du livre de Melville. En bas, l'impatience de Judith se manifeste, par ces cris malsonnants qui vont mettre tristement fin au monde de la chambre mauve. Il n'y aura bientôt plus rien, que la route avalée par la vieille station-wagon, Livia et Plurabelle endormies sur la banquette arrière, et Judith assise près de la portière, loin de moi, la tête renversée sur le dossier, ses mains ouvertes sous ses seins comme elle fait tout le temps quand nous voyageons. Je dis: «Judith, il y aurait peut-être quelque chose à faire, qui nous permettrait de ne pas vendre Sainte-Émilie. Tu ne penses pas?» Elle ne répond pas, s'allume une cigarette, et se met à fumer, la tête toujours renversée sur le dossier. Je dis: «Je te parle, Judith.» Elle dit: «Tout ce que tu as à dire sur Sainte-Émilie, je ne veux pas l'entendre parce que, d'une

fois à l'autre, c'est toujours pareil. Alors laisse-moi au moins la paix.» Je dis: «Qu'est-ce que je t'ai encore fait?» Elle dit: «Rien de plus que ce qui se passe entre nous depuis dix ans. Tu n'as jamais su ce que tu veux, sinon ce qui te permet de briller devant les autres. Le reste n'a jamais eu d'importance à tes yeux et ce n'est pas à ton âge qu'on change ça. Steven avait raison de me prévenir contre toi. C'est lui que j'aurais dû suivre. Comme ça, je serais peut-être heureuse aujourd'hui.» Je dis: «Tu parles de même parce que tu ne comprends pas la poésie. Steven n'a jamais été amoureux de toi. C'est notre sœur Gabriella qu'il aime, et c'est pourquoi elle est allée avec lui à Paris et à Dublin. Que je sache, ils y sont toujours et j'ai l'impression que tu ne comptes pas beaucoup là-dedans.» Elle dit: «Tu as toujours essayé de me diminuer. C'est comme quand je suis partie avec Julien parce que ça me faisait trop mal de te voir comme tu étais, courant après ce pauvre Kérouac pour mieux oublier tout ce que tu n'as jamais été et ne seras jamais. J'aurais pu être heureuse aussi avec Julien et les deux fils qu'il m'a donnés.» Je dis: «Pourquoi ne l'as-tu pas été alors? Tu veux que je te dise pourquoi? Tout simplement parce que c'était un fou qui se droguait et qui n'a rien trouvé de mieux à faire que de tuer vos deux enfants avant de se suicider lui-même, dans un minable motel de Miami.» Elle dit: «Ne parle pas de ça, Abel.» Je dis: «J'aimerais mieux moi aussi ne pas en parler. Mais quand tu étais à Miami, en train de vivre tout ce cauchemar, qui a pris le premier avion pour la Floride? Qui s'est occupé de toi et de toute cette souffrance qu'il y avait partout? Elle dit: «Je le sais, c'est toi.» Je dis: «Et parce que je suis allé aussi loin, j'y ai perdu mon amour de Blanche, et je suis revenu vivre avec toi, et depuis nous avons à rendre dans leurs grosseurs nos deux filles sauvages. C'est maintenant rien qu'à elles que je pense.» Elle dit: «Peut-être, mais quand

tu y penses, c'est seulement entre les livres que tu écris. Et comme tu en écris tout le temps, ça ne laisse vraiment pas beaucoup de place.»

C'est maintenant moi qui ne trouve plus rien à dire, dans ma culpabilité renaissante, parce que je suis incapable de me satisfaire de quoi que ce soit, pas plus de ma vie d'écrivain que de ma vie d'éditeur, pas plus de ma vie amoureuse que de ma vie de géniteur. Et sans doute est-ce pour ça si rien ne marche entre Judith et moi: je suis assis nulle part, toujours en train de tomber, mais maintenant sans cette obstination que j'avais dans les débuts, comme si ma naïveté et ma spontanéité d'alors s'étaient transformées en cette presque fondamentale incrédulité qui me court dérisoirement après, pour me rendre vulnérable partout, aussi bien dans la vie de cet éditeur que je ne suis plus que dans ma vie familiale qui claudique affreusement, tout se passant comme si je n'avais plus le contrôle sur rien, et d'autant moins que je me sens extrêmement menacé dans mon corps même parce que je sais que ce qui m'a emmené à l'hôpital du Sacré-Cœur ne représente encore rien, qu'une manière de répétition. La prochaine fois, je n'aurai peut-être pas la beauté de Samm pour me tenir du bon côté des choses et me forcer à vivre, même ce qui meurt en moi, dans cet autre niveau de ma vie que je récuse dès que je pense à Judith, à ce qui s'étouffe en elle parce qu'elle a pris racines, aussi bien dans sa vie à elle que dans celles de nos deux filles sauvages et dans la mienne. Je la regarde qui fume toujours, les yeux fermés, la tête renversée sur le dossier, ses mains ouvertes sur ses seins comme elle fait tout le temps quand nous voyageons. Et cette haine qu'il y a parfois en moi contre Judith, elle revient m'habiter, et je ne sais pas y répondre autrement qu'en appuyant à fond sur l'accélérateur, oublieux tout à coup de Plurabelle et de Livia qui dorment derrière dans l'inconscience de l'enfan-

ce. Alors Judith dit: «Quand je pense que c'est toi qui, avant de partir, nous as tous demandé d'être à la hauteur! Pourquoi toutes ces simagrées? Pourquoi toutes ces simagrées quand toi tu n'as jamais été capable d'être à la hauteur de rien? C'est pour ça que souvent tu me fais pitié, pour tout ce que tu n'arrives pas à tenir.» Je dis: «Tu parles comme ça parce qu'on s'en revient à Montréal-Nord, que tantôt on va y être et que ça va être comme tout le temps quand on y est: tu vas faire intervenir le pays et ta famille, et encore une fois tout sera impossible.» Elle dit: «Si c'est vraiment ce que tu penses, continue de conduire en fou, quitte l'autoroute et frappe le premier pilier de viaduc qui viendra vers nous autres. Comme ça, tu arriveras peut-être à être heureux.»

J'enlève tout de suite mon pied de l'accélérateur, honteux comme je le suis tout le temps aussitôt que Judith n'élève plus la voix pour avoir trop bien deviné qu'au fond je ne représente rien, que la niaiserie quand elle n'arrive plus à se contenter d'elle-même. Il pleut maintenant et les voitures zigzaguent devant nous, leurs phares trouant maladroitement la ténèbre froide. J'ai la gorge sèche et mon pied sur l'accélérateur tremble. Je dis: «Excuse-moi, Judith. Je ne voudrais pas te faire de peine, ni à personne d'autre.» Elle dit: «Mais comme ça t'est impossible de vivre sans, c'est inutile d'en parler.»

Elle ouvre la vitre de la portière et jette dans la nuit le mégot de sa cigarette. Nous traversons le pont du Bout de l'Île, toute cette eau qu'il y a sous nous, et ce rêve de l'aînée de mes filles sauvages que je refais, avec tant de lames de rasoir s'enfonçant dans son visage que le cœur me lève, faisant venir ce filet de bile dans ma barbe. Je dis: «S'il te plaît, donne-moi un kleenex, Judith.» Elle enlève la main droite de sur son sein, fouille dans le sac qu'il y a à ses pieds, et me tend le papier-mouchoir. Tandis que j'essuie la bile, je sais qu'elle me regarde, je sais que si elle

s'écoutait, elle se jetterait sur moi, pour m'embrasser furieusement et pour me dire: «Ça va mal pour toi, nous le savons tous. Mais les filles et moi, nous sommes là, et ça devrait suffire pour que tu t'en sortes, ne crois-tu pas?» Toutefois, il n'y a rien de tout ça qui se dit, et c'est toujours la route, ces grands panneaux au-dessus de nous pour nous faire savoir que si l'on a à s'égarer, ce ne peut être ici mais au-delà des garde-fous grillagés, dans la ville déjà endormie, pareille à une bête fatiguée dans toute la fadeur de ses lumières. Derrière, Plurabelle rêve. Elle dit: «Non, non» d'une petite voix toute cassée, et je voudrais me retrouver avec elle, l'embrasser avec tendresse sur le front pour que le mauvais rêve démissionne avant que la voiture ne s'engage sur le boulevard Gouin, dans un paysage qui, privé de ses feuilles, n'ameute l'œil que pour l'attrister. Je dis: «Fais quelque chose, Judith.» Elle dit: «Elle a peur, c'est tout ce que Plurabelle a. Et elle est comme ça depuis qu'elle est née parce qu'elle est terrorisée par toi.»

Je pèse sur le frein et la voiture s'arrête sur l'accotement, juste à côté de ce chenil, un amas de niches tout en démanche dont les hautes clôtures sont chapeautées de fil de fer barbelé. Judith dit: «Qu'est-ce que tu fais?» Je dis: «Quand il y a la terreur, il n'y a pas de raison pour qu'on ne trouve pas de solution tout de suite.» Et j'ouvre la portière, et je descends, et les chiens dans le chenil se mettent à japper, et la pluie froide me cingle le visage, et prenant place sur la banquette arrière j'entends toujours Plurabelle qui dérive dans son mauvais rêve, disant: «Non, Abel, non!» Et aussi: «Tu peux lui faire mal, mais ne la tue pas.» Et c'est toute cette nuit terrifiante qui me revient, quand Judith et moi nous nous sommes querellés avec tant de disgrâce que la folie a sauté sur nous, faisant tout basculer dans l'horreur, mes mains autour du cou de Judith, mes mains qui auraient fait devenir bleu

tout son visage si Plurabelle ne s'était pas réveillée, tout alarmée dans l'escalier, nous regardant Judith et moi, et disant: «Non, Abel, non. Tu peux lui faire mal mais ne la tue pas.»

J'ai pris Plurabelle dans mes bras et depuis je la serre contre moi, et depuis je voudrais tellement qu'il n'y ait plus jamais de malheur, mais ce corps tout fragile contre le mien, qui s'est remis à dormir comme il faut, comme dans les premiers temps quand je passais mes nuits à le bercer pour que les coliques cessent grâce à ma chaleur. Je dis: «Prends le volant, Judith. Je vais finir le voyage ici, avec Plurabelle contre moi.» Elle dit: «C'est comme tu veux», et tout de suite elle s'installe à ma place, et la vieille station-wagon s'ébranle, pour laisser les chiens loin derrière nous. Dans son sommeil, Plurabelle sourit maintenant, sa petite main refermée sur mon pouce. Je mets mon autre main libre dans les cheveux de Livia, et je ferme les yeux parce que j'ai tant besoin de tendresse que je ne veux plus rien entre elle et moi, que le calme de mes deux filles sauvages au creux de l'épaisse nuit.

Lorsque Judith stationne la voiture dans l'entrée et coupe le contact, je trouve que mes deux filles sauvages et moi, nous avons eu bien peu de temps pour nous reconnaître. Aussi je dis: «On devrait repartir, Judith. Traverser tout Montréal-Nord, et Ahuntsic, et aller dans Terrebonne comme quand ç'a commencé entre toi et moi. Peut-être que le bungalow s'est survécu à lui-même et que les deux érables qu'on y a plantés devant n'ont pas cessé de donner à tous la beauté de leurs grandes feuilles.» Elle dit: «C'est toi qui as voulu qu'on s'en aille de là, pas moi ni Plurabelle. Si tu en as encore du remords, vis-le toi-même. Moi, je suis juste contente d'arriver à la maison, et je n'en demande pas davantage.»

Elle sort de la voiture, et je la regarde monter les marches qui serpentent entre les massifs de thuyas, le

mûrier pleureur, le bouleau nain et les sapins bleus. Cette fragilité dans son corps mais aussi ce qui jamais ne se laissera atteindre en lui pour avoir trop de prise sur la vie, mais sans passion. Comme j'aimerais passer la nuit dans la vieille station-wagon, dans la compagnie simple de mes deux filles sauvages! Nous pourrions nous enfuir vers n'importe où, là où il n'y aurait plus jamais de ressentiment, et pas davantage de haine. Je travaillerais dans un magasin de chaussures et, pour bien connaître les pieds de mes deux filles sauvages, personne ne ferait d'aussi bonnes affaires que moi, de sorte que j'aurais tout l'argent qu'il faudrait pour les emmener à *Disneyland* ou bien dans le mythique *Parrot Jungle* de Miami. Et l'on passerait toute notre vie à vivre entre le rêve et le réel, tout simplement parce que l'amour serait aisé, avec plus rien de ma folie à détenir parce que celle-ci serait satisfaite de se lover au creux de la folie désamorcée de n'importe qui et de n'importe quoi d'autre. Mais déjà Judith, qui a allumé les lumières de la maison, me fait signe de la porte, mettant fin à tout cet absurde qu'il y a en moi, et il faudra bien que j'extirpe Plurabelle de la voiture, elle toute mollassonne contre moi, de quoi me faire grande peur dans mon corps: cette fatigue de l'enfance, ce grand sommeil de l'enfance qui s'abandonne dans la chaleur de mon sang sans se douter que je pourrais y mettre fin d'un geste dérisoire parce que, tout simplement, je suis fou — et c'est pourquoi Judith aura toujours raison contre moi.

Elle m'ouvre la porte pour que je puisse entrer dans la maison, et elle dit: «Je vais aller chercher Livia. Monte Plurabelle dans sa chambre.» Je dis: «Tu sais bien que Livia va se réveiller tout de suite si c'est toi qui vas la chercher. Aussi je vais coucher Plurabelle et j'irai ensuite prendre Livia.» Elle dit: «Si tu es si fin que ça, agis comme tu veux», et, tandis que je monte les marches vers la chambre de Plurabelle, Judith va vers la cuisine et se verse à boire. C'est comme ça toutes les fois que l'on revient de voyage. Je dépose Plurabelle dans son lit, je lui enlève ses bas mais rien d'autre parce qu'elle n'aime pas être nue pour moi, même quand elle dort, puis je mets toutes ses couvertures par-dessus elle, et je la regarde s'enfoncer dans le rêve, sa petite tête tout frisottée sur l'oreiller, avec ce sourire discret dans le coin gauche de sa bouche. De la cuisine, Judith crie: «Livia va geler dans l'auto si tu ne vas pas la chercher.» Alors j'embrasse Plurabelle sur le front, parce que je voudrais qu'elle dorme bien, et je quitte la chambre, pour ouvrir bientôt la portière de la vieille station-wagon, et tirer vers moi Livia, ce sommeil si pesant, avec le filet de bave qui coule sur son menton. Sa tête balle contre mon épaule et ses jambes, toutes les fois que je fais un pas, frappent les miennes. Tant de chaleur dans l'enfance endormie! Je couche Livia dans son lit, et je la déshabille tout à fait, étonné comme toutes les fois que je le fais de me rendre compte de ce qu'il y a déjà de femme dans l'enfance, ce corps sûr de lui, ce corps potelé qui devra chercher fort et longtemps une sensualité aussi reconnaissante. Je m'allonge à côté de Livia, je lui prends la main et je me dis que si je pouvais l'imaginer heureuse tout le temps, même sans moi, alors ça ne me ferait rien de n'être plus là puisque j'aurais accompli ce que mon corps me refusera tout le temps, sa disponibilité. Du bas de l'escalier, Judith dit: «Est-ce que tu passes toute ta nuit en haut, ou si tu viens prendre un verre avec moi?» J'abrille Livia comme il faut, je l'embrasse sur les joues, je me lève et ferme la porte de la chambre derrière moi. Dans le salon, Judith fait tourner Kenny Rogers, et c'est ce vers quoi je m'en vais, sans plus aucune défense même si tout mon corps s'y refuse. Il y a tout à coup tant de fatigue en moi, à croire que je suis toujours à l'hôpital du Sacré-Cœur et que n'importe quel rêve me poursuit. Judith est là,

debout sur la table blanche, et elle danse. Beaucoup de maladresse dans son corps, et cette main qu'elle regarde parce qu'elle tient le verre de rhum rempli à ras bords, et qui risque de se boire partout si elle ne fait pas attention. Je dis: «Ne commence pas ça, Judith. Tu sais bien que si tu continues, ça va encore finir dans l'obscénité.» Elle me sourit, relevant jusqu'à ses cuisses sa jupe écossaise, et dit: «J'étais sûre que tu me dirais ça parce que l'obscénité que tu t'obstines à mettre dans tes livres, tu as toujours refusé de la voir dans n'importe quelle vie. Mais ça ne me fait plus rien. Va donc plutôt chercher le verre que je t'ai préparé dans la cuisine.» Elle fait ce mouvement des hanches qui me paraît si disgracieux que je réponds à son désir et me réfugie dans la cuisine. Sur le comptoir, ce verre de rhum qui se noie dans ses glaçons, à côté de la bouteille et d'un sac de chips vinaigrés. Si je ne bois pas un peu, je n'aurai pas le courage de subir ce que Judith va me faire dès que je vais m'en retourner dans le salon. J'avale donc d'un trait le verre de rhum et m'en verse un autre. Je sais bien que je ne devrais pas boire à cause des acides qui me grugent l'estomac, mais la chaleur que le rhum me fait dans le ventre me paraît si bonne que je ne pense plus à rien d'autre, appuyé au comptoir, simplement content d'être là, les chats de Plurabelle et de Livia se frottant contre mes jambes. Kenny Rogers s'est tu et Judith a dû descendre de la table blanche afin de mettre l'autre plage sur le tourne-disques. Je prends la bouteille de rhum sur le comptoir et, lorsque j'entre dans le salon, c'est pour retrouver Judith qui est remontée sur la table blanche et se remet à danser. Je dis: «Je t'en prie, Judith.» Mais elle ne m'écoute pas, a fermé les yeux et, tout en sautillant sur place, promène ses mains partout sur son corps. Je dis: «Judith, si tu n'arrêtes pas, moi je m'en vais d'ici.» Sans ouvrir les yeux, elle dit: «Tu devrais être content que je me donne en striptease pour toi. Comme

ça, tu as mon corps et moi je garde le reste, tout ce qu'il y a à l'intérieur et qui ne t'a jamais intéressé.» Je dis: «S'il te plaît, ne recommence pas ça.» Et lentement, elle laisse glisser sa jupe écossaise le long de ses cuisses, comme si je n'étais pas là et n'avais pas besoin d'y être pour que l'obscénité apparaisse. Je dis: «C'est toi qui l'auras voulu, Judith», et je m'en vais, descendant les marches qui mènent à la vieille station-wagon. Je vais prendre la caisse de Melville et je vais aller m'enfermer dans le souterrain en passant par la porte d'en arrière. Si ça lui chante, Judith pourra bien danser toute la nuit sur la table blanche et boire toute la bouteille de rhum.

À cause de la fenêtre qui est restée ouverte, il fait froid dans le souterrain. J'allume les chaufferettes, vais vers ma grande table de travail où j'ai déposé la caisse de Melville que j'ouvre, étalant comme il faut les vieux ouvrages de navigation et de découvertes, le *Moby Dick* tout en démanche parce que j'ai passé trop d'heures dedans, et les premières pages de mon manuscrit. Une fois que j'aurai accroché au plafond la ficelle au bout de laquelle est suspendue la petite baleine, je vais me mettre au travail. Ce désir que j'ai tout à coup de Samm, ce désir que j'ai tout à coup de la savoir là, derrière moi, pour lire par-dessus mon épaule tous ces mots venus de Melville et du besoin que j'ai de sa beauté. Je m'asseois, décapuchonne le stylo feutre, relis le dernier paragraphe que j'ai écrit sur Melville, et la suite vient aussitôt et je n'aurais encore besoin que de quelques minutes pour que le flux des mots, si longtemps retenu en moi, jaillisse, mais Judith apparaît en haut de l'escalier, descend les marches et vient vers moi, tenant la bouteille de rhum d'une main et deux verres de l'autre. Elle a remis sa jupe écossaisse et me regarde sans acrimonie, me disant: «Excuse-moi pour tantôt. Des fois, tu me décourages tellement que je ne sais plus quoi inventer avec moi. Tu veux que je fasse du feu

dans la cheminée?» Je dis: «Si ça te tente, pourquoi pas?»
Elle dit: «Après, on s'asseoira sur les coussins, on prendra
un verre et on jasera pour de vrai.» Je dis: «Tu es jalouse
à ce point-là de Melville?» Elle dit: «Melville, je ne sais pas
qui c'est. Moi, tout ce qui m'importe, c'est que notre
affaire prend eau de toutes parts et que, malgré tout ce
que tu peux en penser, j'y tiens plus qu'à tout. Tu
comprends?» Je ne réponds pas, essaie de m'absorber
dans les mots de Melville pour conjurer cette nouvelle
menace que Judith me fait par sa soudaine aménité.
C'est toujours ce qui arrive quand elle se rend compte
que la colère, l'indifférence ou l'obscénité ne me font rien.
Alors elle joue la compréhension et la douceur, seulement pour que je ne travaille plus et passe tout mon
temps avec elle même si nous n'avons rien à nous dire.

Je la regarde qui a mis le bois dans la cheminée et
souffle sur le feu qu'elle a allumé dans le papier-journal
en dessous. Elle est contente d'elle et de sa ruse, parce
qu'elle croit déjà qu'elle va m'avoir et que, cette nuit
encore, rien du livre ne s'écrira. Le bois craque dans la
cheminée, les flammes font toutes sortes de dessins
éphémères sur les murs. Judith arrange les coussins
devant la cheminée puis, débouchant la bouteille de
rhum, en verse dans les deux verres. Moi, je fais semblant
que je ne suis pas là, mais quelque part en mer, à me
laisser flotter dans le radeau-cercueil de Quequeg. Judith
dit: «Viens avec moi devant le feu.» Elle m'offre le verre
de rhum et je n'ai plus qu'à le prendre parce que sinon, ça
va être encore la guerre et tous les mots de Melville vont
se perdre dedans. Je me lève donc et suis Judith
jusqu'aux coussins sur lesquels je me laisse tomber.
Judith en fait autant après avoir déposé sur la petite table
la bouteille de rhum. Elle met sa tête contre mon épaule
et dit: «Tout ce qui arrive présentement, ce n'est peut-être
pas une mauvaise chose si on a le courage de tout

recommencer.» Je dis: «Ça voudrait surtout signifier pour moi de ne plus écrire.» Elle dit: «Tu pourrais continuer d'écrire, mais sans que tu sois tout le temps dedans ça. Plurabelle et Livia grandissent, et quels souvenirs garderas-tu d'elles quand tu as tout le temps le nez dans un livre?» Je dis: «Je ne peux pas répondre à ce que tu me demandes et je ne le pourrai jamais. C'est pourquoi on est aussi bien de boire en silence.» Elle dit: «C'est comme tu veux. Je ne suis pas pressée. J'attends depuis dix ans et peux le faire encore une nuit.»

Je regarde le feu dans la cheminée, essaie de m'enfoncer dans le rêve de Samm, pour retrouver le monde de ses odeurs avant que Judith n'ait raison contre moi, même si je sais qu'il n'y a pas de solution, sauf celle qui me pousse à boire ce rhum alors que je ne devrais pas, mon estomac déjà viré à l'envers, avec ce poignard qui s'enfonce lentement entre mes omoplates, la douleur qu'il y fait irradiant jusqu'à mes jambes. Tantôt, ça va devenir intolérable et le cœur va me lever, me forçant à courir vers la chambre de bains où je vais m'enfermer, interdisant à Judith d'y entrer. Je suis devenu si pitoyable que c'est tout ce que mon corps va trouver pour se défendre de la ruse compréhensive et douce de Judith. Et quand mon cœur se sera calmé, je sortirai de la chambre de bains pour voir Judith endormie à côté de la porte, pareille à une enfant, ses mains ouvertes sous ses seins. Je ne la réveillerai pas et redescendrai dans le souterrain, m'assoyant à la grande table de travail, essayant de retrouver Melville et les odeurs de Samm. Mais tout aura gelé au cœur de la nuit et je resterai là comme un grand nigaud, à attendre dans le froid que le bateau sur lequel Melville et Samm se sont enfuis revienne me prendre à son bord.

7

....
.... elle dit:
La grande actrice rousse est couchée dans le lit qu'il y a
dans le souterrain de sa maison, quelque part sur la rue
Visitation mais je n'en suis pas certaine parce que depuis
que nous y sommes elle et moi, je n'ai fait que rester à
son chevet, me retrouvant dans la banalité de l'infirmière
honnête et compatissante que je suis.

Mais il y a d'abord ces trois jours à l'hôpital du Sacré-
Cœur, dans cette chambre où la grande actrice rousse
passe tout son temps à dormir, emportée dans le sommeil
profond par les médicaments. Lorsqu'elle se réveille, elle
paraît absolument étonnée de me voir à son côté puis,
retrouvant l'éclat de son grand rire, elle me dit: «Il y a
comme ça des jours où une sorte de convalescence est
tout ce qu'il y a de possible à vivre.» Puis cherchant ses
cigarettes que j'ai mises dans le tiroir de la table de chevet,
elle ajoute: «J'imagine que c'est normal qu'une fois il faille
se retrouver comme ça toute seule, pour se parler
vraiment de soi, de ce qui, tout le temps, reste au fond de
ce qui se vit, peut-être parce que ça ne peut pas exister
chez les autres, ce mal à être venu on ne sait pas d'où, de
cette part de soi si vulnérable qu'il faut à tout prix s'en
protéger même si ce n'est que pour mieux se détruire, et
disparaître quelque part ailleurs, là ou personne ne vous
demande ce que vous êtes, ni même si vous êtes. Tout le

temps que j'ai dormi, je suis sûre que je n'ai pas fait autre chose. Évidemment, tu ne peux pas encore comprendre. Mais je te raconterai tout ça plus tard.»

Je viens pour lui dire qu'elle n'a pas besoin d'ajouter quoi que ce soit, que j'ai compris qu'il n'y a jamais rien du corps à quoi se raccrocher, pas plus pour ce qu'on en fait que pour ce que les autres voient en lui — cette grande indigence des muscles qui se survivent à eux-mêmes, et mal, et jour après jour, dans l'anarchie de leurs humeurs, de quoi n'être jamais rien, pour soi-même comme pour les autres. C'est en tout cas ce que le corps de la grande actrice rousse me dit depuis trois jours, parfois en tressaillant violemment sous les draps, et parfois en laissant échapper de petits cris très aigus. Il y a aussi ces brusques mouvements de tête, et la masse rousse des cheveux se met à voyager de droite à gauche et de gauche à droite dans une grande frénésie. Pour avoir vu déjà pas mal de patients, c'est pour moi facile de deviner que quelque chose de la plus haute importance se passe dans le corps de la grande actrice rousse, un douloureux questionnement qu'une fois revenue à elle, elle ne peut pas ne pas poursuivre.

Mais ce n'est pas à l'hôpital du Sacré-Cœur que la grande actrice rousse veut y penser. À son médecin qui vient la voir, elle dit: «Ça ne me donnerait rien de rester ici plus longtemps. Vous comme moi, nous savons de quoi je souffre et pourquoi je suis malade. Maintenant que l'hémorragie s'est arrêtée, je sais ce que j'ai à faire.» Le médecin dit: «Je pense que vous ne vous rendez pas tout à fait compte de la gravité de ce qui vient de vous arriver. Avec un peu moins de chance, vous auriez pu y rester.» La grande actrice rousse dit: «N'exagérons rien. Ce n'était qu'une autre petite alerte de plus. Et puis, quand on est née sous une bonne étoile comme moi, de quoi pourrait-on avoir peur, sinon que le ciel ne vous tombe sur la tête?»

Le médecin ne dit plus rien, sachant déjà, j'imagine, qu'il n'arrivera pas à convaincre la grande actrice rousse. Aussi lui signe-t-il son congé. Nous quittons l'hôpital du Sacré-Cœur presque tout de suite après, montant à bord de ce taxi qui va nous emmener jusqu'à la maison de la grande actrice rousse. Elle a mis sa tête contre mon épaule et me tient la main. Je trouve qu'elle ressemble à une petite fille après une nuit de cauchemar, les yeux grands ouverts pour avaler le paysage et, par grandes envolées d'oiseaux, obliger la vie à revenir habiter le corps. Elle dit: «Tu sais, je faisais ma brave devant le médecin tantôt. Parce que quand j'étais chez toi, et que mon ulcère est revenu, avec tout ce sang qui s'est mis à couler, j'ai pensé que cette fois-ci il n'y aurait plus rien à faire, que toute ma vie s'en allait bien trop rapidement pour que je sois capable de la retenir encore en moi.» Elle me serre fort la main en disant cela, et je me sens pleine d'amitié pour elle, et je voudrais que la chaleur de mon corps l'envahisse pour lui redonner toutes ses forces.

Quand nous entrons dans la maison, l'épuisement de la grande actrice rousse est tel qu'elle doit s'appuyer sur moi pour descendre dans le souterrain où elle s'allonge dans le lit sous une masse de couvertures. Elle me dit: «Je te remercie pour tout ce que tu as fait. Maintenant, tu peux rentrer chez toi pour te reposer toi aussi.» Je dis: «J'aimerais mieux rester, du moins le temps qu'il faudra pour que tu te sentes bien.» Elle ne répond rien, ferme les yeux parce que les larmes lui coulent sur les joues, venues de son épuisement et d'ailleurs aussi, mais ça, pour trop mal la connaître encore, je ne peux savoir de quoi il s'agit. Je m'assois sur le bord du lit, et je la regarde s'endormir, son visage et ses lèvres très pâles. Je la trouve belle, comme lorsqu'elle a dansé avec moi, son long corps de souplesse comme une offrande aux dieux de la musique. Et, en même temps, cette grande

souffrance qu'il doit y avoir en elle, qu'elle ne veut pas partager pour que l'image d'elle-même ne pâlisse pas, comme à *lui* c'est arrivé dans le fumoir quand, me croyant sortie, il s'est laissé tomber sur le terrazo, au bout de sa résistance. Lorsqu'elle se réveillera, peut-être la grande actrice rousse ne me reconnaîtra-t-elle même plus, me chassant de sa maison, fâchée contre elle-même pour m'avoir fait le don difficile de sa solitude.

Laissant le lit et la chambre de la grande actrice rousse, je monte au rez-de-chaussée. C'est plein de plantes partout, de lampes dissimulées entre elles, de vieux meubles chauds, de tapis blancs et de toiles, tout abstraites et rouges, qui sont pareilles à de grandes taches de sang sur les murs. Je mets Pablo Casals sur le tourne-disques, puis je me laisse tomber dans le grand fauteuil, près de cette fenêtre qui donne sur la cour intérieure. Tout au fond, il y a cette sculpture de pierre représentant une femme nue dont l'eau, par petits jets, lui coule de la bouche. Avec la neige qui tombe mollement, c'est une image bizarre, et je reste longtemps à la regarder, sans penser à rien, comme détachée de moi-même. Je ne sais plus où je suis, au cœur d'une fatigue qui me surexcite. Les joues me brûlent même si j'ai les pieds très froids. Que se passe-t-il encore en moi? Et pourquoi cette journée si bien commencée à l'École nationale de théâtre s'est-elle terminée de même, par cette prodigieuse poussée de la maladie alors que moi je ne faisais que rêver et que profiter de la souveraineté de mon corps? Sans m'en rendre compte, peut-être ai-je trop demandé à la grande actrice rousse, moi comme en amour d'elle, retrouvant dans sa disponibilité le corps de douceur de Leonard, mais sans plus aucune ambiguïté parce que délesté de toute menace, même lointaine, ce qui fait qu'après tous ces jours et toutes ces nuits de veille, je me sens comme au creux d'un remous, avec juste la certitude que je viens

de passer à côté de l'étrangeté, ou que j'y ai totalement sombré, je ne sais plus, de sorte qu'assise dans le grand fauteuil, près de cette fenêtre qui donne sur la cour intérieure, je suis encore tout à fait incapable de téléphoner à Leonard pour lui apprendre que la souffrance s'est dénouée et que je rentrerai bientôt.

Je ne sais pas combien de temps passe ainsi parce que je m'ensommeille et fais ce rêve qui, très régulièrement, vient me saillir quand je m'endors au cœur de la fatigue. Dans ce rêve, je suis un grand corbeau juché sur le casque d'ouvrier de mon père. Lui et moi, nous sortons de la maison, et la scintillance du soleil est telle que je m'envole et me mets à planer très haut dans les airs, habité par une faim atroce. Je zigzague, je plonge et je pique, mon bec grand ouvert pour capturer tous les animaux de la terre. L'un après l'autre, je les emmène au sommet de la montagne et je leur crève les yeux pour qu'ils ne puissent pas s'enfuir de la grotte où je les emprisonne afin de les manger. Des yeux de tous les animaux que je tue, je fais un collier que je me mets autour du cou, comme s'il fallait à tout prix que je m'abrille de sang parce que je suis devenue une sorcière qui déteste tellement les hommes que je veux tous les voir mourir de faim. Alors mon père apparaît au sommet de la montagne, son casque d'ouvrier sur la tête, et il me dit: «Samm, je viens délivrer les bêtes et après, il faudra bien que je te tue parce que tu as manqué à ma parole.» De sa grande main, il libère les animaux qui dévalent la montagne pour aller repeupler la terre. Mon père les regarde s'en aller puis, s'approchant de moi, il dit: «De quelle façon veux-tu mourir?» Je dis: «Je t'en prie, laisse-moi la vie. Désormais je ne mangerai plus que de la viande morte.» Il dit: «Depuis que tu as ensorcelé les bêtes parce que tu voulais nous voir tous mourir, elles sont recouvertes d'une cuiras е d'os et de corne, de sorte que

nos flèches s'émoussent sur leur corps. On ne peut plus les tuer pour s'en nourrir.» Je dis: «Je sais quoi faire, mais il ne faut pas que tu me tues.» Il dit: «Dans ce cas, viens te jucher sur mon casque d'ouvrier et fais ce qui doit être fait.» J'obéis à mon père. Une fois sur son casque d'ouvrier, c'est tout à coup plein d'os que je me mets à ronger, à tailler et à façonner pour les faire devenir pareils à des flèches qu'ensuite je laisse tomber sur les animaux pour mettre fin à l'enchantement. Alors mon père tient la paume de sa main ouverte vers le ciel, et je m'y abrite, et il me dit: «Mam, je t'aime beaucoup, mais s'il y a une prochaine fois, il faudra vraiment que je te tue. Et c'est toujours comme ça quand la fin du monde arrive, ma pauvre Samm.»

Lorsque je sors de mon rêve, je suis allongée sur le plancher à côté du grand fauteuil, tout étonnée de me retrouver là, avec la tête qui me fait mal. Je me lève, vais à la fenêtre et, voyant la sculpture de pierre au fond de la cour intérieure, tout me revient, et je descends dans le souterrain. La grande actrice rousse est assise dans son lit, une pile de livres à côté d'elle. Mais elle regarde au plafond en tirant sur sa cigarette. Je dis: «Je me suis endormie dans le grand fauteuil, près de cette fenêtre qui donne sur la cour intérieure. Est-ce que ça va mieux maintenant?» Elle dit: «Je me sens tout à fait bien et capable de manger même un bœuf enrobé de miel.» Je dis: «Je vais nous préparer quelque chose parce que moi aussi j'ai faim. Mais toi, il faut que tu restes au lit.» Et j'ajoute en riant: «Est-ce que ça ferait plus sérieux si je mettais mon uniforme d'infirmière?» Elle dit: «Ça ne changerait rien à la qualité de l'amitié.»

Ce n'est rien de plus qu'un repas de biscottes, de fruits frais et doux, de yogourt, de miel et de lait que nous prenons, la grande actrice rousse et moi, chacune à l'extrémité du lit, les jambes repliées sous nous. Elle est

bonne cette nourriture toute simple, avec le plateau argenté devant nous. Nous ne parlons pas, trop prises toutes les deux par ce que nous mangeons, comme si c'était la première fois que nous le faisions. À dire vrai, c'est sans doute cela la réalité, tandis que l'autre jour, à *La Niçoise*, il y a eu malentendu quelque part, peut-être dans les yeux de la grande actrice rousse, tout pétillants de vie et de malice alors que maintenant, ils sont comme délavés avec, parfois, quelque chose de traqué dedans.

Après s'être léché les doigts à cause du yogourt, la grande actrice rousse dit: «Je pensais que je ne mangerais plus jamais. Comme c'est agréable, toute cette blancheur encadrant la couleur vive mais tranquille des fruits! Tu ne trouves pas?» Elle vient pour rire, mais ça ne va pas plus loin que le coin de sa bouche. Alors elle dit: «J'ai bien peur que l'image que tu avais de moi l'autre jour ne pourra plus jamais exister. Parce que là, ce que tu as devant toi, c'est le revers de la médaille, c'est-à-dire une femme plutôt triste qui a du mal avec sa solitude et avec tout ce que celle-ci l'oblige à faire parce qu'autrement, il n'y aurait pas moyen d'être quelque part. Tu dois être déçue, non?» Je dis: «Pourquoi le serais-je? Tout ce que j'ai, c'est que je suis inquiète.» Elle dit: «À cause de moi? Dans ce cas, tu as tort parce que pour moi-même, je serai toujours incapable d'aller jusque-là.»

Même si je suis certaine qu'elle me ment, je me sens incapable de le lui dire, rien n'étant encore très clair dans ma tête, sauf le fait que depuis le repas, il y a quelque chose d'étrange qui m'habite, comme si la grande actrice rousse et *lui* que j'ai vu sombrer dans le fumoir de l'hôpital du Sacré-Cœur ne faisaient plus qu'un, leurs corps épuisés essayant de me dire la même chose mais sans que je sache exactement quoi. Aussi, pour ne plus avoir à y penser, je dis: «C'est quoi, tous ces livres à côté de toi?» Elle s'allume une nouvelle cigarette, tire dessus et

103

dit: «Il faut que je prépare un exercice pédagogique pour les élèves de l'École. J'avais pensé faire quelque chose avec Tchekhov, mais j'ai bien peur maintenant d'être comme le Sorine de *La mouette* quand il dit: *Dans ma jeunesse, je voulais devenir écrivain, et je ne le suis pas devenu; je voulais être éloquent, et j'ai toujours parlé très mal. Il m'arrivait de suer sang et eau avant de pondre une conclusion. Je voulais me marier, et je ne suis pas marié. Je voulais toujours habiter la ville, et je finis mes jours à la campagne. Et voilà tout.* Depuis quelque temps, c'est bien ça que je suis devenue, je pense: une manière de Sorine qui ne peut pas agir vraiment parce qu'il ne sait pas trop trop de quoi il parle et d'où ça parle en lui. Je m'en suis rendu compte en lisant la biographie de Tchekhov par Simmons. Et moi qui avais joué dans *Les trois sœurs*, dans *La mouette* et dans *La cerisaie*, je ne savais rien de cet écrivain, tout juste qu'il était médecin, qu'il s'était marié avec une actrice et qu'il souffrait de tuberculose. Mais c'était à une époque où la maladie ne me disait rien, et je trouvais ça ennuyeux. Et maintenant, je n'ai qu'à feuilleter la biographie de Simmons pour toujours tomber sur des mots de Tchekhov parlant de sa maladie. Tiens, écoute ça.»

Elle prend le gros livre, en tourne rapidement les pages, s'arrêtant brusquement à ce paragraphe souligné en rouge et annoté dans la marge. De sa belle voix redevenue toute chaude, elle lit: «L'ennemi qui tue le corps vient en général imperceptiblement, il porte un masque, comme par exemple quand on souffre de consomption et qu'on pense que ce n'est pas la consomption, mais une simple bagatelle. Il s'ensuit que ce qui est terrible, c'est ce qu'on ne craint pas, mais que ce qui éveille votre appréhension ne l'est pas... Je sais que je mourrai d'une maladie que je ne crains pas. Donc, si j'ai peur, c'est que je ne mourrai pas. Mais tout ça est absurde.»

Elle s'arrête de lire, met le livre par-dessus les autres sur la pile à côté d'elle et, du revers de la main, envoie ses cheveux revoler en l'air. Elle dit: «Tu comprends, maintenant je ne peux plus travailler sur Tchekhov sans que tout ce qui me reste de mes lectures soit justement ce qui concerne la maladie. J'aurais le goût de faire un patchwork de tous ces textes, de les faire habiter par les personnages de Tchekhov et de travailler avec les élèves à partir d'eux. Mais je sais bien que ni eux ni moi, nous n'aurions le courage d'aller jusque-là parce que ça serait trop déprimant. Alors j'ai pensé à autre chose. Comme il y a plus de filles que de garçons dans la classe, je me suis dit que si j'arrivais à connaître un peu le passé des Amérindiennes, il y aurait sans doute moyen de préparer un exercice fascinant sur ce que les femmes rouges ont accompli. J'ai potassé déjà pas mal de livres, mais je n'ai pas encore trouvé de fil conducteur. Et puis, comme il faudrait commencer à travailler dans quinze jours, je ne serai jamais prête.» Je dis: «Je pourrais te donner un coup de main.» Elle dit: «Ça t'intéresserait *vraiment*?» Je dis: «Il me semble que j'entrerais là-dedans comme en religion.» Elle dit: «Et moi, j'aurais bien besoin de ça pour oublier tout le reste.» Je dis: «De quoi as-tu peur exactement?» Elle dit: «Pourquoi me demandes-tu ça?» Je dis: «Parce que c'est dans tes yeux.» Elle dit: «J'ignore ce que c'est.» Et essayant d'esquisser un sourire, elle ajoute: «Mais peut-être est-ce simplement que j'ai du mal avec moi quand je ne suis pas amoureuse. Et ça fait une éternité que je ne l'ai pas été vraiment.»

Elle laisse sa tête tomber sur les coussins et ferme les yeux, ses mains ouvertes sur son ventre. Ses lèvres sont sèches et sa peau très pâle, avec de petits lacs roses ici et là. Parler l'a fatiguée. Je reste au pied du lit à la regarder s'endormir, un sommeil trouble qui la fait s'agiter souvent, sans doute à cause de ce qui s'obstine à mal rêver en elle.

Elle me paraît fragile, aussi vulnérable qu'une enfant, son pouce dans la bouche, ses muscles bougeant sous les couvertures, pour la désabriller sans arrêt. Puis, brusquement, elle ouvre les yeux, et dit: «Maman vient d'entrer dans la maison.» Je dis: «Je n'ai rien entendu.» Elle dit: «Il y a seulement moi qui le sais quand maman entre dans la maison. Elle descend déjà les marches.» Et me prenant la main, elle continue: «Mais ne me laisse pas seule avec elle, en tout cas pas tout de suite.»

Elle retire sa main de la mienne. Nous regardons vers la porte de la chambre où sa mère se tient, immobile, une main appuyée au chambranle. Elle est tout essoufflée et cherche après son respir, la bouche entrouverte et les yeux presque fermés. Elle a l'air beaucoup plus petite qu'elle ne l'est à cause de la maladie qui a rendu sa peau flasque et grise, et voûté son dos. Tout son corps dit qu'elle n'en aura plus pour longtemps à vivre, que c'est seulement l'exigence de sa volonté qui lui permet d'être là, dans la porte, à calmer son cœur affolé. Quand elle y parvient, elle s'approche du lit, quelque chose de changé dans son visage, comme si la souffrance s'en était retirée, faisant disparaître les rides et mettant dans les yeux une étrange douceur. Elle dit: «Pourquoi ne m'as-tu pas téléphoné?» La grande actrice rousse dit: «C'était juste une petite crise, comme la dernière fois.» Elle dit: «Je viens de parler à ton médecin. Je ne sais pas depuis quand une hémorragie est une petite crise.» La grande actrice rousse dit: «Mais c'est fini maintenant. Je t'en prie: ne parlons plus de ça.» Elle dit: «Je ne savais plus où te rejoindre. D'habitude, tu m'appelles tous les jours, même quand tu es en tournée. À l'École, on n'avait aucune idée où tu étais passée. Je suis même venue ici trois ou quatre fois. Est-ce que tu te rends compte?»

Son visage s'est encore une fois modifié, sans plus cette étrange douceur dans les yeux, avec les rides

profondes qui sont revenues creuser les joues et rendre la bouche toute petite. Elle dit: «Pauline, tu n'es pas raisonnable. Parce que tu le sais maintenant que tu n'as pas le choix et qu'il faut que tu changes de vie. Qu'est-ce qu'il faudrait que je fasse pour que tu te rentres ça dans la tête une fois pour toutes? Tu travailles trop, toujours à courir entre la télévision, le théâtre, le cinéma et l'École, comme s'il fallait absolument que tu fasses tout, de la mise en scène à l'écriture, de l'enseignement à je ne sais pas trop quelle autre absurdité. Pourtant, être actrice ça devrait te suffire. Le mois passé, quand je t'ai vu jouer Agrippine, je me suis dit que ça valait bien tout le travail que tu peux faire en une année à l'École.» La grande actrice rousse dit: «Je le sais, tu passes ton temps à me le répéter. Mais abandonner ce que je fais à l'École, il n'en est pas question. J'ai mis trop d'énergie là-dedans pour lâcher maintenant.»

Il y a ce silence alors qu'elles se regardent toutes les deux, et moi je me sens de plus en plus mal à l'aise parce que je comprends que je n'ai pas le droit d'être là, à entendre ce qui se dit, tous ces mots terrorisés qui se promènent dans l'espace, emportant sans doute avec eux bien des vérités que je n'ai pas à écouter. Aussi je dis: «Il faut que je parte maintenant. Est-ce que je peux apporter les livres avec moi?» La grande actrice rousse dit: «Bien sûr, Samm. Et j'espère que ça ira très bien pour toi.» Je me penche vers elle pour l'embrasser et elle me dit à l'oreille: «Ne pars pas encore. Ça serait gentil si tu pouvais rester en haut.» Je dis: «D'accord», et je mets mes lèvres sur son front qui est très froid. Après, je prends la pile de livres et me dirige vers la porte alors que la grande actrice rousse dit à sa mère: «Ne reste pas debout. Tu le sais que tu ne dois pas te fatiguer. Assieds-toi et nous allons discuter si tu veux.»

Au-rez-de-chaussée, je retrouve les plantes vertes, et les lampes dissimulées entre elles, et les vieux meubles

chauds, et les tapis blancs, et les toiles, tout abstraites et rouges, qui sont pareilles à de grandes taches de sang sur les murs. Par la fenêtre, je regarde dehors. La neige tombe toujours mollement et de la bouche de la sculpture de pierre représentant une femme nue, l'eau coule encore, par petits jets saccadés. Le temps s'est visiblement arrêté, depuis de longs jours, peut-être même des semaines, à ce moment précis où Virginia Woolf s'est noyée dans les eaux de la rivière des Prairies, son corps se transformant en cette sculpture de pierre qu'il y a au fond de la cour intérieure, et l'eau qui gicle de sa bouche n'a plus rien à dire, sinon ce qu'il y a de vide dans le paysage. Je suis défaite et je reste longtemps à regarder dans la fenêtre, espérant voir apparaître un grand corbeau noir. Lui seul serait capable de m'orienter de nouveau pour me permettre de retrouver le chemin menant à Leonard, à cette tranquillité qu'il y avait avant, ma beauté n'ayant pas à se retourner contre elle-même. Le téléphone n'est pourtant pas loin, juste à côté du grand fauteuil. Il suffirait que je compose ce numéro pour que la voix de Leonard arrive jusqu'à moi et me ramène à ce qu'il y avait avant. Pourquoi tout mon corps refuse-t-il de se rendre jusque-là, me forçant à regarder par la fenêtre la neige qui tombe mollement et le filet d'eau qui sourd de la sculpture de pierre? Est-ce parce que j'ai peur d'être tombée en amour avec la grande actrice rousse et que j'appréhende déjà le pire, ce qui s'est laissé entrevoir tantôt dans le souterrain quand sa mère y est apparue? Il faut vraiment que je m'arrache à cette fenêtre, ne serait-ce que pour aller m'asseoir dans le grand fauteuil et me plonger dans la lecture de tous ces livres sur la vie rouge, afin de laisser l'ancien temps remonter en moi et établir sa palissade de pieux tout autour de mon corps pour que je sois protégée de partout. Mais à peine suis-je assise, un livre ouvert sur mes genoux, que les mots se mettent à sauter,

moi incapable de rien retenir, agressée et démunie devant toutes ces phrases auxquelles je ne comprends rien, comme si je n'étais plus capable de lire, l'encre des mots faisant ce grand lac noir où je sombre sans être capable de me raccrocher à quoi que ce soit, sinon à ce téléphone qu'il y a sur la table à côté du grand fauteuil, et qui me menace avec obstination. Je suis si fatiguée que je n'aurai bientôt plus de résistance et je vais décrocher le téléphone, mon cœur battant dérisoirement, comme si c'était une arme que je tenais dans ma main. Je fais le numéro de l'appartement de la rue Christophe-Colomb, je laisse sonner plusieurs fois, mais il n'y aura pas de réponse: Leonard a dû se lasser de m'attendre, il est parti et, depuis, il se promène dans Montréal, laissant le froid lui manger le visage. C'est ma faute, j'ai mis trop de temps, et maintenant je me retrouve seule, sans chaleur, dans la maison de la grande actrice rousse qui s'entretient avec sa mère. Il faut que je m'en aille d'ici, il faut que je me lève de ce grand fauteuil, que je descende dans le souterrain, que je dise à la grande actrice rousse qu'il est urgent que je parte parce que sinon mon amour d'elle va se transformer en une dépendance si affreuse qu'elle aussi bien que moi, nous en aurions terriblement honte.

Je descends l'escalier qui mène dans le souterrain, mes yeux pleins de larmes comme si j'allais mettre fin à ce qui, dans ma vie, est de la plus haute importance. Mais arrivée devant la porte de la chambre, je m'arrête tout net, figée par ce que je vois: la grande actrice rousse et sa mère sont allongées l'une à côté de l'autre dans le lit et dorment calmement, leurs mains entrelacées. Je m'y attendais si peu que je remonte aussitôt les marches, enfile mon manteau, prends la pile de livres sur le grand fauteuil et me jette dehors: que suis-je pour croire que, n'importe où dans le monde, quelqu'un pourrait bien avoir vraiment besoin de moi?

109

8

. . . .
. . . . il écrit:
Toutes ces heures qui passent sans que rien ne vienne de
moi, alors qu'assis devant la grande table, les vieux
ouvrages de navigation ouverts les uns sur les autres, je
me sens égaré dans le labyrinthe que, loin sous la terre, je
me suis creusé moi-même, pareil à ce héros de Kafka
étranglé par la peur dans sa taupinière, obsédé par les
actions simples et absurdes de sa vie. Depuis trois jours, je
n'ai pas écrit une ligne même si j'ai passé tout mon temps
dans le souterrain, le stylo feutre à la main. Je ne fais que
penser à ce qui va m'arriver demain, quand l'acheteur de
la ferme de Sainte-Émilie va venir et que tout en moi ne
deviendra plus qu'une inconsolable pitié. Pour ne pas
avoir à vivre cela, Judith est partie avec nos deux filles
sauvages à Petite-Matane. Même si elle a dit que c'était
pour que j'écrive en paix, je ne l'ai pas crue, content toutefois qu'elle s'en aille et me laisse seul dans le souterrain, à
regarder devant moi, attendant que la nuit vienne et que
je m'endorme sur ma chaise, la tête appuyée sur la pile de
livres.

C'est la sonnette de la porte d'entrée qui m'a réveillé.
Déjà le matin, était-ce possible? Je me suis levé, suis sorti
du souterrain, ai traversé la grande pièce et suis allé
ouvrir. L'homme était habillé d'un caban de matelot, avait
de grandes mains rouges et des lunettes très épaisses. Il

m'a dit: «C'est moi qui ai appelé pour la ferme. Je m'appelle Patrice Drapeau. Quand vous voudrez, nous pourrons y aller.» J'ai dit: «Il y a longtemps que je suis prêt. Alors partons tout de suite.»

Nous avons quitté la maison, sommes montés dans la vieille station-wagon, et ce fut tout de suite la route devant nous, le boulevard Gouin recouvert de feuilles mortes avec, ici et là, de petites flaques d'eau déjà prises dans la glace. Pour être sûr de n'avoir rien à dire, j'avais ouvert la radio afin que l'idiotie de la musique recouvre toutes choses. Mais une fois Joliette derrière nous, je me sentis si triste que même conduire me parut au-dessus de mes forces et c'est pourquoi, près de Saint-Jean-de-Matha, je m'arrêtai devant ce bar-salon aux fenêtres obturées, disant à Patrice Drapeau: «Une bière, une seule pour que ça puisse continuer.» Il m'a dit: «Je suis végétarien et ne bois jamais. Je vais vous attendre dans la voiture.»

J'aurais voulu rire, même si le cœur n'y était pas. Je laissai plus simplement la vieille station-wagon, ouvris la porte du bar-salon et me laissai happer par la pénombre, heureux de retrouver les éclairages stroboscopiques balayant les wétrices nues se promenant d'une table à l'autre dans le jeu maquignonné de leurs hanches. Je n'avais pas eu le temps de m'asseoir que l'une d'entre elles vint me voir, se penchant légèrement vers moi pour que toute l'ampleur de ses seins me saute dans la face. Au lieu d'une bière, je commandai un double scotch et, en attendant qu'il me soit donné, je regardai tout ce qui, dans le bar-salon, s'était fait chair nue pour éponger la soif de l'humanité. Tout au fond, dans cette zone sombre que ne balayaient pas les éclairages stroboscopiques, une wétrice, montée sur un tabouret, dansait devant un homme assez âgé, tout son visage comme une poussée de fièvre. D'une main, il essayait de toucher la wétrice qui

l'écartait en souriant, son corps splendide tout en mouvement. En buvant mon scotch, je continuai de regarder la scène, fasciné par la wétrice nue et excité par ce que je croyais qu'il finirait par se passer. Et lorsque la musique changea, la wétrice nue descendit de son tabouret, tendit la main pour recevoir l'argent de son sacrifice. Mais l'homme assez âgé lui prit le poignet, la força à baisser la tête et lui dit quelque chose à l'oreille. La wétrice nue acquiesça et se remit à danser, mais sans son tabouret cette fois-ci. Je vis l'homme fouiller dans son pantalon et le jeu des mains de la wétrice nue m'apprit le reste, que le plaisir peut venir n'importe où et n'importe comment, ce qui me rappela cet épisode de ma vie avec Blanche alors que chargé de cours à l'Université du Québec aux Trois-Rivières, j'y avais invité Hubert Aquin, me retrouvant avec lui, et Blanche, et quelques autres, dans ce restaurant où, pour nous être mis à boire beaucoup, le monde ne devint plus qu'un vertigineux tourbillon, une suite syncopée d'images folles dans lesquelles nous nous plongeâmes avec toute cette déraison venue de l'alcool. Aussi Blanche et moi, à nous parler du milieu même de cette déraison, en arrivâmes-nous à vouloir représenter ce passage de *Trou de mémoire,* superbe, où le héros mâle et le héros femelle se font l'amour à une table dans un endroit public. Je conduisis la main de Blanche à mon sexe et, tandis que Hubert Aquin parlait de Barthes et d'Omer Deserres, je me laissai follement masturber, imaginant ce qui arriverait quand mon sperme giclerait et, peut-être, maculerait les souliers italiens de Hubert Aquin.

Au souvenir de cette scène, un énorme éclat de rire vint me prendre. Il passa toutefois inaperçu dans ce bar-salon où toutes les wétrices étaient maintenant occupées à danser sur des tabourets, leurs corps emportés par les secousses de la musique. Je dus me rendre au bar pour y commander un autre double scotch. J'avais oublié que

dehors, Patrice Drapeau m'attendait dans la voiture, qu'il ne devait pas y faire chaud ni de bonne humeur. Je haussai les épaules, bus une gorgée de scotch et regardai le jeu des wétrices nues, le déroulement des formes qu'elles faisaient venir, leurs longues jambes et leurs longs bras extraordinairement mobiles, et je n'y trouvai rien qui aurait pu ressembler à une disgrâce quelconque ou mesurée, mais bien plutôt la beauté quand elle se donne pour ce qu'elle est, sans rien retenir. Et par-devers moi-même, je me dis aussi qu'on ne trouvait jamais rien de tel dans l'écriture, sinon la mort qui, sans cesse, se dilue dedans à défaut de se gonfler brutalement et, au milieu d'une phrase totale, de vous décoller dans votre tête indigne de vivre la vraie beauté du corps.

Je grimaçai car l'alcool commençait à faire ses ravages dans mon estomac, me faisant monter le cœur à la bouche. Si je n'avalais pas tout de suite un troisième verre de scotch, je savais ce qui allait se passer: lovée dans mon ventre, l'angoisse se déchaînerait partout dans mon corps, détruisant n'importe quelle certitude et me laissant devant l'hôpital du Sacré-Cœur, allongé sur une civière. La main tremblante, je pris le verre de scotch et le calai d'une traite. Le feu força l'angoisse à laisser l'estomac et le ventre. Tout apeurée, elle se réfugia dans la bourse des testicules qui devinrent si douloureuses que j'y mis les mains comme pour les protéger.

C'est alors que Patrice Drapeau, ses épaisses lunettes sur le bout du nez, fit son entrée dans le bar-salon. Il ne parut pas voir les wétrices nues et vint tout de suite près de moi, disant: «Il faudrait bien y aller si on veut marcher la terre avant qu'il ne fasse noir.» Je dis: «Vous avez raison, et d'ailleurs j'allais sortir.»

Je le suivis jusqu'à la porte où je m'arrêtai, regardant une dernière fois les wétrices nues dans l'endiablement volontaire de leurs corps. Puis je me retrouvai dehors.

Une petite neige nerveuse s'était mise à tomber, gommant le paysage, le rendant à la blancheur originelle, comme pour le déshabiter de toute la profondeur de son espace. Il n'y avait plus rien devant la vieille station-wagon, que de virevoltants flocons de neige qui me faisaient mal aux yeux. J'aurais voulu m'arrêter n'importe où, couper le contact et me mettre à pleurer, pour ne pas avoir à mourir quand Sainte-Émilie, comme une sanglante blessure, se porterait à notre rencontre, debout au milieu d'une baignoire et les poignets tranchés. Patrice Drapeau dit: «C'est un beau pays.» Je ne répondis rien, juste sensible à la côte du Grand Rang que nous montions à petite vitesse car ici la tempête se déchaînait, spiraloïde et démente. J'appliqua le frein et sortis de la voiture pour ouvrir la barrière. Quelque part dans la neige, un cheval hennissait. Je dis à Patrice Drapeau: «C'aurait été mieux de venir un autre jour. Là, vous ne verrez pas grand-chose.» Il dit: «Quand on veut vraiment voir, c'est pas une tempête de neige qui peut vous en empêcher.»

Nous entrâmes dans la maison, et ce fut tout de suite comme s'il avait été chez lui, à varnousser partout, sondant les reins et le cœur, soulevant la trappe et descendant dans le Royaume des Morts, vérifiant la solidité des fondations, tellement à son affaire qu'il ne vit pas la flopée de crapauds ni la Mère très cochonne du Royaume des Morts qui, tout au fond, ouvrait déjà grand la bouche pour l'avaler. Il se rendit là où elle se tenait, avança la main pour tâter une poutre et, quand il la retira, il ne se rendit même pas compte que la Mère très cochonne du Royaume des Morts lui avait broyé les doigts.

Quand nous fûmes revenus dans la grande pièce, et que rien de la maison ne pouvait plus lui être étranger, Patrice Drapeau a dit: «C'est exactement comme je l'avais

imaginé. Il ne manque rien.» J'ai dit: «Il ne manque rien à quoi?» Il a dit: «À l'habitation de ce rêve que je m'étais fait. Même le feu qui a noirci le mur et le plafond là où se trouve le poêle à bois, cela aussi j'étais certain que ça y serait.» J'ai dit: «J'avais loué à des amis écrivains qui ne savaient pas chauffer un poêle à bois. Mes amis écrivains ont mis du temps à s'en rendre compte: ils faisaient un party et avaient trop sniffé de coke.» Il a dit: «Une maison, ça ne se loue pas. En tout cas, moi je ne louerai pas ma maison.»

Nous en restâmes là, lui immobile près de la table, et moi regardant dans la fenêtre en direction des bâtiments. Pourquoi ne lui disais-je pas? Pourquoi ne lui disais-je pas qu'il ne devait pas acheter cette maison, qu'il y avait trop de mal dedans, à cause de tout ce qui s'était produit entre Blanche et moi, cette impossibilité où nous avions été d'être heureux, et qui était inscrite partout, dans les fibres du bois qui, tôt ou tard, en demanderaient compte? Il repoussa légèrement la chaise pour que je me retourne vers lui, disant: «Je voudrais jeter un coup d'œil aux bâtiments, et marcher la terre un peu. On y va?» J'ai dit: «Si c'est possible, j'aimerais autant que vous y alliez seul. Je vous attendrai ici.» Il a dit: «Je ne serai pas long», et puis, il est sorti. Je le regardai s'enfoncer dans la neige, les mains dans les poches de son caban de matelot. Comme si tout était déjà à lui et qu'il le savait. Pourtant, il avait sur la tête ce petit chapeau anglais de Virginia Woolf, et peut-être l'horrible arriverait-il bientôt quand, à cause de la neige, il ne verrait pas l'étang et y tomberait, tout son corps sucé par la grande bouche qu'il y avait au fond.

Je laissai la fenêtre, allai dans le bas-côté afin d'y prendre la bouteille de scotch que j'y avais cachée pour que Judith ne la boive pas toute. J'avais froid et chaud tout à la fois avec, dans la tête, un goût terrible de tout détruire. Pourquoi ne mettais-je pas le feu à l'Habitanase-

rie? Ce n'est pas soi qu'il faut tuer quand le rêve vous échappe, mais tout ce qui l'a empêché de parvenir à ses grosseurs parce que le fond des choses est mauvais, envieux et totalitaire, comme une immense jalousie partout, ce que prétendait déjà Blanche qui avait peur des murs et des plafonds parce que, disait-elle, les bêtes terroristes y vivent et n'attendent que le bon moment pour se jeter sur vous, vous crever les yeux ou vous planter un épieu dans le ventre.

Je m'étais assis dans la berceuse près du poêle à bois et je buvais à même la bouteille, furieux et anxieux à cause de tout ce qui, dans mon estomac, me faisait mal. J'ai dit: «Samm, ne m'abandonne pas, je t'en prie. Pas en ce moment, car j'ai trop besoin de toi.» Il y eut le déchaînement du vent contre les fenêtres qui se mirent à siffler, et les planches craquèrent dans la grande pièce. J'aurais voulu m'en aller, monter dans la vieille station-wagon et déserter à tout jamais la Mattawinie, n'en gardant rien dans ma tête, pas plus l'épisode de Blanche que celui que j'avais vécu avec Judith et nos deux filles sauvages à ma sortie de l'hôpital. Mais j'étais comme rivé à ma berceuse, la bouteille de scotch pareille à un phallus entre mes jambes. Le plus effrayant, c'était que les mots ne me venaient plus, comme expulsés de mon corps, rendus trop loin dans les extrémités pour que je puisse seulement songer à les y poursuivre afin qu'ils ne me laissent pas seuls eux aussi. J'étais comme enveloppé par ce silence issu de moi, et incapable même de voir. J'ouvris la bouche, essayant au moins de balbutier. Je fis également de grands yeux, pour que les murs autour de moi ne s'en aillent pas de tous côtés, ouvrant la maison à la neige qui devait toujours tomber dehors. Et désespéré parce que je n'arrivais à rien, je saisis à deux mains la bouteille de scotch et en bus férocement de grandes lampées, ce qui rameuta les mots et les murs, en même

117

temps que Patrice Drapeau qui, refermant la porte derrière lui, me dit: «Je me suis rendu jusqu'à la rivière, et même si je ne suis pas allé dans la montagne, j'en ai vu assez.» J'ai dit: «Alors vous n'achetez pas?» Il a dit: «C'est tout le contraire. Tout me plaît ici, la maison, les bâtiments et les champs. Si le prix que vous en demandez est bien celui dont m'a parlé votre femme, j'achète tout de suite.» J'ai dit: «Tout de suite?» Il a dit: «Je voudrais m'établir ici le plus rapidement possible.» J'ai dit: «Mais l'argent, il faut beaucoup d'argent.» Il a dit: «Je n'en manque pas. Mes parents m'ont laissé un héritage.»

Que pouvais-je bien ajouter d'autre? Il ne restait plus qu'à nous asseoir à la table et rédiger cette promesse de vente que Patrice Drapeau ne pouvait pas ne pas m'extorquer. Quand ce fut fait, avec nos deux signatures au bas de la page, je ne pus réprimer ce grand éclat de rire par lequel j'aurais voulu que tout dans la maison explosât, et la maison même avec. Patrice Drapeau a dit: «Vous ne devriez pas boire autant, ce n'est pas bon pour le corps.» J'ai dit: «Je viens de vous abandonner ma maison, et bien davantage. Alors ne me demandez pas la lune en plus.» Il hocha la tête, et dit: «Nous pouvons nous en aller maintenant. Je crois que nous avons fait le tour de tout.» J'ai dit: «Peut-être, mais nous ne sommes entrés nulle part, comme les navigateurs.»

Je ne lui laissai pas le temps de répondre quoi que ce soit, me levai de table et l'invitai à faire de même. Nous nous retrouvâmes dehors, moi surpris qu'il fît déjà nuit et que la neige eût cessé de tomber. La lune était toute ronde dans le ciel et jetait partout une étrange lumière bleutée. Nous montâmes dans la vieille station-wagon et, après avoir mis la bouteille de scotch entre mes jambes, je lançai la voiture vers la côte du Grand Rang. Patrice Drapeau a dit: «C'est vraiment un beau pays, surtout la nuit quand il y a cette lumière. On se croirait sur le Saint-

Laurent.» J'ai dit: «Sur le Saint-Laurent? Qu'est-ce que vous faisiez sur le Saint-Laurent?» Il a dit: «Avant de commencer mes études en botanique, j'ai fait des recherches hydrographiques pour l'Université Laval. Nous avions notre laboratoire aux Trois-Pistoles, dans la vieille maison des Morency en face du quai. Pour étudier le béluga, nous allions régulièrement en mer. Et la lumière était souvent comme elle est ce soir. C'était assez fantastique.»

Un chasseur de béluga devenu botaniste! Et c'était cet homme qui venait d'acheter l'Habitanaserie, au moment même où moi j'écrivais *Monsieur Melville*! Joyce avait bien raison: tout dans le monde n'est qu'une série de coïncidences interchangeables, les mêmes choses amenant les mêmes banalités, et les mêmes causes faisant venir les mêmes effets, tout se passant comme si les ondes voyageuses n'étaient au fond que des têtes chercheuses courant après l'engrossement d'elles-mêmes, dans une espèce d'aveuglement qui, si on savait voir, rendrait tout très éclairant. J'ai dit: «Je suis quand même content de ne pas vendre l'Habitanaserie à n'importe qui.» Il a dit: «Et moi, je suis heureux de ne pas l'acheter de n'importe qui.»

Tout le reste de la route, nous n'échangeâmes plus un mot. La parole venait de mourir en moi, et aucun langage ne pouvait lui convenir, sinon par ce qui de lui se tenait à l'extérieur, et c'était la vieille station-wagon qui, seule, en était habitée, comme indépendante de nous deux, souveraine dans sa masse de métal, devinant les courbes et les prenant comme avec fureur, sans doute enragée comme moi par tout ce que nous laissions derrière, dans ce temps déjà autre qui ne nous appartenait plus et ne nous appartiendrait jamais plus, à moins de tout concevoir comme lamentation et remémoration de la lamentation.

Je laissai Patrice Drapeau à la station de métro

Cadillac et, avant de quitter la voiture, il me tendit la main et dit: «Dans une semaine, tout sera terminé.» Je le regardai disparaître dans la bouche de métro, incapable de remettre la vieille station-wagon en marche, tout mon corps enlarmé. Je dus recourir au scotch pour me faire une raison de ma déraison même, et ce n'est qu'après avoir beaucoup grimacé que je pesai sur l'accélérateur, manquant de près d'écraser deux piétons. Mais où aller, et pourquoi y aller? Je ne voulais pas retourner dans le souterrain de la maison du boulevard Gouin car, dans l'état où j'étais, y retrouver Melville, ça n'aurait été que pour me battre contre lui, sans mots, et le tuer de façon ignominieuse par le feu. Je laissai donc la vieille station-wagon dériver dans Montréal, à peine étonné de me retrouver finalement devant l'hôpital du Sacré-Cœur, tout ce qui me restait d'ardeur dans le désir tourné vers Samm. J'avais besoin de croire qu'elle n'était pas venue que de mon imagination, qu'il pouvait être possible de la toucher autrement que dans le corps enfiévré de ma maladie. Aussi demandai-je à la voir, bien vainement puisqu'on m'apprit qu'elle ne travaillait plus à l'hôpital et que l'on n'était pas autorisé à me donner son adresse. Je me sentis pareil à un enfant perdu, et terrorisé je remontai dans la vieille station-wagon, en route encore vers je ne savais pas où. Je traversai le pont-tunnel Louis-Hippo-lyte-Lafontaine, me retrouvai sur la Transcanadienne, incapable de songer à quoi que ce soit, avalé par la nuit et la grande masse de sommeil qui est toujours dedans. Il n'y avait plus de réalité qui pouvait tenir, sauf celle de la route, et encore n'était-ce que pour elle-même et la fatigue qui venait de partout, si peu chaleureuse que je craignais de m'y liquéfier. Sans doute était-ce pourquoi je buvais autant, afin que la mémoire ne retînt rien, pas plus la culpabilité que la trahison de la culpabilité.

Ce n'est qu'une fois Québec derrière moi que je

compris où ça s'en allait, par où ça coulait en moi. Comment n'y avais-je pas pensé plus tôt? Comment n'avais-je pas vu en moi que terrorisé comme je l'étais, je ne pouvais pas ne pas aboutir aux Trois-Pistoles, pays natal de tous mes terrorismes, pays d'où le mal était venu en moi, cette première blessure qui, depuis les origines du monde, n'avait pas cessé de saigner, lovée dans mon estomac pour me rendre pitoyable et affreux? Pourtant, s'il y avait un lieu où je ne voulais pas me rendre, c'était bien celui-là qui ne pouvait être qu'inhospitalier en raison de toutes les attaques que je lui avais faites dans mes livres, impardonnables parce qu'elles ne laissaient à voir que l'insanité et la pourriture, ce lot commun pour toutes choses.

Je pesai de toutes mes forces sur le frein, mais la vieille station-wagon n'appartenait plus qu'à elle-même et s'entêta à faire sa trouée fulgurante dans la ténèbre. La neige, une autre fois encore, vint au devant de nous, pareille à une infinité de petits papillons sans ailes. Et tout ce qu'il me devenait possible de faire, c'était de lire sur les panonceaux qui jalonnaient la route les noms de tous ces villages qui me rapprochaient des Trois-Pistoles. J'en étais si désemparé qu'une fois passé Rivière-du-Loup, là où le goulot de la Transcanadienne s'étrangle en une petite route méandreuse, je tentai une dernière fois d'empêcher l'innommable. J'enfonçai l'accélérateur de la vieille station-wagon, courant tout droit vers les voitures qui venaient en sens inverse. Mais cela échoua aussi puisqu'au dernier instant, dans cette fraction de seconde précédant la collision cherchée, la vieille station-wagon me dévissait les mains du volant et me forçait à m'écarter brutalement.

C'est ainsi que j'arrivai sur les hauteurs de Tobin, dans ce qui ressemblait déjà au petit matin, avec, venue du soleil, cette coulée de lumière fauve se jetant avide-

ment dans le Saint-Laurent, y chassant la neige par grandes pelletées. L'Océan Limitée traversait le pont de Tobin, ses grosses roues de fer martelant les rails. Je le regardai disparaître entre les arbres, comme jadis j'avais fait tant de fois quand mon père était beurrier et que, tous les matins, il m'emmenait avec lui dans son vieux camion. L'odeur de la crème dans les bidons. Ces fraises que nous mangions le long de la route. Et l'Océan Limitée qui, toujours, venait interrompre le grand silence en traversant le pont de Tobin. Pourquoi tout cela n'avait-il pas duré et qu'est-ce qui s'était si mal entendu dans le temps pour que tout devînt impossible et comme englué dans l'impuissance?

De simplement y penser me rendit à ma fureur, et je lançai la vieille station-wagon à toute vitesse, désireux de ne rien voir des Trois-Pistoles, pas plus l'église que la maison familiale défigurée, pas plus le traversier s'apprêtant à laisser le quai pour fendre les flots jusqu'aux Escoumins que le magasin de fer abandonné par l'oncle Phil, pas plus l'Île-aux-Basques que la grève de Fatima avec, sur un button, les statues de plâtre de la Vierge et des enfants à genoux dans l'herbe. Si la blessure bien lovée dans mon estomac saignait toujours, il m'était tout de même possible d'y répondre désastreusement par la haine. Cela dura jusqu'à Saint-Mathieu, quand je m'aperçus que là où ma fureur voulait me conduire, c'était à Petite-Matane, chez cette amie où Judith et nos deux filles sauvages avaient dû se réfugier. Y survenir avec tout ce dérisoire qui s'était approprié de moi, voilà bien qui était au-dessus de mes forces. Je venais de quitter un pays ruiné, et vers quoi m'en allais-je? Vers la ruine de tous les pays, vers tout ce qui s'était lâché et n'en finirait plus jamais de pourrir. Je revis les visages affreux de nos deux filles sauvages, les lames de rasoir qui pénétraient dans la chair, faisant jaillir le sang, et un énorme haut-le-cœur vint

me prendre et me recouvrit de vomissure. Je quittai la route, fis ce virage devant l'église de Saint-Fabien, et revins sur mes pas. Le vomi était chaud sur mon ventre et sur mes cuisses, mais n'avait aucune odeur. Il était pareil à moi, vidé de toute substance. Même le scotch dont je bus plusieurs gorgées à même la bouteille souillée ne goûtait plus rien. Il me redonna tout juste ce qu'il me fallait de fureur pour bifurquer aux Trois-Pistoles vers Saint-Jean-de-Dieu. Que pouvais-je bien aller faire là aussi maintenant que mes grands-pères y étaient morts dans le fin bout usé de leurs règnes? Je n'en savais rien et ne le sus pas davantage même quand la vieille station-wagon s'arrêta derrière l'église, me laissant tout voir du cimetière et de ce qu'il y avait au-delà, cet étang glacé que les canards sauvages avaient déserté, à cause du froid et de la neige. La bouteille de scotch à la main, je sortis de la vieille station-wagon, désireux de trouver le lieu où mes grands-pères avaient été enterrés. Mais je n'avais pas fait trois pas que tout le dérisoire du vomi me maculant le ventre et les cuisses me sauta véritablement dans la face, de sorte que, pareil à une bête, je me laissai tomber à quatre pattes, mes mains extrêmement mobiles pour m'emparer de la neige et m'en laver. Devant moi, cette pierre tombale: SÉRAPHIN CANTIN, 1892-1939, avec, au-dessus, cette curieuse fleur de lys à laquelle il manquait une aile.

Libéré du vomi, je me redressai et ne devins plus que cet œil qui cherchait le lieu où mes grands-pères avaient été enterrés — il y avait deux ans de cela, dans une fête énorme où je n'étais pas venu, parce que toute ma résistance me portait à ce que pas un seul souvenir joyeux ne m'échappât, par défaut de solidité (qui n'est que la mise en forme la moins culpabilisante de la solidarité). Et, à cause de tout cela sans doute, c'est-à-dire de ce qu'il y a toujours de manqué dans n'importe quel

acte, j'étais là, dans ce cimetière, au milieu de toute cette neige qui me mangeait les chevilles, et j'essayais de retrouver le corps de ma blessure. J'eus beau traverser l'effrayant du désert, je n'y fis la rencontre de rien, toutes les pierres tombales ne disant que l'innommable de l'absence. Pour venir à bout des hoquettements qui m'étaient venus d'avoir compris cela, j'avalai ce qui restait de scotch dans la bouteille que je fracassai sur la plus hideuse des pierres tombales, celle de cette tête sortant de terre, son grand bras vert soutenant les colonnes de la mort. Puis, pris dans la spirale désaliénante de mon angoisse, je courus à la vieille station-wagon, y entrant comme dans un poumon artificiel. La neige tombait de partout, et ce n'était que cela, de la molle neige prenant sans mérite possession de tout.

J'étais devenu si peu moi-même pour l'être tout à fait que je quittai le village et m'enfonçai dans l'arrière-pays, par tous ces petits chemins de terre par où mon enfance avait marché, le Rang Rallonge et la Petite Route et le Huitième et ce dernier tracé qui, jadis, avait divisé notre terre en deux, venu du fin fond des cantons de Saint-Médard pour aboutir curieusement au cimetière où mes grands-pères reposaient sans se laisser voir. La vieille station-wagon était comme un cheval d'épouvante, et j'entendais le bruit que la glace faisait, comme bruit de miroir cassé, quand les pneus avalaient les trous d'orniè-res. Et, brusquement, j'eus très peur de mourir loin de tout, loin de mon monde et de mes livres, loin de ce malentendu que, depuis des années, j'avais impatiemment tissé. Aussi, les yeux fermés, n'ai-je pas pu faire autrement que de freiner, me laissant emporter dans le vertige des tonneaux que se mit à faire la vieille station-wagon. Quand tout cessa et que je rouvris les yeux, ne voyant plus rien à cause de la boue dans le pare-brise, je crus que j'étais mort, enfin et pour toujours. Je sortis donc

de la voiture, et ce fut pour me rendre compte de tout l'absurde qu'il y avait en moi: la vieille station-wagon avait le nez collé sur une barrière et, au-delà d'elle, il y avait la Boisbouscache de l'enfance, mais sans le pont de l'enfance. De m'en rendre compte après tout le reste me fit encore éclater de rire. Et après, quand cela se fût calmé en moi, il ne me resta plus rien: je tombai à genoux, la tête sur un madrier de la barrière, et me mis, pareil à une bête condamnée, à pleurer, puis à couiner. Il n'y avait rien à faire: je ne voulais de moi nulle part. Cela voulait simplement dire que nulle part n'existait pas.

9

. . . .
. . . . elle dit:

Depuis des jours, assise à l'indienne sur le sofa-lit, tous les livres que m'a prêtés la grande actrice rousse devant moi. Je n'ai jamais autant lu et jamais aussi mal sans doute, de sorte que c'est comme un désert où je suis, un désert habité par tous ces discours qui, avant même que de se rendre jusqu'à moi, se sont saffrement mangés entre eux. Je suis donc fatiguée, pour n'avoir pu dormir vraiment, trop de mots me troublant parce que je suis incapable d'y mettre dedans quelque ordre que ce soit. Et je vais d'un livre à l'autre, me conduisant pareil à quelqu'un qui serait égaré, dans un affolement qui m'éloigne du centre de ma recherche et ne me fait que revenir à la mort de mon père. Je ne sais pas pourquoi tous ces ouvrages sur le passé amérindien me ramènent à lui, peut-être simplement parce que partout il ne s'agit que de chasseurs qui, comme dans ces *Chroniques de chasse d'un Montagnais de Mingan*, ne laissent véritablement de traces nulle part, toute la vie conçue comme voyagerie, pour y poursuivre les bêtes sauvages et les abattre afin de ne pas mourir. Et parfois, dans le long de la narration, ce détail inattendu par lequel se rompt le fil, et qui seul demeure lorsque le livre se ferme: «À l'approche du soir, nous nous sommes tous retrouvés à notre campement en laissant sur place les caribous. Nous ne remportions que les fœtus trouvés

dans le ventre des femelles, parce qu'il était interdit de les laisser sur la neige, comme nous le faisions avec le vrai caribou.»

De lire ces phrases pourtant toute simples m'a interdit d'entrer dans presque tous les autres ouvrages que m'a prêtés la grande actrice rousse. Je songeais aux fœtus, et le mal de ventre m'en venait, et je ne savais pas pourquoi. Cela ne s'est pas consolé quand j'ai lu ailleurs la naissance de Tshakapesh, qui est peut-être le père de tous les carcajous: «Il y avait un homme qui vivait avec sa fille et sa femme, ils étaient trois. Un jour il dit à sa fille: 'J'ai l'intention de faire un canot. Il y a des bouleaux dans la montagne, nous irons les chercher. Je les écorcerai et je ferai un canot, ce sera notre bateau.' La fille dit: 'D'accord', et l'homme dit à sa femme: 'Viens avec moi.' Alors ils partirent, la femme alla avec son mari et la fille garda le campement. Quand le soleil se coucha, le père de la jeune fille ne revenait toujours pas. Elle était encore en train de l'attendre. Il ne revenait toujours pas et sa femme était enceinte d'un fils. Cette femme allait avoir un bébé dont le nom serait Tshakapesh, l'araignée. Le garçon n'était pas encore né. Or c'est Katshitushk (le mauvais démon) que l'homme et la femme avaient rencontré. Et tous deux étaient morts. Katshitushk les avait mangés. Et le nom du garçon était l'araignée. Lui ne fut pas mangé. Katshitushk retira l'utérus et le jeta au loin. Il se contenta de le jeter et ne dévora que la mère et le père. Alors ceux-ci n'étaient plus. Le soleil descendait et la fille se dit: 'Je vais aller chercher mon père et ma mère.' Alors elle partit à leur recherche. Elle arriva à l'endroit où quelqu'un les avait tués. Sa mère avait été entièrement dévorée, son père aussi. Il ne restait plus rien sur le sol. 'Quelqu'un a tué mon père et ma mère', se disait-elle. Puis elle vit quelque chose qui dépassait de la neige. Elle s'en approcha. Alors elle sut que c'était un bébé qui était

dedans. Elle le ramassa. Elle déchira l'enveloppe et elle vit un bébé. Celui-ci n'était pas endommagé. Alors elle pensa: 'C'est mon frère. Comment pourrais-je l'amener à la vie?' Alors elle prit son frère, et le déposa dans un petit chaudron qu'elle tenait. Après qu'elle l'y eût déposé, le bébé se mit à bouger. Elle posa un couvercle sur le chaudron, puis elle entra au campement.»

De comprendre pourquoi ce texte, à le lire et à le relire, me bouleversa autant, je ne pouvais en être capable par moi-même. Il a fallu que Leonard entre dedans pour que ça s'éclairât quelque peu. Pauvre Leonard! Tout le temps que je lisais sur le sofa-lit, il restait dans la cuisine, à y faire je ne sais quoi, peut-être seulement à répondre au téléphone et à préparer de la nourriture, soucieux de ne pas me déranger. Il ne m'avait pas dit un mot de ce qui s'était passé entre la grande actrice rousse et moi, comme il ne m'avait pas demandé ce qui était arrivé ensuite et pourquoi j'étais revenue de chez elle avec cette montagne de livres qui, depuis, semblaient être devenus tout mon monde. Cette succession étrange d'épisodes ne l'avait rendu que plus discret, ce qui devait lui être fort malaisé étant donné que n'ayant plus de travail, il n'avait pas tellement d'endroits où aller, sauf dans la cuisine. Pour moi, c'était comme s'il n'avait pas été là, en cette naissance de Tshakapesh venue grâce à sa sœur, que je ne savais pas comment entendre. Aussi avais-je beau m'enfoncer loin dans la lecture de d'autres livres, je n'arrivais à rien, même pas dans ce *Carcajou* où l'anus de l'homme est si important parce qu'imprégné de graisse d'ours, il devient comme un œil extrêmement sensible, capable de tout voir et, voyant, de tout appréhender. Mais je n'y comprenais rien, voyageant entre les mots utérus, fœtus et anus en me demandant un peu sottement ce que tout cela faisait dans ma recherche sur la femme amérindienne que m'avait demandée la grande

actrice rousse. Une nuit que je m'étais ensommeillée, je fis même ce rêve qui me montra une vieille femme amérindienne s'empalant par son anus sur une lance fichée en terre. Dans son utérus, il y avait ce petit bébé à bec de corbeau qui, vainement, essayait de s'envoler avant que la lance ne le déchire. Je me réveillai en criant comme une folle, et Leonard se retrouva tout de suite à côté de moi sur le sofa-lit, pour me prendre dans ses bras et me serrer contre lui.

Il fut longtemps sans rien dire, se contentant de me donner sa chaleur. Quand mes larmes ont cessé de couler, il a simplement dit: «Je n'ai rien à te demander. Pour tout, je n'ai rien à te demander. Mais depuis qu'*il* est venu dans ta vie, je ne sais plus quel bord doit prendre ma discrétion, c'est-à-dire mon amour de toi.» J'ai dit: «Je ne crois pas qu'il s'agisse de lui, parce que depuis que je suis allée à l'École nationale de théâtre et que j'y ai rencontré la grande actrice rousse, c'est autre chose qui est intervenu. Et je ne pense pas que ça soit pour le mieux.» Il a dit: «Que veux-tu dire?» J'ai dit: «Je ne sais pas, sauf que tout se passe comme si je ne savais plus rien reconnaître en moi, et plus rien de ce que je suis.» Il a dit: «Alors, cela ne te vient pas de la grande actrice rousse, mais de lui.» J'ai dit: «Pourtant, il n'est plus là depuis. Je n'y ai pas pensé une seule fois.» Il a dit: «On n'a pas besoin d'y penser, c'est le corps qui s'en occupe.» J'ai dit: «Je t'en prie: ne me parle pas de ça, Leonard.» Il a dit: «Si tu veux, Samm.»

Et il m'a pris la main, et ses doigts se sont promenés dessus, ne faisant que m'effleurer dans ma peau, avec cette intensité calme qui n'appartient qu'à lui, et moi je songeais à la sœur innommée de Tshakapesh, à sa tendresse maternelle, à sa tendresse clairvoyante, à sa tendresse aimante, et je n'en étais que plus perdue, malgré les caresses de Leonard. J'ai dit: «Pourquoi est-ce

si compliqué? Pourquoi n'est-ce plus que l'extérieur qui me conditionne absolument? Et pourquoi ai-je l'impression de m'y noyer?» J'ai failli ajouter: «Comme Virginia Woolf s'avançant dans le petit matin vers la rivière des Prairies», mais les mots ne me vinrent pas pour ça. Alors Leonard a dit: «C'est peut-être là où tu te trompes. Ce que tu vis et que tu penses survenir de l'extérieur, ce n'est sans doute que ce qu'il y a d'exigeant dans ton corps qui l'oblige à se manifester.» J'ai dit: «Mais ça n'explique rien. Je ne suis revenue de chez la grande actrice rousse qu'en voulant lire simplement les livres qu'elle m'avait prêtés pour cet exercice pédagogique à l'École. Sauf que ça ne se passe pas comme je pensais, parce que je n'arrive pas à lire vraiment.» Il a dit: «Tu lis peut-être trop bien au contraire.» J'ai dit: «Explique-moi.» Il a dit: «Je ne peux pas parce que je ne sais pas ce que tu lis.»

J'ai tiré vers moi *Tshakapesh*, ouvrant le livre là où la naissance du mythe est sur le point de survenir, et j'ai dit à Leonard: «Lis-moi ces deux pages, à voix haute, pour que j'entende la même chose que toi.» Il a dit: «Je vais les lire, mais comment savoir ce que moi j'y entendrai?» Je lui ai dit: «Lis quand même, puisque je ne sais plus où j'en suis rendue.» Il a dit: «D'accord», et il s'est mis à lire, moi appuyée sur les grands coussins, ma main posée en étoile sur sa cuisse. Et dès les premières lignes, quelque chose m'a frappée, qui ne s'était jamais fait remarquer auparavant. C'est que dans le récit de *Tshakapesh*, jamais le père ne s'adresse d'abord à sa femme; c'est toujours à sa fille qu'il dit tout: «J'ai l'intention de faire un canot. Il y a des bouleaux dans la montagne, nous irons les chercher. Je les écorcerai et je ferai un canot, ce sera notre bateau.» Et quand il part avec sa femme et ne revient pas, sa fille utilise son langage même et dit: «Je vais aller chercher mon père et ma mère.» Elle ne dit pas: «Je vais aller chercher *ma mère* et *mon père*», mais: «Je vais aller

chercher *mon père et ma mère*.» De même quand elle trouve l'utérus et le bébé qui est dedans: si cela *est enveloppé* par la mère, c'est toutefois un fils qui est dedans, donc le père. Et lui seul a le droit de vivre puisqu'il est le droit même, c'est-à-dire la succession dans toute sa représentation, avec *une sœur* qui, mine de rien, parce qu'elle est tout (désir du père et père du désir), maîtrise cette vie dont l'ombre du récit cache tout.

Il fallait vraiment que Leonard me lise ce texte pour que j'y trouve, non pas la vie rouge dans son autrefois, aussi bien dire quelque chose qui ne peut immanquablement que rester à l'extérieur, mais ma vie même dans ce qui, pour n'être jamais venu d'elle, n'en persiste pas moins à se manifester. Ah Leonard! Comme tu as tout le temps raison! Je lisais la naissance de Tshakapesh, et si je pleurais c'était parce que je ne voyais pas et ne voulais pas voir ce que mon anus imprégné de graisse d'ours voyait: au fond, il ne s'agissait que de mon père et de moi, lui dans cet hélicoptère le transportant vers les Portes de l'Enfer, et moi attendant son retour.

Je me suis laissé tomber sur les grands coussins, défaisant ma main en étoile qui laissa la cuisse de Leonard et remonta le long de mon corps avant de se reconstituer, toute fiévreuse, entre mes seins. Tout était trop limpide et j'en étais si effrayée que je ne voulais pas que Leonard le sache. C'est pourquoi je lui ai dit: «Au fond, j'étais inquiète pour rien. Il n'y avait pas grand-chose pour m'apeurer dans la naissance de Tshakapesh. Il suffisait que tu me le lises comme ça doit être lu. Les mots des autres ne sont jamais nos mots.» Il a dit: «Ça dépend simplement de qui lit et à qui ça se lit.» J'ai dit: «C'est toi qui devrais être acteur, pas moi.» Il a dit: «On acte tout le temps, et peut-être d'autant plus si on n'est pas acteur.» J'ai dit: «Je ne suis pas sûre que je te comprenne.» Il a dit: «Comprendre ne fait pas partie du

métier d'acteur.» J'ai dit: «Et ça signifie quoi?» Il a dit: «Représenter la compréhension, c'est tout ce que l'acteur doit faire, et d'autant mieux s'il n'y comprend rien.» J'ai dit: «À ce moment-là, on n'a plus de pièce où acter.» Il a dit: «Au contraire, c'est seulement là que toutes les pièces deviennent actables, par les autres qui vivent au-dedans de nous.» J'ai dit: «Tu fais allusion à ce que je suis?» Il a dit: «Tout le monde est comme ça, sauf ceux qui n'y sont pas.»

À son tour, il s'est laissé tomber sur les grands coussins, sa tête près de la mienne, mais tournée vers la porte, comme s'il avait voulu fuir. Ma main en étoile a laissé mes seins, s'est retrouvée dans ses cheveux où elle s'est mise à se promener, dans cette facilité où l'on se retrouve toujours quand le sordide de l'émotion a été jugulé. Je m'en rendais si bien compte que je lui ai dit: «Sais-tu ce que j'aimerais? C'est que nous sortions d'ici, pour aller n'importe où, là où l'on pourrait se retrouver ensemble l'un devant l'autre, pour simplement rire s'il n'y a pas moyen de faire autrement.» Il a dit: «Quand tu veux.»

Nous avons donc laissé l'appartement de la rue Christophe-Colomb, avons longtemps marché au hasard, heureux de nous retrouver dans le froid et la neige qui tombait, changeant la qualité de la nuit pour la rendre ouateuse et blanche, sans personne, sauf nous, pour la tromper. Montréal est parfois ce lieu privilégié parce que déserté, et l'on s'y trouve comme sur l'océan, balayés par les grands vents qu'attirent les gratte-ciel. Ces temps glacés qui vous redonnent votre chaleur, qui vous forcent à habiter au milieu d'elle, sans plus aucune question à poser, sinon celle de continuer à marcher sans être avalés par les trombes neigeuses. Alors, c'est comme si toute la vie devenait autre. Alors, c'est comme si l'on se promenait en raquettes, mais à l'envers, pour être sûrs que

personne ne vous poursuit et que toute la neige n'appartient qu'à vous seuls. Alors, les glaçons se forment dans
vos cheveux et dans vos sourcils, et c'est pourquoi sans
doute les Amérindiens disaient que lorsque tout cela
survient, vos paroles, même projetées loin devant vous,
gèlent avant même de se rendre quelque part. C'est que
quand cela arrive, on n'a plus besoin de paroles, mais
seulement de chaleur pour pouvoir se rendre là où l'on
doit aller.

Quelle curieuse idée Leonard a eue de m'emmener
chez *Géronimo,* dans le Vieux-Montréal, là où on voudrait que vous vous sentiez comme dans les débuts de la
Nouvelle-France, avec, au menu, des steaks de bison et
du jarret d'ours, du bouillon de perdrix et du pâté de
canard sauvage! Quand je le lui ai dit, il m'a répondu:
«Représenter la compréhension, c'est tout ce que l'acteur
doit faire, et d'autant mieux s'il n'y comprend rien.» Je lui
ai dit: «Quand tu me parles comme ça, je me sens
coupable. Et après toute cette neige et tous ces vents, je
ne voudrais pas.» Il a dit: «Je ne le veux pas moi non plus.
Mais si je suis là, c'est peut-être pour que la représentation
soit possible. Autrement dit, c'est peut-être pour que tu
deviennes vraiment cette grande actrice que tu es.» J'ai
dit: «Quand je suis avec toi, c'est justement ce que je ne
veux pas.» Il a dit: «Que tu ne le veuilles pas n'y change
rien parce que c'est ton métier, c'est-à-dire ce qui de ta vie
doit devenir métier.» J'ai dit: «Tout ce que je voudrais,
c'est être heureuse.» Il a dit: «On ne peut pas l'être
n'importe comment et pour n'importe quoi. On l'est
parce qu'il n'y aurait pas de solution à y être autrement.»
J'ai dit: «Et si tu me parlais davantage de toi que de moi?»
Il a dit: «Je parle de moi, bien sûr, mais c'est parce que je
suis avec toi et que je t'aime.» J'ai dit: «Pauvre Leonard!
Mais moi, je ne sais pas aimer.» Il a dit: «Quand on est
comme toi, de la beauté toute nue, on n'a pas à se poser

de questions là-dessus.» J'ai dit: «Pourquoi tu dis ça?» Il a dit: «Parce que la beauté toute nue n'a pas de compte à rendre à personne, même pas à elle-même. La beauté toute nue ne se suffit pas, mais elle est suffisante.» J'ai dit: «Pourtant, depuis que je l'ai vu à l'hôpital et depuis que j'ai connu la grande actrice rousse, je me sens si effrayamment laide que même des livres, je ne suis plus capable d'en lire.» Il a dit: «C'est exactement ce que j'ai essayé de te faire comprendre. Lorsqu'on est de la beauté toute nue, la beauté toute nue des autres, si elle n'est pas retenue, ne peut que vous envoyer dans la laideur.» J'ai dit: «Je ne comprends plus rien, Leonard.» Il a dit: «Pourquoi le comprendre quand tu le vis?» J'ai dit: «Mais alors, qu'est-ce que nous faisons ensemble tous les deux?» Il a dit: «Je vis de toi, et il n'y a plus rien quand je ne vis pas de toi, c'est-à-dire qu'il n'y a plus rien que ce rien-là qui m'habite.» J'ai dit: «Je ne comprends pas davantage.» Il a dit: «Quelle importance? Mange plutôt ton pâté de canard sauvage.» J'ai dit: «Peut-être ne suis-je pas venue ici pour manger mais pour savoir.» Il a dit: «Il n'y a rien dans le savoir. Acteur, ce n'est pas un savoir mais une ardeur.» J'ai dit: «Avec toi, dans ce restaurant, je ne veux pas acter.» Il a dit: «Ce n'est pas une question de qualité, mais une question de survie.» J'ai dit: «La grande actrice rousse m'en a parlé.» Il a dit: «Et lui, à l'hôpital?» J'ai dit: «Il ne pouvait pas en parler.» Il a dit: «Pourquoi?» J'ai dit: «Parce que la survie, c'était contre quoi il luttait, par ce qui se refusait en elle et par ce qui s'y acceptait.» Il a dit: «Tu vois, on en revient à la même chose.» J'ai dit: «À quoi?» Il a dit: «À ce qu'il y a de plus important, que tu manges ton pâté de canard sauvage.»

Je ne savais plus très bien où j'en étais, sans doute à cause de ce verre de caribou que j'avais bu et qui, après le froid et la neige, était comme du feu dans mon corps. Et puis, il me semblait que Leonard n'était plus tout à fait

comme avant, que quelque chose avait changé dans ses mots, non pas les mots mêmes mais la façon qu'il avait tout à coup de les dire, son visage sans expression, c'est-à-dire fermé, comme ses yeux derrière les épaisses lunettes. Comme je devais le rendre malheureux! Aussi lui ai-je dit: «Tu ne souris plus, et c'est la première fois depuis que nous nous connaissons. Je sais que c'est à cause de moi et, aussi, parce que tu n'as plus de travail. Est-ce que je peux faire quelque chose pour t'aider?» Il a dit: «Pour le travail, ce n'est qu'une question de temps. Il y a ce projet sur Louis Cyr à l'Office national du film.» J'ai dit: «Mais moi?» Il a dit: «Je voudrais simplement que tu sois heureuse, avec ou sans moi.» J'ai dit: «Sans toi, ça n'aurait pas de sens.» Il a dit: «Peut-être», a hésité, est venu pour ajouter autre chose, mais s'est retenu, se contentant de me prendre la main sur la table. Nous avons terminé le repas en silence, nous regardant l'un et l'autre à la dérobée, comme gênés.

Ce n'est qu'une fois à l'extérieur de chez *Géronimo*, lorsque nous fûmes avalés par la tempête, que nous nous sommes retrouvés, heureux de nous rouler dans la neige. Je ne pensais plus ni à l'utérus, ni au fœtus, ni à l'anus. Je me sentais bien, avec l'homme que j'aimais et à qui je lançais des balles de neige. Quand je l'atteignais, il se laissait tomber et faisait le mort pour que je me jette sur lui et l'embrasse sur la bouche.

Cela a duré ainsi jusqu'à ce qu'on arrive à l'appartement de la rue Christophe-Colomb. Une fois assise à l'indienne sur le sofa-lit, et entourée par tous ces livres que m'avait prêtés la grande actrice rousse, mon angoisse a refait surface. Pour m'en déprendre, j'ai dit à Leonard: «Viens t'asseoir à côté de moi. Je voudrais te lire un passage de *Labrador et Anticosti*. Ça n'a rien à voir avec la recherche que m'a demandé de faire la grande actrice rousse, mais c'est un très beau texte.»

Leonard s'est assis à côté de moi, et il a dit: «De quoi s'agit-il?» J'ai dit: «C'est le *Confiteor,* tel que les Montagnais le chantaient. Il va falloir que je l'apprenne par cœur.» Il a dit: «Ça doit être assez curieux.» Il a fermé les yeux, j'ai ouvert le livre et j'ai dit: «Konpiteor Teo omnipotenti, Peate Marie semper Pirjini, Peato Mikaeli Arkanjelo, Peato Joani Patiste, Sanktis Apostolis Petro et Polo, omnipus Sanktis et tipi Pater, kuia pekapi nimis kojitasione perpo et opere, mea kulpa, mea kulpa, mea maksima kulpa. Iteo prekor Peatam Mariam semper Pirjinem, Peatum Mikaelem Arkanjelum, Peatum Joanem Patistam, Sanktos apostolos Petrum et Polum, omnes Sanktos et te Pater, orare pro me at Tominum Teum nostrum.»

Ces mots sauvages et ces mots latins chantés par matin de grands vents, quelque part sous des abris de sapinage dans la forêt profonde, avec les Montagnais debout face à la robe noire, leurs fusils de chasse à la main, leurs bagages empilés sur les cométiques que pendant de longs mois tireront les chiens, de Mingan à Grande Romaine, sur les lacs glacés et partout où les pistes des bêtes se laisseront voir. Et les femmes attendant le retour des bonnes chasses, posant les collets à lièvres pour assurer la survie, poursuivant le porc-épic et l'écureuil, mâchant les peaux et s'occupant des enfants. Et tous les matins, malgré l'absence de la robe noire partie au loin, le *Konpiteor* à réciter, nouveau chant magique pour raviver les anciens oubliés depuis la conquête blanche.

J'ai dit à Leonard: «Mais le problème, c'est que dans aucun des livres que j'ai lus, il n'est fait véritablement mention de la femme amérindienne, sauf peut-être dans *Tshakapesh,* et encore n'est-ce qu'en rapport avec le héros et soumise à lui parce que si la sœur provoque tout, ce n'est toujours que pour son frère et jamais pour elle.» Il

137

a dit: «Comment voudrais-tu que ça se passe autrement? Ces histoires ont toutes été écrites par des Blancs, donc d'un point de vue de Blancs, qui ne peut être que celui de l'homme.» J'ai dit: «C'est peut-être pour ça que je ne peux pas m'en sortir. Il faudrait tout inventer. Je ne suis pas douée pour. Je suis comédienne, pas écrivaine.»

Il n'a plus rien dit et a fait semblant de dormir. Comme tout cela devait l'ennuyer suprêmement! Je m'en rendais compte et c'est pourquoi j'ai repoussé les livres et me suis allongée à son côté, ma main sur son ventre. Le sommeil a mis du temps à venir, lourd et troublé. L'utérus, le fœtus et l'anus voyageaient dans mon corps, poursuivis par cet énorme corbeau qui se moquait d'eux. Parfois le corbeau lançait ses yeux dans les airs, puis les rattrapait au vol, en criaillant follement. Je ne savais pas pourquoi il faisait cela, et pas davantage pourquoi il frappait de ses ailes l'utérus, le fœtus et l'anus en leur disant toutes ces choses affreusement vulgaires et puantes. Quand je me suis éveillée, j'ai cherché vainement Leonard à côté de moi, mais il n'y était plus. J'avais l'impression que mes mains étaient des ailes répugnantes et engourdies, et que c'était à cause de ça que Leonard était parti. Même les livres n'avaient pas résisté au cauchemar. Ils étaient tous tombés par terre, leurs pages s'entremêlant. Alors je me suis dit: «Samm ma fille, il est temps que tout ça finisse. Tu vas t'habiller, tu vas prendre tous ces livres et tu vas aller les rapporter à la grande actrice rousse. Il n'y a rien de bon pour toi là-dedans. Et quand ça sera fait, au lieu de te rendre à l'École nationale de théâtre, tu iras te chercher une job, même si ce n'est que comme figurante dans un téléroman de Radio-Canada.»

C'était absurde, si absurde en fait que je ne me suis jamais rendue chez la grande actrice rousse, pas plus d'ailleurs qu'à Radio-Canada. Je me suis promenée dans

les rues, au hasard, ne me laissant atteindre que par le froid. Puis je suis entrée dans ce bar près du Parc Lafontaine, et j'y suis demeurée de longues heures, à boire, tout mon corps disloqué. Après, je suis revenue à l'appartement, espérant que Leonard y serait à m'y attendre. Il ne s'y trouvait pas, bien sûr, car quelle raison aurait-il eu d'y être? Sur la table de la cuisine, la bougie de son absence n'avait pas été allumée, et il n'y avait pas un mot pour moi sur le bloc-notes. Pour la première fois, je compris qu'il m'arrivait peut-être avec Leonard ce qui m'était arrivé avec *lui* à l'hôpital et ce qui m'était arrivé aussi avec la grande actrice rousse dans son appartement de la rue Visitation: je m'étais filoutée moi-même, sans plus aucun moyen, parce que sans plus aucune énergie, pour m'en sortir. J'avais peur de devenir très laide et incapable d'acter n'importe quoi, même plus la mort de mon père au-delà des Portes de l'Enfer.

J'ai quitté la cuisine, me suis enfermée dans la salle de bains, ne gardant sur moi que mon chandail. Puis j'ai pris dans la petite armoire le pot de graisse animale et je m'en suis mise dans l'anus. J'agissais comme si quelqu'un d'autre avait pris ma place, voyant, parlant et sentant au travers de moi. Quand je me suis regardée dans la glace, ce n'est pas Samm que je vis mais une autre femme: qui m'avait tressé les cheveux de cette façon? Et pourquoi mes yeux étaient-ils devenus si noirs? Et de quelle blessure mes lèvres s'étaient-elles ensanglantées? J'avançai la tête vers la glace, comme s'il fallait à tout prix que je me voie de très près. Mes lèvres s'ouvrirent, et ce texte inconnu sortit de moi, comme psalmodié: «Si vous regardiez bien, des corbeaux étaient là, dans ses sourcils qui vivaient sur son front. D'épais corbeaux-sourcils, oui, et quand la jeune femme bâillait, ces corbeaux s'élevaient puis revenaient se poser au-dessus de ses yeux. Quand elle commençait à être fatiguée de bâiller, les corbeaux,

eux, se réveillaient. Ça arrivait aussi quand la jeune femme riait fort. Une fois on racontait des histoires drôles, l'une après l'autre. La jeune femme riait, riait à chacune. Les corbeaux s'élevaient et se reposaient tout le temps sur son front. Plus elle riait fort et plus les corbeaux montaient haut. On commençait à avoir peur qu'ils ne s'envolent pour toujours. Alors on mit de la poix d'érable sur ces sourcils-corbeaux pour garder leurs pattes bien collées à la maison.»

Je ne me souvenais pas d'avoir rien lu de tel dans tous les ouvrages que m'avait prêtés la grande actrice rousse. Cela venait-il donc de mon anus imprégné de graisse animale? Était-ce lui qui avait parlé, rendant possible ma métamorphose? Dans Kafka, un cafard ça finit par devenir une monstrueuse bête rampant sur le plancher. Je me regardai de nouveau dans la glace: les sourcils-corbeaux montaient et descendaient, me mangeant tout le front. Je quittai la chambre de bains, courus au sofa-lit et, m'assoyant sur les talons pour laisser à mon anus tout l'espace dont il avait besoin pour voir, je me replongeai dans la lecture afin que s'achevât ma transformation. J'allais finir Mohack, avec le visage variolé de Katherine Tékakouita.

Des jours ainsi, et d'autres encore. Il ne m'en reste plus que les sourcils-corbeaux, l'absence de Leonard et l'impossibilité de faire un texte de tous ces livres lus. Mon anus à bout de paroles me fait mal. Mon utérus me démange. Et le fœtus qui est dedans n'est plus qu'une petite chose verdâtre et pourrissante. Vraiment, cela ne peut plus durer. Que je le veuille ou non, il faudra bien que tôt ou tard, j'aille remettre ses livres à la grande actrice rousse et que j'aille aussi à Radio-Canada. Si je ne le fais pas, je ne serai bientôt plus rien, mangée non pas par la comédienne qu'il y a en moi mais par les sourcils-corbeaux.

Je sors du sofa-lit, vais à la chambre de bains, me regarde encore dans la glace. Les sourcils-corbeaux sont bien là, s'élevant et s'abaissant, mais, à la place des yeux et de la bouche, il n'y a plus que ce trou noir, cet anus imprégné de graisse animale qui est remonté d'entre mes fesses jusqu'au milieu de mon visage. Je pousse un cri, recule jusqu'à l'évier, prends le petit rasoir de Leonard sur le réservoir de la toilette et en sors la lame. Puis je me laisse tomber sur les talons, enfonçant lentement la lame dans la chair de mon anus imprégné de graisse animale. Les sourcils-corbeaux se mettent à crailler affreusement et je regarde le meurtre tranquille qui gicle par petites coulées de sang noir.

10

. . . . il écrit:
Dans le souterrain, à déconstruire *Melville* alors que la
haine de toute écriture me travaille, me rend vociférant et
peu utile, tout se passant comme si ça ne s'écrivait plus
dans l'inscription de quelque lieu que ce soit, mais dans
de l'ombre vide. Sans doute est-ce parce que *Melville* est
terminé et que je me refuse à cette fin qui n'abolit pas le
livre malgré tous les efforts que j'y mets, mais m'indéter-
mine dans le présent. Une coquille, c'est ce que je suis
devenu, et le vent qu'il y fait est si insoutenable que je
creuse le manuscrit, pour m'y rouler dedans, comme si je
voulais par cet acte manqué le ravaler alors que tout ce
que j'ai pu faire, cela a été de le vomir, par grandes
secousses furieuses, afin que la blessure dans mon estomac me laisse enfin tranquille. Comment être assez fou
pour croire à de telles sornettes? Comment penser
sérieusement qu'un livre fait peut être de quelque récon-
fort que ce soit quand il n'est venu que de la pesanteur
qu'il y a dans les choses, en soi et hors de soi? Et
s'imaginer qu'après son écriture, l'on pourra, délesté enfin
de tout, s'asseoir sur le pas de sa porte et fumer sereinement sa pipe, n'est-ce pas là la pire des aberrations, celle
qui voudrait qu'il y ait satisfaction de soi dans le fait
d'écrire, et bien davantage: la traversée lumineuse des
apparences, aussi bien dire la réconciliation? En arriver là,

143

c'est avouer qu'on n'est jamais venu au monde de l'écriture, sinon qu'en tromperie, donc pour de mauvaises raisons; l'écriture, même quand elle commence, ne peut être que l'écriture de la fin, celle de la mort qui, parce que se perpétrant enfin, s'y abolit, dans l'heureuse insignifiance de son être, faisant triompher le rien, ce qui a toujours été là et n'a été là que dans la déraison dont il est issu. Et lorsque cela s'est appris en soi, comment croire encore qu'il est possible, en écrivant, de le désapprendre, et de vivre enfin la vie de tous, dans la solidarité précaire bien que banalisée? Tout mon manuscrit sur Melville est là pour le crier: l'écriture est mortelle et doit l'être, mais on n'y meurt jamais dedans, quelque chose de soi demeurant toujours à l'extérieur, ce qui dit bien pourquoi elle n'est pas un apaisement mais que le gonflement de la mort qui, bien qu'y mourant, ne fait jamais qu'y vivre davantage. De sorte que je me retrouve là où je me retrouve, à relire mon manuscrit pour tenter d'y trafiquer dérisoirement cette mort qui n'est pas venue de lui et ne pouvait y venir parce que, lovée dans mon estomac, elle était bien trop confortable pour lâcher prise et m'advenir définitivement. Quel désastre! Et j'y vocifère absolument, mon stylo feutre pareil à un poignard pour frapper dans le dos tous ces mots pitoyables qui ne me disent plus rien pour être trop pareils à moi.

À cause de la tempête (pourtant, nous n'en sommes même pas encore à la mi-décembre), Judith est allée chercher nos filles sauvages à l'école. Le temps ne dérougit pas dans sa mauvaiseté depuis une semaine, à croire qu'il est devenu comme moi, inserviable. Le règne de la froidure, à l'extérieur du souterrain et dans le souterrain, les chaufferettes électriques n'arrivant pas à faire venir la véritable chaleur. Au creux de l'estomac, ce glaçon qui grossit et me fait des extrémités de mains et de pieds gelées. Ça sera bientôt tout à fait intolérable et, pour

échapper à l'état de glace, je vais fuir mon manuscrit et le souterrain, monter jusqu'à la cuisine, ouvrir la porte du bahut, prendre cette bouteille de Beafeater et cette bouteille de Dubonnet, et me préparer un verre, démesuré comme ma hargne.

Je me suis assis à la table de la cuisine, tout le désordre de la maison devant moi: les fruits qui pourrissent dans la corbeille, la boîte de corn flakes renversée par les chats, le cendrier plein de mégots de cigarettes, l'amas de journaux tombés de la table et, sur le comptoir, tous ces restes d'hier dans les assiettes sales, et ces toasts oubliées dans le grille-pain, et ce poulet qui, dans l'eau de l'évier, n'en finit pas de dégeler. Je n'ose pas regarder plus loin parce que le cœur me lève déjà et que j'aimerais bien, avant que cela n'arrive, avoir le temps d'avaler mon verre. Je me concentre donc sur lui et sur l'état de mon estomac quand l'alcool y descend, faisant éclater le glaçon qui s'y trouve. Tout de suite ce réchauffement qui, par grandes vagues successives, prend possession de mon corps, me rejoignant jusque dans mes extrémités de mains et de pieds. C'est la meilleure chose qui me soit arrivée depuis la fin de *Melville,* ce sourire qui, presque malgré moi, me vient pour que la hargne, même si elle ne peut pas vraiment disparaître, s'endorme, ne serait-ce que pour ce temps où Judith et nos deux filles sauvages seront dans la maison. Tenir une heure, l'estomac noyé dans l'alcool du Beafeater et du Dubonnet, la magie de l'enfance de nouveau possible, quitte à faire le petit cheval à genoux, le sac de patates ou l'avion lâché très lousse dans le ciel de la maison. Revenir aux choses très simples dans ses nombres primaires, en ce temps d'avant toute écriture, là où la mort ne peut intervenir encore parce que débordée par la vie.

Alors elles entrent, pareilles à des bonhommes de neige qui auraient mangé la carotte de leur nez et les gros

145

raisins secs de leurs yeux. Elles s'esbrouent comme de jeunes chiens tandis que Judith, son manteau déjà enlevé, le jette par terre, et me dit: «Je t'avais demandé de préparer le poulet et de le mettre au four. Évidemment, tu ne l'as pas fait.» Je dis: «Si tu me l'as demandé, je ne t'ai pas entendue.» Elle dit: «Tu n'écoutes jamais ce qu'on te dit.» Je dis: «De toute façon, il n'aurait pas été prêt pour le dîner. La science n'est pas encore assez avancée pour nous offrir des poulets-minute.» Elle dit: «C'est pas parce que tu as fini ton livre que tu dois te forcer pour faire le comique.» Je dis: «Je voudrais juste être bien, même si ça ne doit durer que quelques minutes.» Elle dit: «C'est ça, continue de ne penser qu'à toi, et sois comique. Mais en attendant, qu'est-ce qu'on va manger?»

Elle a pris une bière dans le réfrigérateur et est venue s'asseoir en face de moi. Plurabelle et Livia se sont déshabillées et ont filé dans le salon, allumant tout de suite la télévision pour ne pas nous entendre. Mais je n'ai pas plus le goût qu'elles de ce qui ne pourrait que fatalement arriver si je restais trop longtemps en face de Judith. Je me lève et prends mon verre. Judith dit: «Laisse-moi toute seule en plus.» Je dis: «Je vais simplement retrouver Plurabelle et Livia.» Elle dit: «Il faut que je te parle.» Je dis: «Ça ne peut pas attendre après le dîner?» Elle dit: «N'essaie pas de te défiler, c'est maintenant qu'il faut que je te parle.»

Il n'y a rien d'autre à faire que de m'asseoir. Mais avant de m'y résoudre, je vais quand même me préparer un autre verre, pour le cas où ça serait long et désagréable. En revenant à la table, je jette un coup d'œil à Plurabelle et à Livia qui sont assises l'une à côté de l'autre sur le divan, leurs yeux dans la télévision. Comme à l'école, sages par obligation, et parce qu'elles n'ont pas encore les moyens de se défendre autrement contre Judith et moi. Comme cela sera terrible pour nous tous

quand elles en seront à l'âge de l'insulte et du rejet!

Judith ne me laisse pas le temps d'y penser davantage, et me dit: «Pourquoi tu restes planté comme un piquet dans la porte? Il faut que je te parle. Je te l'ai dit, non?» Je reprends ma place à la table, repousse de la main le tas de corn flakes, mais n'ose pas regarder Judith. Je la vois venir avec ses grands sabots. Elle dit: «Je ne sais pas si tu t'en rends compte, mais ça va être Noël bientôt. On n'a encore rien acheté aux filles.» Je dis: «Depuis qu'elles sont au monde, Noël est venu à la même date tous les ans, de même que les étrennes. Je vois pas pourquoi ça serait différent cette année.» Elle dit: «Avec quel argent penses-tu le faire? La vente de la ferme de Sainte-Émilie n'a même pas suffi à enterrer toutes nos dettes. Et au lieu de chercher du travail, tu passes tes journées dans le sous-sol à gratter du papier pour rien.» Je dis: «Tu n'as pas à t'inquiéter, je m'en occupe.» Elle dit: «Et c'est comme ça qu'on va célébrer Noël dans la semaine des quatre jeudis, avec rien à donner aux filles.» Je dis: «Avant qu'on en soit là, ça serait peut-être mieux de leur préparer à dîner.» Elle dit: «Alors fais-le toi-même parce que moi, tu me déprimes trop.»

À cause de l'alcool, la blessure dans mon estomac me fait tout à coup très mal, ce qui est le signe que je n'en ai plus pour longtemps avant que le couteau malicieux de la douleur ne se fiche entre mes omoplates, me ramenant à ma hargne et à l'énorme lassitude de laquelle elle vit. Je suis mieux de me lever tout de suite et de préparer la nourriture de Plurabelle et de Livia. Je coupe le concombre en portions toutes dentelées, j'ajoute dans l'assiette ces tiges de céleri que j'ai enrobées de fromage fondu, je tartine les craquelins et, pour que tout cela soit encore plus agréable à l'œil, je mets au centre ce bouquet de persil et ces radis tout frisés. Judith me regarde faire. Elle dit: «Si tu continues sur ce rythme-là, elles seront déjà à

147

l'école quand tu vas avoir fini.» Je ne réponds pas, lui apporte plutôt cette bière qu'elle me demande en me montrant la bouteille vide qu'il y a sur la table. Puis tenant l'assiette à bout de bras comme font les serveurs, je vais retrouver nos filles sauvages qui ont toujours les yeux dans la télévision. Je dépose l'assiette sur la petite table blanche, et je dis: «Mesdemoiselles Plurabelle et Livia, j'espère que vous aimerez ces amuse-gueule en attendant que la suite du monde vous arrive sur un plateau d'argent.» C'est plutôt épais ce que je leur raconte, j'en ai conscience et elles aussi parce qu'elles ne répondent rien et, même, ne me regardent pas. Mais rester ici pareil, assis par terre, les pieds chauds de Livia dans mes mains. De la cuisine, Judith dit: «Abel, elles vont être en retard si tu ne te grouilles pas.»

Dans le réfrigérateur, il n'y a pas grand-chose qui conviendrait à deux petites filles qui ont faim. En désespoir de cause, je me rabats sur ces deux tranches de jambon, de quoi préparer deux bien maigrelets sandwiches. Judith dit: «Pas de moutarde ni de laitue, les filles n'aiment pas ça.» Je dis: «C'est pour quand le pain sec et l'eau?» Elle dit: «Si tu continues à gratter du papier au lieu de te trouver du travail, ça pourrait être plus rapidement que tu ne le penses.» Je dis: «Tu me fatigues, Judith.» Elle dit: «Je sais, les filles et moi on te fatigue tout le temps.»

Je n'ai rien à répondre à cela, sinon par cette mauvaise conscience et cette culpabilité qui m'envahissent en même temps que le grand couteau se plante entre mes omoplates. Qu'y a-t-il de si vulnérable en Judith pour justifier l'agression dans laquelle elle vit presque toujours, son visage déjà tout ridé, comme si la laideur du monde, aussi bien dire la mienne, devait s'y inscrire, dans ce gonflement hideux qui déforme même la beauté de ses grands yeux jaunes? Il suffirait peut-être que je la prenne sur mes genoux et que je la berce longtemps, comme si

elle était une petite fille, pour que la laideur laisse son visage et s'évapore dans l'air. Je viens pour le lui dire, mais Livia et Plurabelle font leur apparition dans la cuisine. Livia dit: «Il est midi et demi. Faut qu'on retourne à l'école.» Judith dit: «Est-ce que tu vas les reconduire?» Je dis: «Il faut que je travaille.» Elle dit: «Le contraire m'aurait étonnée.» Elle enfile ses bottes et son manteau, pousse Livia et Plurabelle devant elle et dit avant que la porte ne se referme sur elle: «Je ne reviendrai pas. Je vais aller chez ma mère. Comme ça, tu vas pouvoir travailler, et travailler en paix, et travailler tout seul. C'est peut-être tout ce que tu mérites.»

Le grand couteau s'enfonce encore davantage entre mes omoplates, et la chaleur de mon corps devient excessive. Je trempe les lèvres dans le verre d'alcool, mais seulement le goût de ça dans ma bouche me lève le cœur. Il me faut fuir encore, dans le souterrain sombre puisque je n'ai nulle part où aller qui serait doux, gras et maternel. Si au moins Samm ne se contentait plus simplement de lire par-dessus mon épaule mais venait s'étendre à mon côté sur les coussins devant la cheminée, ses lèvres pulpeuses s'enfonçant entre mes omoplates à la place du grand couteau! Peut-être la discordance finirait-elle et n'y aurait-il plus que cette sérénité aérienne et bonne par ses caresses, tout le poids du monde comme dévoré par elle, y compris ce manuscrit sur Melville que j'ai mis sur la pile de livres à côté de moi. Mais je vais être incapable d'en lire une ligne, la blessure dans mon estomac s'étant emparée de moi et prenant toute la place. Aussi, les yeux fermés, j'essaie de dormir, songeant à Plurabelle et à Livia pour que cela vienne plus rapidement. Elles bâtissent un iglou avec de la neige, par petits blocs qu'elles fabriquent avec ce moule que je leur ai acheté. Une fois le dernier bloc posé, elles battent des mains et dansent tout autour de l'iglou. Moi je les regarde,

je suis à quelques pieds d'elles, assis dans ce fauteuil roulant que Judith m'a offert pour Noël. Ma blessure à l'estomac m'empêche maintenant de marcher et bientôt, a dit le médecin, je serai définitivement confiné à la civière. Je m'y fais en regardant Plurabelle et Livia qui, par petites pelletées de neige, colmatent les brèches entre les blocs de l'iglou. Quand c'est terminé, elles se tournent vers moi et disent: «Dommage que tu ne puisses pas entrer toi aussi. Tu verrais comme c'est beau à l'intérieur, avec plein de chambres et de lits.» Je dis: «Ça ne fait rien, c'est comme si j'y étais aussi.» À quatre pattes, elles disparaissent dans le tunnel qui mène au cœur de l'iglou. La neige tombe, pareille à une nuée de petits oiseaux blancs. Il n'y a rien d'autre pendant un bon moment. Puis ces cris qui viennent de l'iglou et, presque en même temps, comme cette explosion et les blocs de neige qui jaillissent haut dans les airs, faisant apparaître Plurabelle et Livia, et ce jet de sang noir les éclaboussant. Elles courent vers moi, se jettent dans mes bras. Le fauteuil roulant bascule. Nous voilà dans la neige et le sang, emportés vers la rivière des Prairies par le jet devenu monstruosité du fleuve. S'agrippant à moi, Livia et Plurabelle crient: «Nous ne voulons pas mourir comme toi! Nous sommes trop jeunes pour mourir comme toi!», et c'est alors que je me réveille, le téléphone rouge sonnant sur la petite table près des coussins. Que cette sonnerie m'ait arraché au cauchemar, j'en suis si content que je décroche tout de suite, m'attendant à entendre la voix de Judith. C'est plutôt celle du directeur des émissions dramatiques de Radio-Canada qui me dit: «Si le projet que vous nous avez soumis vous intéresse toujours, nous sommes prêts pour notre part à aller de l'avant. Pouvez-vous passer au bureau?» Je dis: «Quand?» Il dit: «Tout de suite si c'est possible. Ça urge.» Je dis: «D'accord. Je suis là dans une demi-heure.»

Et c'est ainsi que je me retrouve à Radio-Canada, dans ce bureau du directeur des émissions dramatiques, un petit homme tout sec dont les gros yeux globuleux ne vous regardent jamais en face et se promènent vertigineusement des toiles accrochées aux murs aux piles de documents qui encombrent son pupitre. Il dit: «Nous avons étudié votre projet de téléroman et les six synopsis que vous nous avez envoyées. Nous sommes vivement intéressés à produire cette série. Et d'autant plus rapidement que deux projets sur lesquels nous comptions beaucoup et qui devaient être présentés au début de février, ont désastreusement avorté. Vous sentez-vous d'attaque?» Je dis: «Je crois bien que oui.» Il dit: «Dans ce cas, il ne vous reste plus qu'à vous rendre chez l'administrateur signer votre contrat et qu'à faire la connaissance d'Eugène Galarneau, qui sera votre réalisateur.»

Il me donne la main, ouvre la porte de son bureau et m'indique où je pourrai trouver l'administrateur. Je m'y rends tout de suite, de peur que le rêve ne s'écroule tout d'un coup, me ramenant au souterrain du boulevard Gouin, avec rien d'autre que ma blessure à l'estomac et le manuscrit de Melville à déchiqueter. Je n'ai pas le temps de m'asseoir que déjà le contrat est devant moi. Sur le document, je ne vois que ces deux mille dollars écrits en lettres énormes au beau milieu de la page. Je dis: «Deux mille dollars pour les six premiers épisodes, c'est bien ça?» L'administrateur me sourit, et dit: «Ça serait vraiment travailler pour rien. Non, c'est deux mille dollars pour chacun des textes que nous accepterons.» Je viens pour dire: «Pour seulement six textes, c'est plus d'argent que je n'en ai gagné pendant toute l'année dernière», mais devant l'absurdité d'une telle réflexion, je me tais et signe le contrat, à tous ces endroits que m'indique l'administrateur. Quand c'est terminé, il sépare les feuilles les unes des autres, en met tout un lot dans une grande enveloppe

blanche qu'il me tend en disant: «Vous voyez, c'est pas plus compliqué que ça.» Il me donne la main et ajoute: «J'espère que nous nous retrouverons ici l'an prochain et qu'il y aura un nouveau contrat. Bonne chance, Monsieur Beauchemin.»

L'événement me paraît si extrême qu'après être passé dix fois devant le bureau d'Eugène Galarneau sans le voir, je me réfugie dans les toilettes pour retrouver mon calme. Assis sur le siège, je laisse mon ventre se soulager, la grande enveloppe blanche sur mes genoux. Tout ce que je vois, c'est deux mille dollars, et trente-neuf fois deux mille dollars, de quoi retrouver ma vie d'éditeur, racheter l'Habitanaserie de Sainte-Émilie, faire la paix avec Judith et réaliser bien d'autres choses que dans mon excitation, je n'arrive même pas à penser. Enfin, ne plus être pauvre! Je n'arrête pas de déféquer, comme si c'était toute cette vieille vie d'avant le contrat que je chiais, avec l'horrible puanteur de la mort contenue dedans. Pendant ce temps, quelqu'un, quelque part dans les toilettes, dit: «Qui c'est qui peut bien sentir aussi mauvais?» Et malgré moi, je souris, tout l'intérieur de mon corps relâché. Un peu plus et je m'y laverais les mains, comme enfant redevenu, dans cette chaleur que je n'aurais jamais imaginé qu'elle puisse être si apaisante, et si totale.

De quoi comprendre que l'après, c'est-à-dire ma première rencontre avec Eugène Galarneau, m'ait laissé bien peu de souvenir, de même que toute cette route qu'il m'a fallu faire de Radio-Canada à Montréal-Nord, afin d'annoncer à Judith et à nos deux filles sauvages que le miracle, enfin, avait eu lieu et que, désormais, il n'y aurait jamais plus rien de pareil. Quelque part sur le boulevard Léger, je m'arrête devant cette charcuterie, désireux d'y entrer et d'y acheter cette reconnaissance à laquelle, par le contrat signé en bonne et due forme à Radio-Canada, je crois avoir droit. Et me voilà en train de me promener

partout dans le magasin, poussant ce chariot qui, rapidement, se remplit des fruits de la reconnaissance: des cœurs de palmiers de Brésil, des filets de saumon de l'Atlantique et, superbe dans la casserole transparente, ce petit cochon de lait dont la gueule est bourrée de radis en dentelles, de minuscules tomates d'Italie et de branches de persil. Quel festin nous allons faire, Judith, Livia, Plurabelle et moi! De quoi faire sécher l'encre du grand Homère et celle de Rabelais!

Je stationne la vieille station-wagon dans l'entrée et, les sacs d'épicerie dans les mains, je monte l'escalier, avec ce cœur qui bat à tout rompre dans ma poitrine. Je m'arrête devant la porte, surpris de ne voir aucune lumière à l'intérieur. Je sonne, pensant absurdement au petit cochon de lait qui pourrait avoir froid. Mais après trois vaines tentatives, il me faut bien me rendre à l'évidence: le vieux chalet est tout seul à m'attendre, abandonné par Judith et nos filles sauvages. Je laisse tomber un sac d'épicerie, déverrouille la porte et me retrouve brusquement dans ce monde des vieilles odeurs dont même le contrat signé en bonne et due forme à Radio-Canada n'a pas eu raison: celui de la pisse de chats et des fruits qui pourrissent toujours dans la corbeille d'osier sur la table. Cela me paraît d'une telle fatalité que je m'écrase dans le fauteuil, mes genoux remontés haut et ma tête dessus. Je reste là un bon moment, à me pénétrer de l'absurdité de ma vie: pourquoi faut-il que rien n'arrive jamais comme cela devrait, dans l'absolue simplicité?

Après avoir composé pour rien plusieurs fois le numéro de la mère de Judith, ma solitude me saute dessus avec tant de force, que je ne peux y résister: je jette par terre tout ce qui se trouve sur la table, je sors les napperons achetés par Judith pour les grandes célébrations, je dispose la vaisselle et les ustenciles comme il faut, je mets au beau milieu le petit cochon de lait, j'ajoute les

palmiers de Brésil et le saumon de l'Atlantique, j'ouvre la bouteille de Bordeaux et, comme le dernier des imbéciles, je m'asseois à la table, la grande enveloppe blanche de Radio-Canada sur mes genoux, décidé à attendre tout le temps qu'il faudra le retour de Judith, de Plurabelle et de Livia. Comme on est tous désespérément vulnérables au fond, avec si peu de consistance et si mal armés pour répondre à ce que l'on est! Tant de fragilité, même dans la joie, alors que tout devrait rire et qu'il n'y a que l'absence qui, pareille à une sangsue, se colle à vous, sans cesse et sans relâche! Même le vin de Bordeaux ne me sauvera pas aux yeux du monde. Je deviendrai simplement ivre et laisserai les chats monter sur la table afin de se repaître du petit cochon de lait devenu carrément inutile. Puis en titubant, une infinité de grands couteaux plantés dans le dos, je vais descendre dans le souterrain pour me retrouver assis devant ma table de travail, toute la déliquescence du monde sur mes épaules. Je vais pourtant travailler à mon téléroman jusqu'à ce que le stylo feutre me tombe de la main et que je vomisse sur tout ce que j'ai écrit, par grands coups de mon estomac outré. Pour bien commencer, ça on peut dire que ça commence bien. Mais où sont donc Judith, Plurabelle et Livia? Dieux de tous les ciels, pourquoi refusez-vous avec tant de satisfaction de me dire au moins ça?

11

. . . .
. . . . elle dit:
Toutes les vies, rien que le viol dans toutes les extravagan-
ces de la tendresse empêchée. C'est ce que déclame Jos
Beauchemin alors qu'il vient de monter sur une table
dans ce restaurant minable de Montréal-Nord, mal rendu
par ce décor de carton-pâte en plein cœur du grand
studio de Radio-Canada où nous sommes tous depuis
des heures, à recommencer sans cesse la même scène
parce que, tout à coup, c'est ou bien l'éclairage qui
manque ou bien la serveuse qui fait un faux pas et
renverse son cabaret. Quand ça arrive, Jos Beauchemin
se passe les mains dans le visage, descend de la table et
fait les cent pas derrière le décor en attendant le prochain
enregistrement. Nous les figurants, on reste où on est,
dans le faire-semblant de ce qu'on nous demande: boire
de la fausse bière, converser sans rien dire et sans que ça
s'entende et, surtout, ne pas paraître s'intéresser d'aucune
façon à ce que vivent les seuls véritables personnages de
la scène. Comme dit le réalisateur: «Vous faites partie des
meubles et tout ce qu'on vous demande, c'est de l'être
absolument. Il ne faut pas que le téléspectateur soit
dérangé de l'action par vos réactions, ni par rien d'autre.»
Ils appellent ça *canner une émission* et, s'il s'agit d'un
téléroman, ce n'est pas la faute de personne: ça pourrait
être tout à fait autre chose. Pourtant, la scène est belle et

155

Jos Beauchemin sublime, comme l'image que je rêve toujours d'être quand je m'imagine comédienne, c'est-à-dire un tel approfondissement de n'importe quel texte qu'on s'y retrouve comme empalé, tout votre corps s'y défaisant alors que les mots meurtriers percent l'air comme autant de flèches empoisonnées. Et j'ai mal pour Jos Beauchemin dans son délire alcoolique, qui lui fait croire qu'il vient de tuer sa mère et que cela abolit le temps, l'espace et le monde, ne laissant à vivre que l'enfer du désert. Au fond, il ne s'agit peut-être pas de grand-chose, mais Jos Beauchemin y met tant de présence que c'en est profondément vraisemblable et profondément désespérant. La scène finie, on se lève tous et on l'applaudit, même les cameramen qui n'arrêtent pourtant pas d'en voir et ne s'émeuvent plus pour rien.

Après les applaudissements, tout le monde disparaît dans les loges, sauf moi qui reste là, assise à la table bancale, mes oreilles encore pleines du bruit et de la fureur de Jos Beauchemin. Je voudrais ne pas avoir jamais à me lever, pour que la fatigue que j'ai de tout ne revienne pas me hanter, ni l'ennui qui me frappe toujours dès que la porte du grand studio de Radio-Canada refermée derrière moi, je redeviens cette comédienne silencieuse qui n'a plus rien à représenter, même pas cette figurante muette et immobile de téléroman. La peur du viol m'envahit alors et c'est plein de gros sexes rouges qui me forcent, me déchirent et s'enfoncent loin dans mon corps, jusqu'à ce nœud de douleur lancinante qu'il y a au milieu. D'où me vient tant de déraison? Et pourquoi y mets-je tant de complaisance, la retrouvant presque avec soulagement dès qu'il n'y a plus rien à jouer, même chez les autres? Dans la porte du restaurant, Jos Beauchemin me regarde. Depuis la fin de la scène, il s'était réfugié derrière le décor où, appuyé à un panneau de bois et fumant cigarette après cigarette, il a laissé les larmes de

son rôle se tarir et les spasmes de ses muscles se calmer. Il n'agit jamais autrement après une scène qui lui demande tout ce qu'il a et bien davantage, c'est-à-dire cette vulnérabilité si extrême qu'elle change tout dans son corps. Il s'avance vers moi et ses grands yeux encore tout rouges se vrillent dans les miens comme s'ils cherchaient tout ce qu'il y a eu de perdu depuis que la scène est terminée. Il dit: «C'était un beau texte et ça arrive si peu souvent. Je ne pouvais absolument plus être ailleurs.» Je dis: «Dommage que ça ne dure pas toute la journée.» Il écrase le mégot de sa cigarette sur le plancher, me tend la main pour que je me lève, me sourit et me dit: «Au fond, c'était une bien mauvaise scène parce que je n'arrivais pas à saisir parfaitement le texte. Mon corps s'y rebellait. Peut-être l'auteur l'a-t-il écrite dans cet état-là aussi. Mais c'est fini maintenant, et il faut que je mange.»

Pendant que nous traversons le grand studio de Radio-Canada, je le laisse me prendre par la taille et me serrer contre lui. Son corps a besoin de chaleur parce qu'il a froid et tremble. Moi j'étais toute mouillée quand je cessais de jouer Mégara au Monument national, et ma peau cuisait comme si on y avait allumé le feu dedans. Il dit, en me laissant la taille: «On se retrouve tantôt», et entre dans cette loge qu'il partage avec l'oncle Phil et son père Charles. J'entends leurs rires, gras et chauds, et je voudrais me jeter au milieu d'eux, sans plus aucun vêtement sur moi, pour que ça me morde amoureusement, par petites bouchées tendres. Mais les figurants dans un téléroman de Radio-Canada ne sont pas là pour ça, et je continue mon chemin jusqu'à cette loge qu'exceptionnellement ce matin on m'a accordée, je ne sais pas pourquoi. Dans les téléromans, les figurants n'ont droit qu'au maquillage et à rien d'autre. Ils s'habillent comme ils peuvent ou comme ils veulent et, assis dans le hall, attendent qu'on les invite à entrer dans le grand studio. Ils ne savent généralement rien du téléroman, et rien non plus de la scène dans laquelle on leur demande d'être. C'est débilitant, mais comment faire autrement, comme me le disait l'autre jour Jacques Blanchet qui a le cancer, ne trouve plus nulle part où travailler parce qu'il est trop malade, avec sa belle voix de chansonnier tout éraillée, aiguë quand elle devrait être grave et profonde lorsqu'il la faudrait comme enrobée dans la superficialité de la douceur.

Dans la loge, je me suis assise face au grand miroir en prenant soin d'éteindre les ampoules avant. Je ne vois à peu près rien de moi, sauf ce que le filet de lumière sourdant de sous la porte me redonne de mon visage. C'est flou et c'est apaisant. La vieille Mathilde Beauchemin dort dans la loge d'à côté, allongée dans cette chaise de jardin que son mari lui apporte toutes les fois qu'elle joue dans le téléroman. Entre toutes les scènes qu'elle doit jouer, elle s'étend dans la chaise de jardin et ronfle avec force. C'est encore Jacques Blanchet qui, l'autre jour, m'a raconté tout ça. Il était déprimé par rapport à ce que la maladie grugeait en lui et avait besoin de dire des choses simples et inoffensives. Au *Script,* je suis restée toute une soirée avec lui, parce qu'il avait besoin de gaieté et, comme il me l'a dit avec beaucoup de retenue, «d'une femme avec qui être devant elle rien que pour le plaisir de lui manger sa beauté». Même si cela n'avait été que pour ce soir-là, j'aurais voulu le rendre heureux. Malheureusement, je ne sais pas boire et, après quelques verres de Margarita, ma tristesse est devenue trop grande et j'ai fui ce qu'il y a d'inexorable dans le cancer quand on n'est plus une infirmière banalement honnête et banalement incompétente.

Malgré le peu de lumière, j'essaie de faire apparaître les sourcils-corbeaux dans le grand miroir, comme cette fois où je me suis enduite l'anus de graisse animale afin,

non de me tirer vers ma mort, mais de me donner une grande vie d'actrice. Ne plus être belle pour rien. Et ne plus avoir à devenir laide pour rien. Si Leonard est encore venu me surprendre dans la fin du rêve, c'est peut-être qu'il n'y a rien à faire avec moi, que la vie, en dépit de tout, est bien trop forte pour que je la perde, ou la retrouve toute, sans rien lui payer en retour.

La porte de la loge s'ouvre brusquement et la grande actrice rousse, en faisant toute la lumière, me découvre devant le grand miroir. Elle dit: «Mais qu'est-ce que tu fais comme ça devant le miroir?» et, sans attendre ma réponse qui, de toute façon, ne viendrait pas, elle m'embrasse et ajoute: «C'est moi qui ai demandé de partager avec toi la loge quand le réalisateur, tout à fait par hasard, m'a appris que tu faisais aujourd'hui partie du téléroman. J'avais bien hâte de te revoir parce que, l'autre jour, quand tu m'as rapporté les livres que je t'avais prêtés, j'étais très inquiète pour toi.» Je dis: «Tu t'inquiétais pour rien.» Elle dit: «Ne parle pas comme moi quand je ne veux pas parler, ou quand je ne peux pas. Comment ça va?» Je dis: «Bien, et toi?» Elle dit: «Depuis que j'ai laissé l'École nationale de théâtre, je me sens bien mieux. Je pars en tournée à travers le Québec la semaine prochaine, dans la nouvelle pièce de Michel Tremblay. Mais ce qu'il y a de mieux, c'est que je suis enfin amoureuse. Je m'y attendais si peu que depuis ce temps-là, je ne porte plus à terre.» Des deux mains, elle redresse ses longs cheveux roux, renverse la tête par derrière et rit bruyamment, ses longues dents blanches prenant toute la place dans le grand miroir. Je vais finir par rire avec la grande actrice rousse et partir avec elle, pour aller manger quelque chose *Chez Miville*. Même si je ne voulais pas, je ne pourrais pas ne pas la suivre. J'avais tant besoin d'elle, et la voilà qui est là enfin, me tenant le bras et me racontant toutes sortes de choses invraisemblables alors

qu'elle tire sans arrêt sur sa cigarette. Notre entrée *Chez Miville* est fulgurante: Charles, l'oncle Phil, Jos et le réalisateur nous accueillent en sifflant et en applaudissant, pareils à des collégiens indisciplinés dans les grandes chiennes blanches qui protègent leurs costumes de théâtre. Je m'assieds à côté de la grande actrice rousse et la regarde tellement que je ne vois d'abord pas qu'*il* est là, entre l'oncle Phil et Charles, et que ses petits yeux verts sont fixés sur moi. Il ne vient pas d'habitude aux enregistrements du téléroman qu'il écrit et c'est la première fois, depuis l'hôpital, que nous nous rencontrons. Il boit un grand verre de lait, qu'il tient de la main gauche tandis que la droite retient, plaqué contre son ventre, un grand chapeau à large bord. Ses traits sont tirés et, sous les petites lunettes rondes, de grands cernes changent la qualité de ses yeux. Il a l'air d'être là et de ne pas y être, mais son attention est telle qu'il me fait l'effet d'une éponge, entendant tout, faisant de petits signes de tête pour marquer qu'il suit le fil des conversations, qu'il se laisse flotter dedans même s'il n'ouvre la bouche que pour boire une gorgée de lait en réprimant une grimace. Il sait écouter, ça se voit. Et il le sait particulièrement bien quand c'est la grande actrice rousse qui parle, sa belle voix rauque faisant des trouées dans l'air. Alors ses yeux sourient et les grands cernes violacés sous ses lunettes disparaissent. Quelle étrange beauté que la sienne, à cause de toute la douceur qui s'y devine alors que ses textes sont presque magiquement noirs et d'une douloureuse angoisse. Je le sais pour avoir lu tous les épisodes de son téléroman, que j'ai dû demander par trois fois au réalisateur parce que les figurants n'y ont pas droit. Dans certaines scènes, les frissons me couraient sur la peau, comme maintenant quand il me regarde. Mais je n'ai pas peur, car c'est chaud et tendre malgré l'horreur de la violence rentrée.

Cette heure qui passe ainsi, je voudrais la retenir, parce qu'ils sont là tous les deux, *elle* et *lui,* et qu'il ne me manque que Leonard pour me sentir tout à fait bien dans cette grande voyagerie de théâtre que Charles, l'oncle Phil, Jos et la grande actrice rousse se racontent, les anecdotes plus nombreuses que leur nombre, chacun relançant l'autre avec tant d'ardeur que le plaisir ne peut pas ne pas venir même si la viande trop cuite reste dans les assiettes, comme les brocolis dégoulinant d'eau dans les petits plats devant nous. Lui, il ne fait que boire du lait, par grands verres que la serveuse lui apporte. Et toutes les fois, il lui sourit et lui fait un clin d'œil. C'est une belle fille, avec de grands cheveux blonds qu'elle porte en tresses africaines. Quand il se rend compte que j'ai noté ses sourires et ses clins d'œil à la serveuse, il s'essuie les lèvres de sa main, et dit: «Elle ressemble à ma sœur comme une jumelle. C'est celle qui est disparue il y a quatre ans, et qu'on n'a plus revue depuis. Elle était allée à Percé et quelqu'un, pour s'amuser, l'a jetée dans l'eau. C'est dans une ambulance qu'elle est revenue à Montréal, paralysée de la tête aux pieds. Elle ne parlait plus et ne reconnaissait plus personne. Depuis qu'elle a quitté l'hôpital, on ne sait plus rien d'elle. Peut-être ici, peut-être ailleurs, ou peut-être plus nulle part.»

Il baisse les yeux, comme honteux de ce qu'il vient de confesser. Il prend le verre de lait, le porte à ses lèvres, mais grimace et le remet devant lui. Il a l'air profondément malheureux tout à coup, à mille milles de *Chez Miville* et de ce que Charles, l'oncle Phil, Jos et la grande actrice rousse n'arrêtent pas de raconter. Il est comme quand je l'ai connu à l'hôpital du Sacré-Cœur, mince comme un fil mais imprenable. Il s'est renversé légèrement sur sa chaise, la main devant sa bouche comme s'il voulait réprimer un haut-le-cœur. Même si les comédiens ne s'adressent qu'à lui, il n'écoute plus. Quelques gouttes

de sueurs glissent de la racine de ses cheveux sur son front. De sa main ouverte, il va les essuyer lentement, pareil à un chat qui se passe la patte dans la face. Puis il sourit de nouveau, avec plus rien de fatigué sous les petites lunettes rondes. Seuls ses doigts sont restés crispés sur le grand chapeau de cuir.

Charles, l'oncle Phil, Jos et la grande actrice rousse sont tellement pris par leurs racontements qu'il faut que la script-assistante et le régisseur interviennent auprès d'eux pour que le repas se termine. Charles dit: «Moi je ne suis que dans la deuxième scène. Il n'y a pas de presse.» La script-assistante dit: «Il y a eu un changement.» Charles dit: «Comment ça, un changement?» Le régisseur dit: «On ne trouve plus le prélart de la cuisine des Beauchemin. Quand le décorateur est arrivé ce matin, la police était dans l'entrepôt. Cette nuit, des voleurs auraient tout emporté. Alors Desroches est allé acheter un autre prélart. C'est pour ça qu'on a interverti les scènes deux et trois.»

Charles se lève en maugréant. C'est qu'il ne sait jamais ses textes et qu'il croyait avoir encore au moins une demi-heure devant lui pour apprendre ses répliques. L'oncle Phil lui tape sur l'épaule et blague: «Tu feras comme d'habitude, mon Hell de Hell! Tu arracheras un bouton de ta culotte, ou bien tu feras semblant de ne pas retrouver ta cravate. Pendant qu'on va s'occuper de ça, tu mémoriseras tes lignes.» Charles hausse les épaules: «C'est ça, fais le comique, Té-Phil. Mais on verra bien, entre deux enregistrements, qui c'est qui va désapprendre le plus, simonaque!» En se donnant de petits coups de poing dans les côtes, ils disparaissent tous les deux, suivis de la script-assistante, du régisseur, de Jos et du réalisateur. La grande actrice rousse a dit: «J'ai le temps de boire un Cointreau.» En se tournant vers moi, elle ajoute: «Tu m'accompagnes? De toute façon, on est dans

la même scène.» Je dis: «Je veux bien, oui.» Elle rit de son grand rire éclaté, puis le regarde, lui qui boit du lait. Elle dit: «J'ai déjà connu Monsieur l'auteur à une époque où il était moins sobre.» Il sourit, et dit: «C'est une des clauses du contrat que j'ai signé avec Radio-Canada.» Et, me regardant, il dit encore: «L'hôpital du Sacré-Cœur est partie intervenante à ce contrat. Toutes les fois que j'irai à l'hôpital pendant la durée du téléroman, je vais y laisser la moitié de mes cachets. Je n'ai donc pas de folie à faire.» Il lève son verre de lait, trinque avec nous, avale une gorgée et grimace encore. Puis il dit à la grande actrice rousse: «Je ne savais pas que Samm et toi, vous vous connaissiez.» Elle dit: «Et je ne savais pas non plus pour Samm et toi. Comme dirait l'autre, nos chambres sont bien grandes et le monde si petit.» Elle rit, siffle d'un trait ce qu'il y a de Cointreau dans son verre. Elle me donne un petit coup d'épaule, secoue ses grands cheveux roux et dit: «Ç'a été très drôle entre Abel et moi.» Il l'interrompt tout de suite, avec quelque chose de menaçant dans ses petits yeux verts: «J'aimerais mieux que tu ne parles pas de ça aujourd'hui. Un jour peut-être, quand je serai chaudaille et à deux doigts d'être mis sur une civière pour l'hôpital du Sacré-Cœur.» Elle dit: «Ce sera un jour hautement comique que celui-là.» Il dit: «Et sombre comme la tombe où repose mon ami.»

Sa voix est devenue profonde et toute chaude. Pendant un moment, elle reste comme suspendue au-dessus de nous, et même si je ne sais rien du passé de la grande actrice rousse et du sien, je le devine malaisé, dans de grandes coulées d'ombre. D'où ce silence que la grande actrice rousse meuble en faisant tourner machina-lement son verre vide entre ses doigts. Lui, il regarde droit devant lui, là où il y a cette caricature de Robert La Palme sur le mur, un Lord quelque chose avec un gros visage dont tous les traits se pincent. La grande actrice rousse

163

dit: «Il faut que j'y aille maintenant. La première fois, c'est toujours compliqué.» Je voudrais la suivre mais me lever de ma chaise est bien au-dessus de mes forces. Ça va être comme de mettre fin au silence: ni lui ni moi ne pourrons y arriver vraiment, et tous ceux qui peuvent nous regarder doivent nous trouver curieux, pour ne pas dire comiques. Pourtant, il ne paraît pas s'en apercevoir et, de sa main droite, tient toujours son chapeau à large bord contre son ventre. Moi je joue avec les miettes de pain sur la table. Et quand ça devient trop pesant, il finit par dire: «Il n'y a pas de mal à se taire. Ça parle bien assez ailleurs.» Il ne fait pas allusion à tous ces acteurs, réalisateurs et employés de Radio-Canada qui mangent de l'affreuse viande grillée ou bouillie tout en piaillant comme une bande de poules, mais à ce qui se passe entre lui et moi même si nous ne disons rien. Nous sommes dans cette salle de l'hôpital du Sacré-Cœur et il y a toute la rivière des Prairies de chaque bord de nous, une masse bleuâtre d'eau qui nous enveloppe sans qu'il y ait de cris à pousser ou de mots à faire venir. Il suffit de se laisser porter par la molle douceur, moi les joues très rouges à cause du Cointreau, et fiévreuse parce que je ne m'attendais pas à le voir aujourd'hui alors que j'ai peur de tout. Je revois Jos Beauchemin qui s'adresse à cette vieille prostituée dans le minable restaurant de Montréal-Nord, et je l'entends encore dire: «Madame, j'ai tué ma mère à trois heures cet après-midi, et pourtant je suis blanc comme l'agneau, avec pas un pouce de graisse sur le cœur.» Pourquoi cette graisse? Je voudrais le lui demander mais je n'ose pas: je ne saurais pas inventer les mots. Aussi restons-nous l'un en face de l'autre, nos corps tendus malgré la molle douceur, comme si ma peur s'appropriait tout. Je serre les cuisses l'une contre l'autre. Quelle idée, cette crainte d'être violée! Il dit: «Et voilà, c'est déjà fini. Le régisseur s'en vient, et j'ai l'impression que c'est pour toi.»

Je dis: «Il y a longtemps que je devrais être en bas.» Il dit:
«Peut-être, mais quelle importance? Le viol est déjà loin
derrière.» Sa phrase me fait ouvrir grand les yeux, je
voudrais savoir d'où c'est venu en lui, mais le régisseur
s'interpose, son petit visage osseux plein de méchanceté.
Il dit: «Samm, on t'a engagée pour faire de la figuration,
mais dans le studio, pas avec l'auteur. Alors, il serait
temps que tu t'en viennes.» Je dis: «Excusez-moi, je
croyais avoir encore du temps.» Il dit: «Quand on commence dans le métier, on n'a jamais de temps pour rien
d'autre que ce qu'on doit faire.» Et il s'en va aussitôt, en
trottant entre les tables, pareil à un petit chien noir qui
aurait oublié sa queue quelque part. Lui, il n'a rien dit, se
contentant de sourire. Il se lève en même temps que moi,
met sa main sur mon bras, et nous sortons du restaurant.
La serveuse qui ressemble comme une jumelle à sa sœur
lui dit bonjour. Il lui sourit et cligne de l'œil. Même si elle
ne doit pas savoir pourquoi, elle est sensible à cette
tendresse et, pendant que nous faisons notre chemin vers
la sortie, elle le suit des yeux, son petit livret de factures
plaqué entre ses seins. Il serait bien avec cette fille. Quand
je le lui dis, il répond: «Sans doute, mais je laisse l'inceste
à mon frère Steven. Lui et moi, nous avons convenu d'un
certain partage des émotions, et celle-là lui appartient.» Je
dis: «Pourquoi tu parles des personnages que tu as créés
comme s'ils étaient vivants?» Il dit: «Parce que je n'ai rien
créé et qu'ils vivent tous, véritablement. Même si Balzac a
refusé d'y croire toute sa vie, que penses-tu qu'il a fait sur
son lit de mort? Il a demandé qu'on fasse venir le
médecin de ses romans. Lui seul pouvait le sauver de sa
fin parce que c'était le seul véritable ami qu'il avait jamais
eu. Son frère incestueux, en quelque sorte. Celui avec
lequel il n'y a jamais eu de viol.» Je dis: «Je ne sais pas
pourquoi tu parles tout le temps de viol.» Il dit: «Je ne sais
pas non plus, sauf que ce matin quand j'étais avec le

réalisateur et que Jos faisait sa sainte colère, cela m'a comme frappé en plein front. Pourtant, quand j'ai écrit cette scène, je ne pensais qu'au corps de la vieille prostituée. C'est dire que l'écriture peut être n'importe quoi et n'importe comment. Comme la vie. Une manière de cancer, qui échappe et s'échappe.»

Quand il se rend compte que tout cela me trouble, il laisse mon bras et met sa main, grande ouverte, dans mon dos. Il dit: «À force d'écrire des livres, il m'arrive parfois de parler comme un livre. Mais les acteurs sont pareils: ils finissent par acter mieux leur vie que celle des personnages qu'ils représentent.» Je dis: «Tu fais allusion à la grande actrice rousse?» Il dit: «Peut-être. Les choses sont si obscures. Et si on ne devient pas fou d'elles, ça doit être que la profondeur nous est interdite. Alors nous proliférons partout, à la surface de nos corps même quand ça se tient lové en plein centre de soi. C'est bien assez pour rire, non?»

Il a enlevé sa main de mon dos, et c'est comme une petite brûlure là où ça s'est posé. Nous nous dirigeons vers l'escalier mobile qu'il y a près du grand hall. Il y a une tache de sang sur le plancher, que semblent surveiller deux policiers. Ce matin, des bandits ont dévalisé la Caisse populaire de Radio-Canada et un gardien a été tué d'une balle en plein front. Beaucoup de gens ont cru qu'il s'agissait d'un épisode de téléroman qu'on tournait ici à cause des restrictions budgétaires. Ils ne voyaient pas de caméras mais ils pensaient qu'on les avait dissimulées dans les toilettes pour que ça soit plus véridique.

Nous laissons passer une bande de comédiens déguisés en citrouille, en concombre, en carotte, en blé-d'Inde et en pomme. Puis nous nous engageons dans l'escalier mobile, lui derrière moi. Je vois seulement sa main gauche qui tient la rampe. Elle est épaisse et potelée, les doigts sont courts, comme les ongles. Il y a

beaucoup de force dedans, mais c'est comme retenu. Puis la main laisse la rampe et me touche à la hanche. Il y a ce souffle dans mon cou, ce corps qui se colle discrètement contre le mien, et ces mots très lents, à peine murmurés à mon oreille: «Tes cheveux sentent bon. Je m'ennuie de toi.» La main laisse ma hanche, il n'y a plus ce souffle tiède dans mon cou, et plus de corps contre le mien. Je n'ose pas me retourner, de peur de me retrouver toute seule. Je laisse l'escalier mobile et, à grands pas, me dirige vers ma loge. Quand j'y entre, c'est lui qui referme la porte. Il me regarde m'asseoir devant le grand miroir, et dit: «Mais je ne peux pas te parler encore vraiment parce que je ne sais pas si je vais m'en remettre.» Je dis: «Te remettre de quoi?» Il dit: «De toi. Je veux dire de la beauté qui par toi m'est enlevée.» Je dis: «De quoi parles-tu?» Il dit: «Je parle de Virginia Woolf, de son suicide et de son petit chapeau anglais, dans les eaux de la rivière des Prairies. Avant l'hôpital, j'étais le seul, avec Virginia Woolf, à connaître ce rêve et à vouloir en garder l'exclusivité. Maintenant, je ne sais plus. Maintenant, il y a beaucoup de choses que je croyais savoir et qui ne se savent plus. Le risque, c'est de perdre de vue la qualité des eaux de la rivière des Prairies. Le risque, c'est de ne pouvoir jamais y entrer, de toujours rester à l'extérieur. Alors qu'il ne faudrait être qu'en ça et totalement, pour y accueillir sans mauvaiseté le suicide des autres.» Je dis: «Je crois que j'aurais mieux aimé que tu ne viennes pas jusqu'ici pour me parler de ça.» Il dit: «Quand on ne peut pas être la rivière des Prairies, on choisit tout, aussi bien dire le pire. On cherche et on y meurt, dans l'effrayant de ce qui se trouve sans eaux.» Je dis: «Je ne comprends pas.» Il dit: «Moi non plus. Mais qu'est-ce que ça change? Sûrement pas quoi que ce soit au petit chapeau anglais de Virginia Woolf.» Je dis: «Alors, ça doit être qu'il ne reste plus rien.» Il dit: «Ou peut-être qu'il reste tout. Mais

comment savoir quand on est si loin de l'eau?»

Il me sourit, ses petits yeux verts fixés sur le miroir, sa main prenant appui sur le dossier de la chaise sur laquelle je suis assise. Il me semble qu'il suffirait d'un rien pour que l'eau de la rivière des Prairies reflue jusqu'ici, dans cette loge où, la masse noire de mes cheveux ramenés sur la nuque, je m'emploie à faire tenir ce chignon comme me l'a demandé le réalisateur pour que les téléspectateurs n'aient pas à me reconnaître ni à s'interroger sur la coïncidence qui, dans la même journée, va m'emmener du minable restaurant de Montréal-Nord à ce cabaret du boulevard Pie-IX, là où la grande actrice rousse est danseuse. Elle aime Jos Beauchemin mais lui, ce n'est jamais qu'à sa mère qu'il songe. Comme l'autre, la scène est violente, avec toutes les vulgarités de la frustration.

Du bout des doigts, il touche mes cheveux, comme une caresse qui ne s'ose pas vraiment. Il dit: «C'est dommage, ce chignon. Il emprisonne les odeurs.» Il recule de quelques pas, me regarde toujours dans le grand miroir. Il voudrait ajouter quelque chose, pour remplir l'espace qu'il y a entre lui et la porte. Je le voudrais bien moi aussi malgré que je sache qu'il n'y aura plus rien, que la porte qui va se refermer sans bruit afin que j'enfile cette robe fleurie que m'a aussi demandé de porter le réalisateur. C'est comme être chez le dentiste ou le médecin, quand la salle d'attente finit par devenir une agression et qu'on la quitte brusquement parce que la douleur ne s'y reconnaît plus. Je me mets un peu de poudre sur le nez. Que diraient le réalisateur et tous les autres si je me barbouillais à mort, avec plein de rouge sur les joues et sur le front, par grands traits furieux? Je ne serais plus figurante, et ça serait tout. Le troupeau est nombreux, interchangeable et sans importance. Je referme la petite boîte de poudre, me lève et sors. Abrillée dans sa chaise de jardin, la vieille Mathilde Beauchemin

dort toujours, la porte de sa loge entrouverte. Je traverse le corridor trop éclairé, contente de me retrouver dans le grand studio, derrière les draperies noires où Jos Beauchemin, à voix basse, répète son texte. Même si je suis tout près de lui, il ne me voit pas, tout avalé par son personnage. Comment fait-il pour le retrouver comme ça deux fois par semaine, vivre profondément de ses colères et de ses angoisses, pour l'oublier ensuite tout le reste du temps afin de ne plus songer qu'au roi Lear ou bien aux nombreuses publicités qu'il fait pour Texaco? Je reste là, à écouter le murmure de ses paroles, et c'est pareil aux ailes des mouches quand elles battent fort. De l'autre côté des draperies noires, le régisseur crie: «Silence! On enregistre! » Je laisse Jos Beauchemin et regarde le décor. On est dans la salle de jeux des Beauchemin. Seul Charles s'y trouve, les bretelles de son pantalon lui battant sur les cuisses. De la main il tapote le petit sac qui est épinglé sur sa camisole, plein de médailles et de scapulaires. Il est triste parce qu'il vient de mettre Jos à la porte et qu'il ne peut pas vivre sans lui. Il doit le laisser voir à tous sans prononcer un seul mot. Alors il se laisse tomber sur la berceuse qu'il y a devant la télévision et, lentement, tout son visage change, comme gonflé par la souffrance. Puis ses épaules tressautent légèrement et les larmes se mettent à couler sur ses joues tandis que le générique du téléroman, en surimpression, passe lentement. Quand toute la scène est enregistrée, Charles ôte ses lunettes, s'essuie les yeux, fait une grimace en direction de la caméra, et dit: «T'as perdu ton pari, Galarneau. Je t'ai pleuré ça comme un grand.»

Même si le caméraman voudrait reprendre la scène parce que les images lui déplaisent, le réalisateur refuse, prétextant du manque de temps. Il y a cette autre longue scène à enregistrer, et les cabarets c'est toujours très ardu, particulièrement quand la vedette s'y retrouve la pre-

mière fois. Je passe entre les caméras et vais m'asseoir à cette table que m'indique le régisseur. Je vais vivre toute cette scène en compagnie d'un vieil ouvrier édenté qui est sensé me prendre pour une racoleuse. Il paraît très fier d'être là au lieu de faire du taxi, et il prend les recommandations du régisseur au sérieux parce que même si la scène n'est pas encore commencée, il me pelote déjà et me demande combien je coûte. Je ne réponds pas et lui enlève cette main qu'il m'a mise sur la cuisse. De gros doigts aux ongles mangés et jaunes de nicotine. Comme c'est répugnant et comme ça voudrait monter encore le long de ma jambe! Je dis: «Je racole, peut-être bien oui, mais ici on n'est pas encore sur la Main, juste dans un studio de Radio-Canada. Si vous n'arrêtez pas de me peloter, j'avertis le régisseur.» Il dit: «C'est un ami à moi. Quand il est très soûl le soir, c'est moi qui le ramène chez lui. Alors, fais-pas la sainte-nitouche. Tout le monde a un cul et des jambes pour s'en servir.» Je dis: «Vous me fatiguez.» Il dit: «Déjà? Imagine ce que ça va être quand la nuit toute blêmissante va te sauter dans la face.» Je hausse les épaules et il rit, me montrant sa grande bouche sans dents et noire. J'écarte ma chaise mais le régisseur me demande de rester là où j'étais. Alors le vieil ouvrier édenté se remet à me peloter, et il faut bien que je me laisse faire, du moins tant que la main ne monte pas trop haut sur ma cuisse. Quand ça se produit, je griffe. Il retire sa main ensanglantée et dit: «Petite vache, tu vas me le payer.» Mais tant que la scène n'est pas terminée, il reste sans voix et met de la salive sur les quelques éraflures que mes ongles ont faites dans sa main.

J'essaie de me concentrer sur ce que jouent Jos Beauchemin, la grande actrice rousse, le juge de paix Blondeau et Satan Belhumeur qui doit boire de la bière dans un affreux soulier percé. Je n'y arriverai pas.

Toujours ces images de viol qui me remplissent la tête, comme si le vieil ouvrier édenté n'était plus qu'une infinité de sexes énormes et rouges qui essaieraient de me pénétrer. Au moins, si c'était avec tendresse! Mais c'est dur, violent et douloureux. Et cette impression d'être toute nue pour montrer mon corps déchiqueté, avec les vers qui pullulent dedans. Je fais de gros efforts parce que je ne veux pas sombrer dans le cauchemar, essayant de porter toute mon attention sur la scène qu'on enregistre. Le juge de paix Blondeau menace d'enfermer Satan Belhumeur ou de l'expulser de Montréal-Nord s'il ne boit pas de la bière dans son affreux soulier percé. Pendant ce temps, Jos regarde la grande actrice rousse qui danse. Elle est vêtue d'un ridicule vêtement à franges longues, et on dirait que c'est un sac de patates qu'elle a sur le dos, qui masque tout de son corps et rend dérisoire le moindre de ses mouvements. Mais c'est toujours comme ça à Radio-Canada: les détectives ressemblent à ce qu'on peut voir dans les vieux films de Humphrey Bogart, les prostituées ont l'air de sortir tout droit de ce que la Main pouvait avoir l'air il y a cinquante ans, et les danseuses sont habillées comme des vierges qui n'ont rien à offenser. Comment fait la grande actrice rousse pour se débrouiller dans tout ça, avec la seule masse formidable de ses cheveux pour donner le change? Elle tourne en rond autour de Jos Beauchemin, et c'est comme de grands coups d'épée dans l'eau, ou bien une singerie débilitante. Alors je ne regarde plus que l'araignée géante qu'il y a sur ce mur du cabaret. J'ai simplement hâte que tout ça finisse afin que je m'en aille n'importe où, là où ça sera assez sombre pour qu'il n'y ait plus rien.

Dès que les caméras cessent de tourner, je me lève, aussitôt suivie par le vieil ouvrier édenté qui, me prenant par le bras, m'entraîne vers le régisseur. Il montre sa main et dit: «Regarde ce que cette petite vache m'a fait.» Le

régisseur sourit: «Quand on est véritablement acteur, c'est normal qu'on se fasse mordre.» Puis, parce que le réalisateur lui crie dans les oreilles, il ajoute: «Débarrassez-moi le plancher. Je vous ai assez vus.»

Je reprends possession de mon bras et me dépêche de fuir vers la sortie du grand studio. Le vieil ouvrier édenté a suivi le régisseur vers l'écran-témoin, et tout le monde est comme branché dessus parce que le réalisateur trouve la scène excellente et qu'il tient à ce que tous sachent jusqu'à quel point son découpage est génial. Moi je cours dans le corridor, jusqu'à la loge. Tout ce que je veux, c'est prendre mes affaires et m'en aller. Même si je n'ai rien fait de la journée, je suis épuisée, mon corps pareil à cette guenille qui recouvrait la grande actrice rousse quand elle dansait. Je me regarde dans le grand miroir: j'ai l'air de quelqu'un qu'on aurait battu longtemps et pour rien. Je glisse la robe dans la petite valise, de même que la brosse et la boîte à maquillage, puis je viens pour sortir quand une enveloppe est glissée sous la porte. C'est sans doute pour la grande actrice rousse. Je prends l'enveloppe sans la regarder et la dépose sur la table, à côté des choses qui appartiennent à la grande actrice rousse. Alors je me rends compte que c'est à moi que c'est adressé. J'ouvre l'enveloppe. Il y a cette grande feuille blanche avec, écrits en petites lettres au beau milieu, ces mots: «Pour tout, merci. Abel.» Et le dessin d'une petite baleine fait à la hâte avale la signature. Je m'y attendais si peu que je suis comme étourdie, avec cette seule envie qui me prend tout à coup d'aller le rejoindre dans la cabine du réalisateur, rien que pour me jeter dans ses bras et manger toute cette molle douceur qu'il y avait dans son corps quand on était assis l'un en face de l'autre au restaurant *Chez Miville*. Je monte quatre à quatre les marches qui mènent à la cabine du réalisateur et tout ce que je vois quand j'y arrive, c'est *lui*

qui, penché vers la console, vomit dans une corbeille à papiers. Et tout aussitôt, je redescends les marches, emportant avec moi la vision de son visage torturé et la grande violence qui faisait tressaillir tout son corps.

12

....
.... il écrit:
Quand j'ai laissé le vieux chalet de Montréal-Nord, Judith
paraissait enfin heureuse. Les ouvriers venaient d'arriver
et s'apprêtaient à démolir tout le premier étage afin de le
convertir en ce qu'il y a de nouveau dans le rêve de
Judith depuis que l'argent se gagne bien et qu'il semble
que tout devienne enfin possible. Moi j'aurais bien laissé
le chalet comme il est, dans sa pauvreté de murs et de
planchers, me sentant un peu comme Goethe qui tenait à
la vieille partie de sa maison et y vivait les jours que sa
bourgeoisie arrivée le déprimait. Alors il comptait les
pains que l'on mangeait, mesurait la farine et le sucre. Ces
actions au fond insipides le ramenaient à lui-même, à ce
qu'il y avait eu de misérable dans sa première vie, et de
sain. Mais peut-être est-ce Judith qui a raison: la vie n'est
que mouvement et il faut mordre en plein dedans quand
c'est comme maintenant facile. Pour ne pas la voir
acrimonieuse contre moi, aussi bien laisser faire Judith.
Elle parle déjà d'acheter une laveuse à vaisselle, de
remplacer le réfrigérateur et la cuisinière qui fonctionnent
pourtant très comme il faut. J'ai essayé de la convaincre
d'empiler plutôt les cachets de Radio-Canada afin de
racheter la ferme de la Mattawinie. Elle a dit: «Si tu penses
que l'été prochain, on va tous aller s'enterrer là, tu te
trompes. Il y a longtemps que les filles et moi, on veut voir

175

du pays.» Elle s'est procuré un tas de brochures sur tous les coins du monde et court les parcs de maisons motorisées car elle voudrait que l'on passe nos prochaines vacances là-dedans, comme des millionnaires américains. Si je fais mine de protester, elle rétorque: «À ta place, je ne dirais rien avec tout cet argent que tu as englouti dans ta maison d'édition.» Comme c'est un argument qui ne peut pas ne pas avoir raison contre moi, je me tais, vais m'enfermer dans le souterrain pour travailler à ce nouvel épisode de mon téléroman. C'est comme faire des mots croisés, par rapport à la disponibilité des comédiens qui ne peuvent pas toujours être dans l'histoire maintenant que l'émission allant bien, ils sont demandés jusqu'à la Baie de James pour tourner des réclames publicitaires sur les camions, le pétrole, les petits pois et la bière Molson. À cause de tous ces trous que cela fait parfois dans mes textes, il m'arrive de me tanner d'écrire et, prétextant un meeting de production ou le réalisateur à rencontrer, je quitte le souterrain, monte dans la vieille station-wagon (que Judith voudrait bien me voir remplacer par une voiture plus luxueuse et sans rouille) et prends la route de Sainte-Émilie. Dans une lettre bien écrite, Jacques Ferron m'a reproché finement de m'être accaparé la Mattawinie alors que Sainte-Émilie de l'Énergie, prétend-il, n'en fait pas partie ainsi qu'on peut s'en rendre compte en lisant *La terre du huitième* d'Anatole Parenteau, un roman écrit en alexandrins et sans maringouins, et qui illustre la folie qu'on a eue de faire de la Mattawinie un nouveau Jourdain. Votre Sainte-Émilie, m'a écrit Ferron, est loin de la Terre promise, ce rêve qui a coulé sous les eaux du barrage Toro.

Même si je sais que c'est vrai, je me rends quand même à Sainte-Émilie de l'Énergie. La nouvelle propriétaire (Patrice Drapeau s'est suicidé d'une balle de carabine dans la tête) me permet de traverser ses terres afin

de me rendre à la petite rivière qu'il y a au bas de la montagne. C'est mon barrage Toro à moi: je n'y retrouve plus rien de mon rêve et si j'y viens encore, c'est parce que je ne sais pas où je pourrais bien aller. Même si ce n'est encore que le tout début du printemps, je reste des heures assis sous le vieux pont, emmitouflé dans ce vieux caban de matelot que j'ai acheté dans la boutique de Madame Mailer, rue Craig. Je ne pense pas à grand-chose, simplement content d'être là, à renifler les odeurs fortes des épinettes, mes oreilles pleines du bruit que font les cascades d'eau entre les grosses pierres. Blanche n'est plus qu'un souvenir, pareil à ce *Monsieur Melville* qui s'en est allé dans le monde sans plus vraiment me donner de ses nouvelles, devenu n'importe quoi, c'est-à-dire un malentendu comme tout ce qui s'écrit, se publie et trouve plus d'un seul vrai lecteur.

Mais ce matin, quand j'ai laissé le vieux chalet de Montréal-Nord, ce n'était pas pour Sainte-Émilie de l'Énergie. Je me suis engouffré dans le pont-tunnel Louis-Hippolyte-Lafontaine, en direction des Trois-Pistoles où, demain, l'on va filmer ces scènes sur le bord du fleuve, grève de Fatima, et à l'église. C'est la première fois que je reviens pour ainsi dire officiellement dans mon pays depuis la parution de mon premier roman qui a scandalisé, trop grotesque dans ses rabelaiseries pour ne pas choquer. Je ne sais pas comment je vais y être accueilli, et cela me laisse indifférent parce que retrouver la côte de Tobin, les chutes de la rivière Trois-Pistoles, la Boisbouscache et les vieilles statues usées de Fatima me suffit. Peut-être qu'à les revoir vais-je m'y faire un nouveau rêve qui saura bien me débarrasser à jamais de celui de Sainte-Émilie. C'est ce qui arrive lorsqu'on n'est plus coincé dans sa pauvreté: on n'a plus autant besoin d'aménité. Être là où l'on se trouve et seulement quand on s'y trouve, c'est bien assez. Il y a cette manière de détachement dans

lequel vous flottez, et c'est rempli de sérénité, sans paranoïa ni schizophrénie, avec une blessure à l'estomac qui a peur et vous laisse tranquille. C'est bien assez pour redevenir disponible et sans qu'il y ait de tension dans cette disponibilité. Le corps fait flèche de tout bois, sans demander de compte, content de tout ressentir sans avoir à se justifier de rien. Même quelques gros gins avalés lentement à Drummondville, Lévis, Saint-Jean-Port-Joli et Rivière-du-Loup ne creusent pas l'agressivité ni l'écœurement. Au contraire, ils donnent au paysage comme une luminosité très douce qui chatouille le corps, le traversant de ce qu'il y a de simple dans la beauté des choses. Sur les battures, des milliers et des milliers d'oies blanches pataugent par formidables rangs serrés dans la vase. J'arrête la vieille station-wagon le long de la route et regarde les prodigieux bancs de neige qui s'animent. Comme j'aimerais que Judith et nos filles sauvages soient là, avec moi, dans ce grand mouvement de la nature! Il me semble que le monde ne pourrait plus être pareil, qu'il y aurait une grande sagesse, pareille à une longue main apaisante au-dessus de nous.

Quand j'arrive au Motel des Trois-Pistoles, toute l'équipe de Radio-Canada est déjà là, assise dans le petit bar, en train de jouer au Charlemagne. Prévenu par moi, l'oncle Phil a fait le cicerone. Il s'amuse ferme parce que les comédiens sont généralement incompétents aux cartes et qu'il y a là pour lui une belle occasion de faire le faraud et de démontrer que l'oncle Phil du téléroman n'est pas grand-chose comparé à lui, à son esprit retors et malicieux, qu'il ne prend même pas la précaution de cacher derrière ses petits yeux sournois. Mais profitant du fait que j'ai laissé tout le monde pour venir m'enregistrer à la réception, il m'a suivi et me demande s'il n'en met pas trop, ce qui, dit-il, risquerait peut-être d'offenser l'oncle Phil du téléroman s'il venait à le savoir. Je le rassure et il

repart tout guilleret, heureux comme un roi sur ses terres. Je me sens pareil à lui, avec plein de grandes coulées de chaleur dans mon dos. Je n'en espérais pas tant. Des oncles arrivent, des cousines et des cousins que, pour certains d'entre eux, je n'ai encore jamais vus. Ça va se terminer par une énorme fête, c'est à prévoir. Quand mon oncle Lémilien fait son entrée, avec une belle brochetée de grandes truites, c'est comme si tout le pays voulait se mettre à table et Monsieur Saint-Laurent, le motelier, s'y emploie avec tant de plaisir que c'est à se demander si c'est là de la vraie vie ou bien quelque actage trompeur pour la télévision. Le régisseur, qui n'a plus sa femme sur le dos, est particulièrement aux anges. Il me dit: «Et encore, t'as rien vu.» Je dis: «À quoi fais-tu allusion?» Il dit: «Attends, tu verras bien.»

Les truites mangées, arrosées de nombreuses bouteilles de vin que chacun a commandées à tour de rôle, l'oncle Phil et l'oncle Lémilien sortent les musiques à bouche, et *le Reel du pendu* fait démanger les jambes à tous. C'est dans le moment le plus agité de la musique que le régisseur me donne un coup de coude dans les côtes et me dit: «Regarde, car je suis certain que tu pouvais pas t'attendre à ça.» Je lève les yeux, pour voir une nouvelle flopée de monde qui envahit le restaurant, rien que de très belles jeunes femmes que l'on a fait venir de Montréal pour être figurantes à l'église. Et, au milieu d'elles, j'aperçois Samm qui regarde tout sans rien voir encore, à cause du soleil qu'il y avait dehors. Le régisseur dit: «Tu vois, j'ai pensé à tout, même à toi.» Il fait signe à l'une des jeunes femmes, qui s'amène tout de suite vers nous. Il dit: «Tire-toi une bûche et assieds-toi. Le piquet, tu le feras demain à l'église.» Et se tournant vers moi, il ajoute: «Qu'est-ce que t'attends? Samm, c'est une fille gênée qui comprend encore rien. Dis-lui de venir.» Je ne réponds rien et ma main me paraît trop lourde pour

fendre l'air. Je laisse Samm aller s'asseoir à côté d'Abel et du réalisateur qui, avec tous les dry martinis et tout le vin qu'il a bus, est déjà dans un état avancé de soûlerie. Il embrasse Samm sur la bouche et lui prend la main. Elle, elle regarde en l'air, comme si elle ne voulait pas que nos yeux se rencontrent même si, depuis qu'elle est là, il n'y a plus que nous deux dans la grande salle. La masse noire de ses longs cheveux est d'une beauté telle qu'au cœur du *Reel de la p'tite mère*, je voudrais retrouver mon corps contre le sien, et n'être plus qu'une danse lascive et gratuite. Le régisseur, qui pelote la belle jeune femme à son côté, me dit: «Je comprendrai jamais rien aux écrivains. Quand la peau est là et que c'est précisément celle qu'ils veulent, ils font semblant de ne pas la voir. Moi, je vais te le dire: je te trouve niaiseux.» Et se retournant vers la belle jeune femme, il l'embrasse dans le cou et lui mord avec envie l'oreille. Moi je me sens tout à coup malheureux, malgré la musique de l'oncle Phil et de l'oncle Lémilien. C'est que je ne voudrais pas de malentendu et qu'il me semble que depuis l'arrivée de Samm, je suis tout à fait dedans. Je baisse les yeux pour ne pas voir tous les mamours que lui fait le réalisateur, avec les grandes mains osseuses qui se promènent sur les cuisses.

Puis un caméraman se lève, dresse son verre de vin au-dessus de sa tête, et dit: «C'est un souper comme il y avait longtemps que ça s'était pas mangé. Mais maintenant ça serait peut-être temps qu'on aille voir dans le grand Trois-Pistoles tout ce qu'il y a à voir. Aussi je propose qu'on lève les pénates et qu'on aille cabaner ailleurs.» L'oncle Phil, qui ne veut pas être en reste, se lève, l'imite et ajoute: «Que tous les télesses qui veulent-y venir, qu'y vienzissent, Hell de Hell!» Alors tout le monde se garroche dans la porte et, parce que je ne veux pas tout perdre de la présence de Samm, je fais comme les autres. Le réalisateur lui a passé la main dans le dos et

l'entraîne vers cette voiture que Radio-Canada a louée pour lui. Je les vois disparaître dans la nuit, vers l'Hôtel Victoria, là où l'on doit commencer la tournée des grands ducs. L'oncle Phil et l'oncle Lémilien montent avec moi. Parce qu'ils ont joué devant tout ce qu'ils croient être Radio-Canada, ils sont surexcités et hilares. L'oncle Lémilien dit: «Le réalisateur, il se mouche pas avec des mouchoirs à carreaux, hein?» Je pèse sur l'accélérateur, avec tout à coup le goût de déchirer la nuit noire, et bien loin des Trois-Pistoles. Pourtant, je vais stationner comme tout le monde la vieille station-wagon devant l'Hôtel Victoria, et suivre à l'intérieur l'oncle Phil et l'oncle Lémilien. On ne voit d'abord que l'orchestre rock qui, sous les spots violents, se démène sur des guitares hostiles et un petit piano absolument emballé. Les musiciens sont tous habillés de cuir et leurs visages ruissellent de sueurs. Combien y en a-t-il comme ceux-ci à travers l'Amérique, en train de se déchaîner dans l'idiotie de la musique hurlée pour que le pauvre monde oublie dans l'agression sonore le remords, la trahison et la culpabilité? L'oncle Phil me pousse dans le dos pour que nous allions rejoindre la bande joyeuse qui vient de s'installer près de l'orchestre. Le réalisateur n'a toujours pas lâché Samm et ne cesse pas de faire des grimaces sur son corps. Je réprime ce haut-le-cœur qui me vient, mets ma main sur ma bouche parce que je ne veux pas crier et réponds rien aux jeux de mots que l'oncle Phil se met à déclamer en me donnant de petites tapes amicales sur la cuissse. Alors Samm et le réalisateur se lèvent, lui la tirant par la main vers la piste de danse. L'un devant l'autre, ils sautillent sur place, le réalisateur pareil à un épouvantail, ses bras et ses jambes comme faits de guenilles disloquées. J'avale une gorgée de bière, fâché contre moi parce que dans l'état où je suis, je sais bien que je ne tiendrai pas le coup très longtemps: je vais me mettre à boire et me retrouver dans

tout l'affreux que je suis quand ça m'arrive, c'est-à-dire un être de déréliction qui ne veut plus rien savoir de lui et du reste du monde, prêt à toutes les vilénies pour que les morceaux de lui-même revolent en l'air en projetant tout dans l'absurde. Comme je voudrais ne plus jamais avoir affaire avec ça, dégagé de tout ce qu'il y a de maladif dans la possession dès que la tendresse s'installe en soi et que l'on a si peur de la perdre qu'il n'y a plus de lieu où être, sinon dans l'iniquité!

Je fais semblant de m'intéresser aux jérémiades heureuses de l'oncle Phil mais suis tout à fait incapable de ne pas regarder Samm. Ce n'est pas elle que le réalisateur viole en promenant partout ses mains sur son corps, mais moi qui suis assis à cette table, un épieu plongé en travers du corps. Encore quelques bières et la souffrance va être telle que je ne pourrai pas faire autrement que de me lever, courant vers la piste de danse afin de ne pas perdre Samm à jamais. L'oncle Phil dit: «La petite amie du réalisateur, elle danse bien. J'avoue que je ferais bien quelques steppettes avec elle.» Je fais comme si je n'avais pas entendu et me fraie un chemin entre les tables. Mais je n'aurai pas le temps d'arriver jusqu'à la piste de danse que l'idiotie de la musique rock va cesser, les musiciens laissant tomber les guitares alors que le petit piano s'affole et que les spots s'éteignent tout d'un coup. Quand j'y vois à nouveau, c'est pour me rendre compte que Samm et le réalisateur suivent l'un des musiciens vers la porte qu'il y a à l'extrémité de la salle, qui mène à ce long escalier en spirale au bout duquel sont les chambres de l'hôtel. Malgré moi, je m'y engage, honteux de ce que je fais, et encore plus quand je pense au réalisateur que je voudrais voir débouler les marches, tout son visage plein de sang.

Ils sont entrés dans cette grande pièce qui sert de refuge aux musiciens et, derrière la porte entrouverte, je les entends parler. Oui, ils accepteraient bien de fumer un

joint et même aussi de sniffer un peu de coke si ça se trouve. J'entrevois Samm qui est assise à l'indienne sur le minable tapis qu'il y a au milieu de la pièce, ses souliers jetés loin devant elle. Ses jambes nues me font mal aux yeux. Toute cette beauté que les autres regardent alors qu'on se passe rituellement le joint, les rires fusant pour que la complicité se soude vraiment. En être exclu me rend malade de jalousie et d'une si sotte colère qu'elle ne pourra pas ne pas se retourner contre moi-même. Aussi je m'éloigne, redescends le long escalier en spirale et, arrivé en bas, ne trouve rien de mieux à faire que de m'enfuir, abandonnant l'oncle Phil et l'oncle Lémilien pour me jeter dans la vieille station-wagon. Je vais me laisser mener n'importe où. La nuit est froide et noire, avec plein d'hostilité dedans parce que Samm me fait mal dans toute la peau, que c'est la première fois que ça m'arrive et que je ne sais pas comment m'organiser avec ça. Sans doute n'ai-je jamais véritablement aimé personne, et mon incompétence à cet égard est telle qu'il n'y a plus que cette espèce de désemparement qui m'habite, poussant la vieille station-wagon vers le quai des Trois-Pistoles au bout duquel je m'arrête, les phares trouant la surface des eaux démontées. C'est la saison des grandes marées, et les vagues donnent contre le quai, avec force. Je sors de la voiture, monte sur le capot, ne me rendant même pas compte que je replie mes jambes à l'indienne, comme Samm. Et je reste là, à regarder sans le voir le fleuve mangé par la nuit, le fracas assourdissant des vagues me pénétrant de partout pour que tout devienne froid. Les larmes qui me coulent sur les joues vont avoir le temps de geler avant que le matin ne se lève. Alors je serai mort et ça va être un bon débarras pour tout le monde. Au loin, sur la Côte Nord, la lumière d'un phare scintille pour rien: en ce temps-ci de l'année, il n'y a pas encore de bateaux nulle part. Même *Le gobelet d'argent*

est solidement amarré au quai, retenu aux bites rouillées par d'énormes câbles. Il n'a pas encore commencé ses voyageries entre les Trois-Pistoles et les Escoumins, là où les grandes baleines bleues se laissent parfois voir dans la saison de leurs amours. Tout est encore plongé jusqu'au cou dans l'hiver, et ce n'est pas demain que le gel va disparaître enfin. Il m'envahit dans tout mon corps, me cinglant au visage comme pour me dire qu'il n'a pas besoin de moi parce que lui seul est irremplaçable. Je n'ose pas penser à Samm, à l'impudeur de ses jambes nues. Cette douleur d'elle qui me scie le dos, dans le délire du fleuve. Et Virginia Woolf qui m'apparaît alors que le moutonnement des vagues se creuse, y faisant ressortir Livia et Plurabelle qui dansent à la surface des eaux, leurs corps déformés et déchirés, hideux à regarder à cause de toutes ces tumeurs qui se sont ouvertes, faisant jaillir une flopée d'horribles crapauds de mer. Et Virginia Woolf qui leur donne des crocs-en-jambe avec sa canne, afin qu'elles perdent pied et soient avalées par les flots. Je ferme les yeux. Le cauchemar est revenu et même les Trois-Pistoles ne peuvent rien pour apaiser ma folie. C'est qu'elle est en moi, se nourrit de ma vulnérabilité et qu'il n'y a pas de tendresse dedans — que le cancer noir d'une paternité qui s'est trahie.

Une voiture s'est engagée sur le quai et j'entends le bruit des pneus sur les gros madriers de bois. Livia et Plurabelle me font signe de venir les rejoindre dans l'eau tandis que Virginia Woolf leur pose sur la tête un petit chapeau anglais. Je ferme les yeux. Je ne veux pas me laisser avaler par le cauchemar et redescendre là où j'étais avant d'écrire mon téléroman. J'ai tant besoin de Samm! Et jamais là avec moi, pour tenir au loin les puissances bêtes de la nuit! Elles ont fait disparaître Virginia Woolf, de même que Livia et Plurabelle, faisant venir ce grand policier qui m'éclaire le visage avec sa lampe de poche et

me demande ce que je fais là, juché sur le capot de ma voiture au milieu de la nuit, à quelques pieds des eaux tumultueuses. Je dis: «Je regardais Virginia Woolf, ce rêve que j'ai du suicide d'elle. Et je regardais mes filles aussi, dans l'horreur où j'ai mis leurs corps et leurs visages.» Il ouvre grand les yeux, hébété par ma réponse. C'est facile de voir qu'il me prend pour un fou échappé de l'asile. Instinctivement, sa main s'est posée sur l'étui qui recouvre le revolver qu'il porte à la ceinture. Il dit: «À cette heure de la nuit, c'est pas la place pour un drogué sur le quai.» Je dis: «La drogue, elle est dans le fleuve et non pas en moi. Et c'est pour ça que rien n'arrive comme ça devrait arriver.» Il dit: «Vos papiers, Monsieur. Montrez-moi vos papiers. Et descendez de là.» Je quitte le capot de la vieille station-wagon, sors le petit portefeuille de cuir noir que Judith m'a offert avec mon premier cachet de Radio-Canada, et le présente au grand policier qui braque dessus sa lampe de poche. Lorsqu'il découvre mon nom, il dit: «Ah, c'est vous celui qui écrit le téléroman? Ma femme écoute ça toutes les semaines. Elle déteste l'histoire mais ne peut pas s'empêcher de regarder quand même. Moi j'aimerais bien sauf que je travaille tout le temps quand ça passe. Les vedettes de télévision, est-ce que c'est du bon monde?» Je dis: «Il y a peu de gens qui connaissent l'histoire du petit chapeau anglais de Virginia Woolf.» Il dit: «Ma femme m'a parlé de ça la semaine dernière. Elle m'a dit que c'était une bonne actrice.» Je dis: «Ce n'est pas elle qui actait bien mais l'eau dans laquelle elle s'en est allée.» Il dit: «C'est des choses que je ne comprends pas tellement, mais ma femme est bonne dans ça. Vous voulez que je vous reconduise quelque part?» Je dis: «C'est peut-être ça le sens de la vie, passer son temps à être reconduit, mais sans qu'il y ait de place où aller.» Il dit: «Je serais content de rentrer à la maison et de dire à ma femme que je vous ai ramené

chez vous. Pour votre voiture, j'enverrai quelqu'un. Venez.» Je dis: «Je serais content aussi que Samm le sache.» Il dit: «C'est votre femme?» Je dis: «C'est le rêve que j'ai de ce qu'il pourrait y avoir si ça se pouvait.» Il dit: «Les rêves, ma femme comprend bien ça. Elle les lit toutes les semaines dans *Allô Police*.» Je dis: «J'ai une chambre au Motel des Trois-Pistoles.» Il dit: «Je suis content d'avoir rencontré un écrivain. Je croyais qu'ils étaient tous fous.» Je dis: «C'est qu'il y en a beaucoup parmi eux qui ne le sont pas, ni fous ni écrivains.» Il dit: «Faudrait que vous veniez à la maison l'un de ces soirs. Ma femme ne porterait plus à terre. Elle lit tellement.» Je dis: «C'est la chambre trente-trois, pour le Motel des Trois-Pistoles.» Il dit: «On va y être dans cinq minutes, c'est juste à côté.»

Je monte dans l'auto-patrouille, m'asseois sur la banquette avant, à côté du grand policier. Il me demande si je connais les Doors, The Police, The Men at Work et Elton John. Il pense que tout ce monde-là se promène tous les jours dans les corridors de Radio-Canada et que sa femme va bientôt connaître n'importe quel détail de leurs vies. Il dit: «Elle s'en va à Montréal la semaine prochaine, dans un autobus organisé pour ça. Ça commence par *Allô Boubou* et ça finit par Michel Jasmin. Ça doit être quelque chose à voir, tout ce monde-là qu'on admire. Moi j'aimerais bien y aller aussi, mais je travaille tout le temps. Ma femme attend un enfant et c'est pour ça qu'on va faire bâtir à l'automne, rien qu'un petit bungalow près de la route 132, mais je suis habile de mes mains et je vais finir le sous-sol moi-même, avec un bar comme dans les vraies maisons.» Je dis: «Quand le père Malenfant a vendu sa terre à Saint-Jean-de-Dieu, il a tué lui-même sa dernière vache, a fait tanner sa peau et, une fois rendu à Montréal, il en a recouvert son bar.» Il dit: «Moi je vais le faire en stucco. Avec de pierres importées, ça ressemble plus à un bar.» Je dis: «J'espère que vous serez bien, votre

femme et vous.» Il dit: «Ah, ça on l'est déjà. C'est le reste qui est difficile.» Je dis: «Le reste, c'est toujours difficile.» Il dit: «Par chance qu'il y a des gens comme vous, qui sont heureux, et qui nous donnent tout ce qui nous manque.»

Est-ce de l'horreur encore, ou bien la beauté dans ce qu'elle a de plus totalisante? Je n'ai pas le temps d'y penser vraiment parce que nous voilà rendus devant le Motel des Trois-Pistoles. Le grand policier me donne la main et me dit de ne pas m'inquiéter pour ma voiture, qu'il va lui-même se charger de me la ramener demain matin. Il ajoute: «C'est ma femme qui n'en reviendra pas quand je vais lui raconter après mon ouvrage.» Je dis: «Je suis très content d'avoir fait votre connaissance.» Il dit: «Pour n'importe quoi, faut pas hésiter.» Je dis: «C'est aussi ce que pensait Virginia Woolf.» Il dit: «Vous avez de la chance de travailler avec une grande actrice comme elle.» Je dis: «Je vous remercie.» Il dit: «Rappelez-vous: pour n'importe quoi et n'importe quand.»

J'ouvre la portière et je sors. La nuit est de plus en plus noire et de plus en plus froide. Je regarde l'auto-patrouille disparaître dans le brouillard, avec la certitude que tout s'est joué de moi parce qu'il ne peut pas en être autrement dès que l'on vit au cœur du malentendu et qu'il n'y a rien à faire pour s'en échapper, sinon dans la contrefaçon et la suprême indignité. Je me sens lâche, veule et servile, et c'est pourquoi, tout en me dirigeant vers le Motel des Trois-Pistoles, je regarde par terre de peur que le ciel ne me tombe sur la tête. Je manque bien près de me heurter au corps de Samm qui, assise dans les marches, le col de son manteau relevé sur ses oreilles, m'attend. Elle dit: «J'espérais que tu reviennes avant que le froid ne m'oblige à rentrer.» Je dis: «Il y a déjà plusieurs fois que je te perds, et c'est mieux de même. Comme ça, je n'ai pas besoin d'être à la hauteur de rien. Je peux

187

même être plus facilement dérisoire.» Elle dit: «Je n'avais pas le goût d'être à l'hôtel. J'y suis allée parce que je savais que tu y serais aussi. Quand je me suis rendue compte que tu étais parti, je ne pouvais plus continuer à faire semblant d'être là. Alors, je suis revenue et je t'ai attendu.» Je dis: «Je crois que c'est trop tard, parce que le cauchemar est revenu.» Elle dit: «Je voudrais tellement que ça soit différent.» Je dis: «C'est justement ça le problème: tout est tellement différent tout le temps.»

Je viens pour passer à côté d'elle, mais elle s'est levée et c'est comme si son corps se dressait contre le mien, non pas pour le provoquer mais comme pour l'envelopper et lui rendre un peu de sa pureté. Elle dit: «Je ne pourrais pas dormir si je te savais malheureux. Tu veux qu'on soit un moment ensemble?» Je dis: «Tu l'as été bien suffisamment pour le réalisateur et les autres. La beauté dont j'ai besoin n'a rien à y voir.» Elle dit: «Est-ce que je pouvais faire autrement?» Je dis: «Je ne sais pas, mais quelle importance? C'était triste et ça ne regarde que moi seul.» Elle dit: «Tu es dur.» Je dis: «De penser autrement, je n'ai pas le choix.» Elle dit: «Je voudrais que tu viennes avec moi. Je voudrais que tu dormes avec moi.» Je dis: «Je ne pense pas que je pourrais.» Elle dit: «Je ne suis pas certaine que je pourrais aussi. Mais ça serait effrayant si au moins ça ne se pouvait pas.»

Je la regarde, qui se tient contre moi, et tout ce que je vois c'est la masse formidable de ses longs cheveux noirs dans lesquels j'aurais le goût d'être vraiment et tout à fait, pour oublier le cauchemar et tout ce qui, dedans, me retient au malentendu. Je dis: «Un moment, je veux bien. Mais je suis fragile comme jamais je ne l'ai été, de sorte que je ne suis pas sûr de ce qui pourrait bien arriver.» Elle dit: «C'est la même chose pour moi. Sinon, pourquoi crois-tu que je t'aurais attendu?»

Elle passe son bras sous le mien, et nous nous

mettons à marcher vers sa chambre alors qu'une petite pluie fine mais glacée s'est mise à tomber. Je me sens absolument en dessous de tout, comme tout empêché dans mes moyens: c'est que le rêve est là, à mon côté, qu'il ne me veut aucun mal et que je n'ai pas l'habitude de ça, qu'il n'y ait ni colère ni représentation de la colère, et encore moins cette acrimonie que je retrouve tout le temps dès que Judith est là, pour me sermonner parce que je ne sais pas être un bon mari et encore moins un géniteur digne pour nos deux filles sauvages. Je dis: «Samm, je ne veux pas qu'il y ait de malentendu.» Elle dit: «Est-ce que tu penses que les femmes rouges lorsqu'elles s'enduisaient l'anus de graisse animale pouvaient encore croire au malentendu?» Je dis: «De quoi parles-tu, Samm?» Elle dit: «De ce qu'il y aura toujours de difficile, même dans la facilité. Parce que tu ne me connais pas, ça ne peut pas être aisé.» Je dis: «Ce n'est pas ce que je demande, que ça soit aisé.» Elle dit: «Alors nous allons entrer, et peut-être que ça sera absolument intolérable.» Je dis: «Ce le sera sans doute, mais à cause de moi.» Elle dit: «Alors ça le sera. Mais comment le savoir d'avance?»

Elle met la clé dans la serrure de la porte qui s'ouvre sur cette misérable chambre de motel comme on en retrouve de Hull à Blanc-Sablon, avec le jaune délavé du papier peint, la lampe torchère comme un cheval de troie à l'extrémité du lit, qui est borgne parce qu'une seule ampoule fonctionne encore, et cette petite causeuse qui bouche tout un coin, pareille à une agression tranquille dans le mauve sale de son tissu: tant d'hommes et de femmes s'y sont vautrés tout en regardant dans le circuit fermé de la télévision le dernier film pornographique que les odeurs de la copulation bête y sont restées, de même que le moisi du tapis mal entretenu, qui se boursoufle de partout, pareil à une tumeur. Je dis: «Ici, je pense que je ne pourrai jamais.» Elle dit: «On est pas ici pour savoir si

on peut ou non, mais parce qu'on n'a pas le choix.» Je dis: «C'est effrayant quand même.» Elle dit: «C'est ton rêve qui parle, ce n'est pas toi.»

Elle a fermé la lumière et s'est glissée, toute nue, dans le lit. Parce que je ne vais pas la rejoindre, elle dit: «De quoi tu as peur?» Je dis: «De tout. De mon rêve de toi. S'il fallait que je lui mente comme j'ai menti à tout le reste, que me resterait-il?» Elle dit: «Comment savoir avant?» Je dis: «C'est parce qu'on ne le sait pas avant que tout le reste fait peur.» Elle dit: «Je veux juste que tu sois à mon côté. Pour la suite, on verra bien.» Je dis: «Je me sens coupable.» Elle dit: «Et pourtant blanc comme l'agneau, avec même pas un pouce de graisse sur le cœur.» Je dis: «Je ne pourrai pas si tout me rappelle jusqu'à quel point je ne sais pas autre chose que manquer tout.» Elle dit: «Excuse-moi. Tout ce que je veux, c'est que tu t'allonges à mon côté.»

Je me laisse tomber sur le lit, à côté d'elle qui a ramené les couvertures jusqu'à son cou. Les minces rideaux laissent filtrer la lumière que font les gros camions en passant devant le motel. Elle dit: «J'aimerais bien que tu me caresses.» Je dis: «C'est comme si je ne savais plus rien faire, sans doute parce que je ne l'ai jamais su.» Elle dit: «Je ne sais pas moi non plus, mais peut-être est-ce que ça s'apprend.» Je dis: «Je ne voudrais pas te leurrer.» Elle dit: «Qui te dit que je le serai même si ça devait être le cas?» Je dis: «Ça, je ne me le pardonnerais pas.» Elle dit: «Caresse-moi, le pardon y est peut-être.» Je dis: «N'importe qui peut-être, mais pas toi.» Elle dit: «Je ne suis pas différente des autres.» Je dis: «Si tu le penses vraiment, c'est bien pire que tout ce que je pourrais imaginer.» Elle dit: «Avant qu'il ne disparaisse derrière les Portes de l'Enfer, mon père me caressait.» Je dis: «Je ne suis pas ton père.» Elle dit: «Alors, qui es-tu?» Je dis: «Je ne sais pas. C'est-à-dire que tout ce que je sais, c'est que je ne

peux pas être ça.» Elle dit: «Lui non plus ne le pouvait pas. Pose simplement ta main sur mon ventre.»

Elle n'a pas attendu que je le fasse parce que, sans doute, ne l'aurais-je pas pu; aussi sa main s'est-elle saisie de la mienne pour que je touche son ventre et m'y repose tout à fait, dans cette douce chaleur qui me détend aussitôt parce que je l'ai appelée depuis si longtemps, dans l'indignité qui est celle de n'importe quel homme, que de seulement savoir que c'est possible et que ça se fait, me voilà absolument sans défense, prêt à n'importe quel délire. Je dis: «Je ne pensais pas qu'aimer pouvait être aussi bon.» C'est à peine murmuré et ça doit s'entendre bien mal. De toute façon, Samm dort déjà, sa belle grande bouche pulpeuse entrouverte. J'écoute son souffle et tout ce qui se repose dedans malgré les muscles qui refusent encore de se détendre. Je suis bien et, comme Samm, je me laisse glisser vers le sommeil. Puis la tête de Samm s'agite, c'est comme un grand oiseau noir qui essaierait de s'envoler. Ses lèvres s'ouvrent, elle dit: «Pourquoi tu n'as pas mis ton casque sur la commode et pourquoi le corbeau ne criaille-t-il plus?» Je dis: «Samm, de quoi parles-tu?» Elle dit: «De ta main qui est sur mon ventre.» Je dis: «Elle s'y trouve toujours. Et tant que tu voudras, elle y restera.» Elle dit: «Je t'aime, Pa.» Je dis: «Dors. Quand on dort, c'est plus facile.» Elle dit: «J'espère au moins que mes cheveux sentent bon.» Je dis: «Dors, Samm. Quand on dort, c'est plus facile.» Elle dit: «Pa, est-ce que tu m'as vraiment tuée sur la montagne?» Je dis: «Personne n'a jamais été tué.» Elle dit: «Pourtant, ça se meurt quand même.» Je dis: «Rien ne peut mourir tant qu'il y aura ma main sur ton ventre.» Elle dit: «C'est certain mais pourquoi Mam ne voulait-elle pas admettre ça?» Je dis: «Dors et ne pense plus à rien. Demain, ça ne sera pas la même chose.» Elle dit: «Je t'aime, Pa.» Je dis: «Je t'aime aussi, Samm.»

Elle a mis sa main sur la mienne et se met à ronfler aussitôt. Moi je vais veiller aussi longtemps qu'il le faudra, pour que les fantômes ne boivent pas en cours de route mon rêve de Samm, même si allongé à côté d'elle je pleure, sans savoir pourquoi, simplement parce que tout est au plus mal et que ma main même le sait, ouverte sur son ventre et pareille à une étoile.

13

. . . .
. . . . elle dit:
Lorsque je me réveille et qu'il est là à mon côté, sa main
sur mon ventre, j'aurais le goût de lui dire tout ce qui
m'est advenu depuis qu'il s'en est allé au-delà des vertes
collines de chasse, mais à peine ma bouche s'est-elle
ouverte que je me rends compte de mon indigence et de
tout ce qu'il y a de séducteur en elle, de sorte que je ne
dis rien, tout juste bonne à rabriller mes mains avant qu'il
ne sorte vraiment du sommeil. Est-ce qu'il sait que je
parle la nuit et que j'ai honte de tout ce qui se dit alors
parce que je n'ai plus de courage? Je le regarde. Il est
allongé sur le dos, un poing fermé sous le menton, pareil
à un petit garçon tranquille qui n'a pas à se soucier pour
quoi que ce soit. C'est tout le contraire de Leonard quand
il dort et que son visage, sans doute las d'avoir été si
longtemps bon pour rien, se défait, creusé par les grosses
rides. Je voudrais le toucher mais j'ai peur qu'il se réveille
avec de la fureur contre moi. Aussi je redresse lentement
la tête pour mieux le regarder dormir. Il sourit dans son
sommeil et parfois le bout de sa langue mouille ses lèvres.
Je n'avais pas vraiment remarqué que sa bouche est si
petite et aussi rouge. Sa cuisse me réchauffe la hanche et
ça a été comme ça toute la nuit parce qu'il ne bouge pas
quand il dort alors que moi, c'est bien pire qu'une
girouette, tout en soubresauts et tressaillements.

Il ouvre les yeux, comme étonné de me voir le regarder. Il passe la main dans son visage, sourit et dit: «J'avais peur de me réveiller et de me rendre compte que je n'avais plus de nez ou bien plus de bouche. Je pense que j'ai rêvé qu'un grand oiseau noir me becquait partout dans le visage. C'est curieux parce que je n'avais encore jamais rêvé à un oiseau.» Il croise ses mains derrière la tête et reste longtemps comme ça à me regarder, se demandant sans doute ce que j'ai à fuir ses yeux. C'est qu'il ne sait pas pour le grand oiseau noir. Il ignore d'où il vient en moi et toute la perversité qu'il y a dedans. Je dis: «Est-ce que j'ai parlé tandis que je dormais?» Il dit: «Je ne sais pas. Je crois que je me suis endormi très rapidement. En un sens, c'était dommage parce que j'aurais voulu veiller toute la nuit. Mais j'étais si bien à côté de toi que ç'a été brusquement comme une pluie de pétales de roses et que je me suis endormi dedans.»

Il bâille et s'étire, pareil à un gros matou. Puis c'est comme s'il se rendait compte pour la première fois qu'il est resté habillé toute la nuit, avec même ses espadrilles dans les pieds. Il dit: «C'est la première fois. D'habitude, je ne dors jamais si je ne suis pas tout nu.» Il sourit encore et ajoute: «C'est pour le cas où je mourrais dans mon sommeil. Avec des espadrilles dans les pieds, j'ai bien peur que ça ne ferait pas très sérieux.»

Un coup est frappé dans la porte; c'est le régisseur qui, de l'autre côté, crie qu'il est temps de se mettre à travailler. Je réponds que j'arrive tout de suite et viens pour sauter du lit quand je me rappelle que sous les couvertures je suis toute nue et que je n'aimerais pas me rendre à la salle de bains si les petits yeux verts d'Abel me regardent. Je ne sais pas pourquoi j'ai cette pudeur tout à coup, et je me trouve absolument ridicule. Il dit: «Je vais fermer les yeux et tu vas agir comme si je n'étais pas là. Je m'en irai longtemps après toi parce qu'il faut quel-

qu'un pour surveiller les odeurs de la nuit afin qu'elles ne s'en aillent pas n'importe où. On se retrouvera à l'église.» Je dis: «C'est absurde. Mes réactions sont absurdes.» Il dit: «Qui nous demande d'en avoir d'autres?» Il cligne de l'œil et paraît se rendormir aussitôt. Alors je me lève, enfile ma robe et vais me brosser les cheveux devant le miroir de la commode. Il y a comme beaucoup de force dans mon corps et mes cheveux d'habitude si difficiles à démêler sont comme quand je passe la nuit debout. Avant de sortir de la chambre, je le regarde une dernière fois. Dort-il vraiment ou fait-il semblant? De la main je lui envoie un baiser et je m'en vais, certaine que dès que je serai dans le corridor, je vais m'ennuyer de lui. Le régisseur passe à côté de moi et me dit: «J'espère que tu te souviendras de tout ce que je fais pour toi.» Je dis: «Je ne sais pas de quoi vous parlez.» Il dit: «Il a passé la nuit avec toi. Hier soir, je vous ai vus entrer dans la chambre.» Je dis: «Qu'est-ce que ça prouve?» Il dit: «Rien, sinon que je suis un bon régisseur.» Je hausse les épaules et le suis vers l'entrée du Motel des Trois-Pistoles où tout le monde attend que le petit autobus de Radio-Canada vienne nous prendre pour nous emmener à la grève Fatima. C'est là, face au fleuve, qu'Abel, Colette et Job J vont se déclarer dans leurs amours ambiguës. Moi je suis sensée me promener sur la grève avec un petit chien, affreux parce que jaune. C'est à peu près certain que je ne serai pas dans l'image car, comme a dit le réalisateur, ce n'est pas ça l'important. Il a ajouté: «De toute façon, tu seras payée pareil.»

Il y a du cognac dans le café que m'offre un machiniste. Puis tenant la laisse du petit chien affreux parce que jaune, je m'en vais me promener sur la grève. La marée commence à se retirer, c'est plein d'algues vertes et de coquillages, et les mouettes dessinent de grands cercles dans le ciel. Même si personne ne s'occupe

de moi, je me sens bien et lance quelques galets dans le fleuve. Je ne sais pas comment se passe la scène entre Abel, Colette et Job J, sauf que le réalisateur et le caméraman gueulent fort, comme si personne n'était satisfait de ce qui arrive. Je suis trop loin pour bien entendre et ne le désire pas. J'aimerais marcher long-temps le long de la grève, et le plus loin possible parce que c'est chaud dans tout mon corps et que ça serait bon que cela dure. Mais le régisseur crie après moi: «Tu peux t'en revenir. C'est terminé.» Je dis: «Rien n'a été tourné encore. Qu'est-ce qui se passe?» Il dit: «Galarneau a décidé de ne pas enregistrer la scène comme dans le scé-nario.» Je dis: «Qu'est-ce que ça veut dire?» Il dit: «Qu'on n'a plus besoin de toi, en tout cas pas avant l'église. En attendant, tu peux faire ce que tu veux.» Je me tourne vers l'oncle Phil et l'oncle Lémilien qui, très intéressés, surveillent tout ce qui se passe, et je dis: «Quand vous irez à l'église, je monterais avec vous si vous voulez bien.» L'oncle Lémilien dit: «Ça adonne bien parce qu'il faut que j'y aille. Même si ça fait une semaine que je me pratique, je maîtrise pas à mon goût le thème musical du téléroman. Et c'est cette musique-là qu'on m'a demandé de jouer. Je connais mieux Bach, Buxtéhude et Teleman. Ça parle mieux sur les grandes orgues.»

Nous laissons la grève Fatima et montons vers l'église, dans le vieux tacot de l'oncle Lémilien. Il a insisté pour que je m'asseois entre lui et l'oncle Phil sur la banquette avant. Il a mis une cassette dans le système de son très sophistiqué qu'il a fait installer dans sa vieille voiture. Il dit: «Un char, c'est comme une femme quand on a vécu trop longtemps avec elle: on peut plus s'en passer. Même que la musique, on la comprend mieux de même. Ce que vous allez entendre, c'est du Buxtéhude, de la grande musique comme il ne s'en fait qu'une fois.»

Et brusquement les grandes orgues se déchaînent,

basque à la main, nous salue. Abel dit: «Viens, Samm.»
Nous nous engageons dans la grande allée alors que les
techniciens se remettent à l'ouvrage et que les acteurs,
près d'une colonne, répètent leurs textes. Abel dit: «J'ai
téléphoné à saint Pierre et il va faire un temps superbe.»
Le fait est que le soleil est magnifique comme ça lui arrive
quand le printemps veut vraiment qu'on le reconnaisse.
Je dis, dès que nous sommes montés dans la vieille
station-wagon: «Où m'emmènes-tu?» Il dit: «Que tu l'apprennes maintenant, ça serait nous priver de tout.»

Nous allons monter longtemps à l'intérieur des terres
et ce n'est qu'une fois que je verrai l'écriteau BIENVENUE
À SAINT-JEAN-DE-DIEU que je comprendrai où nous
allons. Il dit: «Je n'ai encore jamais emmené personne
avec moi là-bas. Tu es la seule.» Nous traversons le village
et nous nous enfonçons dans ce rang qu'il y a tout au
bout. Il me montre la petite école, me fait l'histoire de
chacune des fermes, comme si sa mémoire avait tout
retenu et qu'elle était enfin contente de se délivrer du
secret. Nous descendons une longue côte et la vieille
station-wagon s'arrête en bas, là où il y a ce pont dont les
garde-fous sont en aluminium. Il dit: «Sortons, il faut que
je t'explique.» Je fais comme il me dit. Il s'appuie sur le
garde-fou, crache dans l'eau boueuse. Il a l'air surexcité,
ses joues sont rouges et des gouttes de sueurs perlent sur
son front. Il dit: «Ce que tu vois, ce n'est pas ce qu'il faut
imaginer. Avant, la Boisbouscache n'avait pas été détour-
née de ses eaux et, à la place de cet affreux pont de
métal, il y avait un vieux pont couvert. L'hiver, les lices
des traîneaux crissaient et jetaient du feu partout. Il y avait
aussi le bruit des fers des chevaux quand on traversait. Et
puis, tout autour, c'était plein de grands trembles dont les
feuilles se reviraient à l'envers quand il y avait menace de
pluie. Maintenant, c'est autre chose.» Je dis: «C'est beau
pareil. Est-ce que je peux me tremper les pieds dans

199

l'eau?» Il dit: «C'était mieux avant mais tu peux quand même.»

Je prends le petit sentier qu'il y a près du pont, enlève mes souliers et, ma robe relevée sur mes genoux, marche vers l'eau. Il dit: «Il y a une colonie de rats d'eau sous les grosses pierres près de toi. Avec un peu de chance, tu devrais pouvoir les voir.» Je dis: «Comment sais-tu tout ça?» Il dit: «Je suis venu hier. Pour savoir si ça pourrait se supporter.» Je barbotte dans l'eau, pareille à une petite fille. Lui, il me regarde, tout son corps tendu. Il dit: «Tu vois, de l'autre côté de la Boisbouscache? C'est là qu'on habitait. Il ne reste plus que l'orme, la porcherie et le hangar. La grange a été démolie et la maison déménagée au village. On a aussi redressé la route, de sorte que même les pommiers ont été abattus. Quand ma mère est revenue ici, tu sais ce qu'elle a dit? Que même les souvenirs ne duraient pas le temps d'une vie. Qu'il était difficile de croire à quelque chose après la mort quand l'existence même est abolition.»

J'ai remis mes souliers et, ma robe toujours relevée sur mes genoux, je monte le rejoindre. Je dis: «C'est un beau pays.» Il dit: «Tant qu'on ne sait pas, les pays sont toujours beaux. Et dans un sens, c'est ce qui est affreux, qu'ils subsistent même si la vie est ailleurs. C'est comme s'ils n'avaient pas besoin de nous. C'est comme s'ils ne se rendaient pas compte.» Il sourit, comme je sais qu'il fait maintenant tout le temps quand ça devient trop difficile pour lui. Il dit: «Mais ce n'est pas vraiment ceci que je voulais te montrer. Est-ce que tu veux toujours venir avec moi?» Je dis: «Je le veux bien, oui.» Il dit: «Dans ce cas, allons-y.»

Nous remontons dans la vieille station-wagon, mais ce n'est pas longtemps que nous allons rouler: nous n'avons pas fait cinq cents pieds que nous nous arrêtons déjà, devant cette vieille barrière rouillée au-delà de

laquelle paissent de grandes vaches tranquilles. Il dit: «Ici, c'est le Coteau des épinettes. Comme tu vois, il n'y en a plus: elles ont toutes été bûchées l'automne dernier. Avant, c'était comme de la grande forêt et plein d'appréhension et d'angoise. Le petit Clément Rioux s'y est perdu en voulant y cueillir des framboises. Il avait enlevé ses rubbers qu'il avait accrochés à une branche d'arbre et est entré dans le bois. Plus personne ne l'a revu après. On disait dans le rang qu'il avait été mangé par un ours. C'était avant qu'on vienne s'établir par ici. Mais même si c'était une histoire qui me faisait peur, je passais de grandes journées dans le Coteau des épinettes. Je voulais retrouver le petit Clément Rioux. Il n'était peut-être pas mort: une louve avait pu le prendre en élève. C'est absurde, tu ne trouves pas?» Je dis: «Je ne sais pas. Ça dépend comment c'est vécu.» Il dit: «Un jour, j'ai trouvé des ossements dans l'enfoncement d'un rocher. J'étais certain que c'étaient ceux du petit Clément Rioux. Sais-tu ce que j'ai fait? Avec mes mains, j'ai creusé la terre et j'y ai enterré les ossements. Puis j'ai mis une grosse pierre par-dessus.» Je dis: «Pourquoi?» Il dit: «Pour que personne ne sache que le petit Clément Rioux était mort. Sinon, il n'y aurait plus eu ni appréhension ni angoise dès qu'on entrait dans le Coteau des épinettes. Ç'aurait été comme la fin d'un grand rêve. Et les rêves, ce n'est pas fait pour finir de même.»

Il ne dit plus rien. Je voudrais qu'il ajoute quelque chose pour que je n'aie pas à penser à la mort de mon père, aux Portes de l'Enfer derrière lesquelles il a disparu, peut-être dévoré lui aussi, avec plus rien qu'un petit tas d'ossements perdus quelque part sous les arbres. Un hélicoptère virevolte dans le ciel, des coups de feu se font entendre tandis que l'orignal fuit à toutes enjambées vers la rivière, son corps déjà couvert de sang. Puis l'hélice arrête de tourner et c'est l'écrasement. Il ne reste plus

rien, que mon père ensanglanté se traînant entre les rochers, tout son corps avalé par la douleur.

Ses mains n'ont pas laissé le volant qu'elles tiennent solidement. Il est encore au cœur de son rêve, sous les grandes épinettes noires qui bruissent dans le vent. Était-ce à cela qu'il pensait quand je l'ai vu à l'hôpital et qu'il regardait la rivière des Prairies, songeant peut-être à Virginia Woolf mais n'ayant vraiment dans la tête que les rubbers et les ossements du petit Clément Rioux, comme si au premier rêve s'en était substitué un second, mille fois plus difficile à circonvenir pour vivre depuis trop longtemps en lui? Il enlève ses mains du volant et dit: «Maintenant, je ne sais pas ce qui va arriver. Je t'ai presque tout appris de moi-même et c'est inquiétant quand il n'y a plus de solitude nulle part. Ça devient difficile d'inventer quoi que ce soit et de s'y retrouver à la hauteur. Je ne sais pas si je pourrai tenir le coup. Je ne sais pas si après je pourrai être capable de n'importe quoi, comme maintenant.» Il passe une main sur son front qui est tout en sueurs, me regarde et ajoute: «Mais ce n'est pas encore vraiment pour ça que je voulais que tu viennes avec moi jusqu'ici. Il y a autre chose. Est-ce que tu veux toujours m'accompagner?» Je dis: «Je le veux, ça tu le sais bien.»

Nous descendons de la vieille station-wagon. Il sort du coffre arrière une caisse de carton et m'invite à le suivre. Il saute par-dessus la vieille barrière rouillée, me tend la main parce qu'à cause de ma robe j'ai de la difficulté à l'imiter. Les grandes vaches tranquilles ont levé la tête et nous regardent passer entre elles. Lorsque nous arrivons à la première épinette noire, il met la caisse de carton par terre, se penche vers ses espadrilles dont il dénoue les lacets. Il dit: «Je ne pourrais pas marcher sur cette terre autrement que nu-pieds. Depuis l'exil, je n'ai pas agi autrement toutes les fois que je suis venu ici. Évidemment, tu n'es pas obligée de faire comme moi.» Il

accroche ses espadrilles à une branche de l'épinette noire et y enfouit ses chaussettes. Je dis: «Est-ce vraiment important que ça se passe ainsi?» Il dit: «Si j'ai à me perdre pour ne plus revenir, je voudrais au moins qu'on le sache. Au fond, nous sommes tous lâches, même dans la solitude et même si nous savons qu'il ne peut plus y avoir autre chose qu'elle. Il n'y a pourtant plus de peur quand on va trop loin. Mais ça n'arrange rien quand même, puisqu'on n'est fait ni pour l'un ni pour l'autre.»

J'ai enlevé mes souliers moi aussi et je les ai suspendus par les ganses à côté des siens. J'ai peur et, en même temps, une grande chaleur de lui m'habite. Il dit: «Les pieds nus, la terre n'a pas la même qualité. Ça redonne beaucoup d'importance aux choses.» Il a repris la caisse de carton et, l'un à côté de l'autre, nous nous enfonçons tous les deux dans le Coteau des épinettes. Il dit: «Il y avait un beau chemin quand nous habitions ici, que mon père entretenait comme il faut. Depuis, la fardoche a repris le dessus et c'est tout juste si moi-même je suis capable de m'y reconnaître. Quand mon père est entré dans sa quarantière année, l'oncle Phil, la tante Marie-Anne et le grand-père sont montés des Trois-Pistoles jusqu'ici. Mon père a attelé le tracteur à la waguine et nous nous y sommes tous assis, heureux de croire que notre monde était assez vaste pour que ça vaille la peine d'en faire le tour en tracteur. Maintenant, on aurait tous l'air fou, et pourtant, rien n'a changé parce que le monde est pareil comme avant: nous le sentons mais lui n'a rien à faire avec ça.» Je dis: «Peut-être est-ce nous qui devons lui donner de la qualité.» Il dit: «Les choses n'ont pas besoin de qualité parce qu'elles, elles se survivent.»

Nous grimpons cette pente raide au-dessus de laquelle nous nous arrêtons, le temps de laisser nos corps s'habituer au paysage. Tout en bas, il y a ce petit ruisseau

qui se déverse dans la Boisbouscache toute méandreuse entre les talles d'aulnes blancs et les noisetiers sauvages. Il dit: «Un jour, nous avons, mon frère Steven et moi, trouvé un gros cochon mort étendu, les pattes en l'air, dans le ruisseau. C'est le voisin qui l'avait jeté là. Le gros cochon avait des amourettes énormes. Même si Steven ne voulait pas, j'ai cassé une branche de bouleau et je l'ai enfoncée dedans. Un affreux sang noirâtre s'est mis à couler. Depuis, je rêve souvent à de gros cochons. Je suis parmi eux et, par grandes bouchées, ils me mangent les mains et les pieds. C'est toujours épouvantable quand ça arrive. On n'a plus le goût de dormir, encore moins celui de se réveiller.»

Il raconte tout cela comme s'il parlait de quelqu'un d'autre bien qu'il soit tout entier dedans et que, même s'il le voulait, il ne pourrait pas faire autrement.

Nous avons traversé le petit ruisseau et marchons vers la Boisbouscache. Mes pieds me font mal. Lui, on dirait qu'il va toujours nu-pieds parce qu'il ne fait pas attention au chemin, passant comme si de rien n'était sur les pierres, écrasant les tiges mortes et tout ce qu'il y a d'acéré dans la végétation. Il dit: «Nous arrivons. Nous arrivons là où je ne pouvais pas ne pas venir avec toi.» Il écarte les branches des noisetiers sauvages pour que nous puissions passer dessous, et nous écrasons sans même nous en rendre compte les cœurs de violon tout frisés qui poussent dans la terre boueuse. Puis la Bois-bouscache vient vers nous, faisant comme une petite crique d'eau dormante. Il dit: «Nous y sommes mainte-nant.» Il ouvre la caisse de carton, en sort une nappe blanche à carreaux rouges qu'il étend dans l'herbe. Il met deux assiettes dessus, dispose comme il faut les sand-wiches, les cœurs de céleri, les olives noires, les tranches de pain et le pot de confitures. Il ne manque plus que la bouteille de vin et les deux verres. Je dis: «Quand est-ce

204

que tu as préparé tout ça?» Il dit: «Ce matin, quand tu as quitté la chambre. Je me suis d'abord occupé des odeurs de la nuit, puis j'ai demandé à Monsieur Saint-Laurent la permission d'entrer dans la cuisine afin de préparer moi-même le festin.» Je dis: «Tu n'avais pas à faire ça.» Il dit: «Il n'y avait pas autre chose à faire. Cette crique, c'est le seul endroit secret que je connaisse encore, c'est le seul qui n'a jamais été nulle part dans ce que j'écris parce que je ne voulais pas le perdre en en parlant. J'y suis venu tous les étés depuis que nous sommes partis de Saint-Jean-de-Dieu. La première fois, sais-tu ce que j'ai fait? Il y avait cette grande blessure qui coulait partout dans mon corps et quand j'ai vu la Boisbouscache, avec sa colonie de perchaudes tout au fond, ç'a été plus fort que moi: j'ai abaissé la fermeture éclair de mon pantalon et je me suis masturbé, heureux de voir mon sperme maculer la surface des eaux. Comment ça s'explique, je ne sais pas. Mais après, je ne pouvais plus être le même: quelque chose de moi n'existait plus. Depuis ce temps, je suis comme un moulin ouvert à tous les vents, et ça se vide, et c'est comme de la petite misère: ça passe mais il n'y a pas grand-chose qui reste dedans.»

Il a débouché la bouteille de vin, en a versé dans les deux verres. Je dis: «Je suis bien avec toi.» Il dit: «Je suis bien avec toi aussi.» Nous frappons nos verres l'un contre l'autre et buvons. Je sais qu'il ne parlera plus, que ce voyage à l'intérieur de lui-même l'a épuisé. Il est pâle, avec de grands cernes sous les yeux. J'aimerais lui redonner sa grande force tranquille, mais je ne sais pas comment faire. Aussi je bois et je mange avec lui, toute la Boisbouscache devant mes yeux. Quand nous avons fini, il dit: «Mais ce n'est pas encore pour ça que je voulais que tu viennes avec moi jusqu'ici. Maintenant, il faut que je te montre.»

Il me tend la main, nous nous levons et je le suis,

inquiète parce que je ne sais pas de quoi il s'agit. Et j'ai
peur qu'en l'apprenant, ça soit la fin de tout, la fin du
mirage et la fin du rêve. Il m'entraîne sous un fourré d'où
nous ressortons pour avoir de nouveau la Boisbouscache
devant nous. Il y a comme cette petite grève de sable
avec, plantée à côté d'un grand rocher, une vieille canne
de bois noueux. Et dans l'eau, retenu par une ficelle, le
petit chapeau anglais de Virginia Woolf flotte paresseuse-
ment. Il dit: «C'est ici qu'elle s'est suicidée, ce n'est pas
dans les eaux corrompues de la rivière des Prairies. C'est
ici que pour la première fois la blessure s'est mise à couler. Et c'est depuis ce temps-là qu'il n'y a plus rien.» Des
larmes roulent sur ses joues et son corps est pareil à une
corde de violon quand on la presse de trop près: elle vibre
mais plus aucun son ne peut venir d'elle. Je dis: «Je suis
là, Abel. Je suis là et j'ai besoin de toi.» Il dit: «Comme
c'est affreux, comme je suis affreux!» et il se met à courir
vers le Coteau des épinettes comme si plus rien d'autre
n'existait. Je pars derrière lui, le rattrape et m'agrippe à
son corps de toutes mes forces. Il tombe par terre, moi
par-dessus lui, me sourit et cligne de l'œil. Il dit: «Je
voudrais ne plus avoir jamais à trahir.» Je dis: «Je t'aime.»
Il dit: «J'ai mal partout.» Je dis: «Embrasse-moi.» Il dit: «Je
ne fais que ça, depuis la première fois je ne fais que ça.»
Et sa bouche se pose sur la mienne et il n'y a plus rien
tout à coup, que le vent qui fait ployer en deux les
grandes épinettes noires.

14

. . . . il écrit:
Comment me remettre de tout ça alors qu'assis devant
ma grande table de travail dans le souterrain, je suis pareil
à une âme en peine, incapable de travailler, le rêve trop
loin de moi déjà, Samm partie en Haïti où on lui a
demandé de tourner dans cette réclame publicitaire
destinée à promouvoir une nouvelle marque de café,
alors qu'ici, c'est toujours un chantier à perte de vue, par
rapport au gros bulldozer qui est arrivé ce matin et qui
mange, par grandes pelletées obscènes, la terrasse qu'il y
avait devant le vieux chalet de Montréal-Nord. C'est une
autre idée de Judith: elle rêve d'une somptueuse rocaille
avec plein de fleurs partout, et c'est pourquoi les ouvriers
s'affairent tout autour de la maison, défaisant la vieille
clôture et y mettant à la place des plantes inconnues qui
sont sensées nous donner de l'ombrage, peut-être seulement dans une dizaine d'années, mais qu'importe si cela
coûte cher et que tout le monde est content de les voir
enfin plantées là? Pour ne pas avoir à répondre aux
suggestions du paysagiste, je me suis enfermé ici où je
suis supposément en train de travailler sur mon téléroman tout en lisant cette flopée de manuscrits qui s'empi-
lent sur la berceuse, que je n'ai ni le courage ni le goût de
seulement feuilleter parce que tout mon corps est comme
pris dans celui de Samm et que je n'ai pas envie d'en
sortir.

Il n'y a pas trois jours que je suis revenu à la maison, à cause de cette blessure à l'estomac qui m'a repris et pour laquelle j'ai passé une semaine à l'hôpital du Sacré-Cœur, les médecins persistant à me dire que je ne souffrais de rien, que tout le mal était dans ma tête et non ailleurs. C'est Eugène Galarneau qui est venu me chercher à l'hôpital et qui m'a ramené à la maison. Judith a sorti la bouteille de scotch, et ils se sont mis à boire, moi trop mal en point pour prétendre à quoi que ce soit, sinon à m'étendre quelque part pour dormir enfin. Quand c'est arrivé, Eugène Galarneau et Judith sont descendus dans le souterrain, se sont assis sur les grands coussins devant le foyer, et ont continué de boire. Je n'aurais jamais dû me réveiller, à cause de mon estomac qui me faisait mal, pareil à une grande fournaise pleine de charbons ardents. Je me suis levé, afin d'aller prendre dans la salle de bains les médicaments du miracle, et c'est alors que du souterrain me sont parvenus ces cris de Judith. Elle en pousse toujours de pareils quand elle fait l'amour avec moi, et cela me parut si incroyable, au beau milieu de la nuit, que je me suis rendu jusqu'au souterrain et que, même si je ne voulais pas, il a bien fallu que je les voie tous les deux en train de se manger saffrement. Il y avait quelque chose d'absolument indécent dans ce corps nu d'Eugène Galarneau, dans ses petites fesses osseuses qui étaient au-dessus du visage de Judith et se balançaient maladroitement. Je suis resté là, à regarder un bon moment, incapable de m'en aller, attendant que le souterrain où Melville est mort ne soit plus qu'une innommable souillure pour retourner dans le salon où la vision de Judith ne me quitta plus, le sperme d'Eugène Galarneau lui coulant sur le menton, le bout de ses doigts caressant ses seins, comme autant de petits tamtams silencieux.

Et depuis, je me sens tout à fait incapable d'écrire une ligne: il n'y a plus rien de bon à tirer de moi, et je ne

fais plus que me débattre contre ces cauchemars dans lesquels nos deux filles sauvages, leurs corps dévorés par la monstruosité, me rient affreusement au nez. Si au moins Samm était là! Et pourquoi met-elle tant de temps à revenir d'Haïti? C'est comme une grande douleur partout, et pareille à une toile d'araignée dans laquelle je serais pris. Sans discontinuer, le bulldozer mange de la terre et, toutes les fois qu'un camion part chargé jusqu'aux ridelles, Judith bat des mains, comme une petite fille. Moi je reste assis devant ma grande table de travail, sans rien faire, avec juste Samm dans ma tête.

Avant qu'elle ne parte pour Haïti, elle m'a invité chez elle, dans ce petit appartement de la rue Christophe-Colomb, avec le grand sofa-lit, le système de son et tous ces disques rangés comme il faut sur les étagères. Je suis arrivé beaucoup plus tôt que prévu, de sorte que Samm n'en avait pas encore terminé avec son bain et qu'elle est venue m'ouvrir, une simple serviette fleurie lui recouvrant le corps. Je l'ai embrassée dans les cheveux, et ça sentait le muguet quand il n'en peut plus de s'ouvrir et qu'il projette brusquement ses odeurs à la face du monde. Elle est retournée dans la salle de bains mais par la porte restée entrouverte, je la voyais en train de s'habiller. Elle a dit: «Mets un disque, veux-tu?» J'ai dit: «Je ne connais rien à la musique.» Elle a dit: «Ça ne fait rien. N'importe quoi.» Alors je me suis emparé de la première pochette sur laquelle ma main est tombée et, sans même regarder de quoi il s'agissait, j'ai mis le disque sur la table tournante. Du flamenco à onze heures le matin! Il n'y avait bien que moi pour rendre cela possible. Je me suis assis sur le sofa-lit et j'ai attendu que Samm sorte de la salle de bains. Elle est enfin venue me retrouver, toutes les odeurs du monde irradiant de son corps, ses longs cheveux noirs dénoués sur ses épaules, avec le léger décolleté de sa robe qui laissait voir la

naissance blanche de ses seins. J'aurais voulu la prendre, comme cela, alors qu'elle se tenait debout près de moi. Mais c'est à peine si ma main a fait cette esquisse sur sa hanche, moi gêné à cause de Saint-Jean-de-Dieu et de ce qui est survenu après quand, dans ce motel de Cap-Saint-Ignace, nous nous sommes retrouvés allongés l'un à côté de l'autre, nos corps pleins de désir, mais elle incapable de se détendre, tous ses muscles comme fâchés contre moi. Elle disait: «Je ne peux pas. Seulement ta main sur mon ventre, ça c'est possible.» Je ne comprenais pas et c'est pourquoi je me suis levé, ai pris la bouteille de scotch dans ma petite valise et, assis à l'indienne à l'extrémité du lit, me suis-je mis à boire. De gros camions passaient encore sur la route, faisant comme de brutales embardées de lumière dans la chambre. Alors Samm a dit: «Il ne faut pas que tu m'en veuilles: je n'ai jamais couché avec personne, sauf avec mon père. Il mettait sa main sur mon ventre et il n'y avait plus de peur nulle part.» J'ai dit: «Même avec Leonard?» Elle a dit: «Avec personne, et je ne sais pas si je pourrai jamais.» Elle m'a demandé une gorgée de scotch et assis tous les deux l'un en face de l'autre, nous avons bu une grande partie de la nuit pour qu'apparaissent le corbeau noir, les Portes de l'Enfer, la grande actrice rousse, les sourcils-corbeaux et Leonard. Les larmes roulaient sur ses joues tandis qu'elle parlait, et moi j'étais rempli de honte et d'indignité. Je songeais à Livia, quand il m'arrive de la border dans son lit le soir et qu'elle veut que je la caresse partout et qu'elle frissonne de plaisir et qu'elle s'endort dans la beauté de tout ce qui s'est calmé. J'ai pris Samm dans mes bras et nous avons fini par trouver le sommeil alors que virevoltaient dans la chambre du motel une flopée de grands oiseaux noirs.

Il y a brusquement ce bruit sourd qui ébranle les fondations mêmes du souterrain. Je lève la tête et vois

passer devant la fenêtre les sandales romaines de Judith. Au moins, si j'étais allongé sur les grands coussins devant le foyer et pouvais faire le mort! Judith descend l'escalier, ses joues toutes rouges, le souffle coupé. Elle dit: «La pelle du bulldozer a brisé la galerie. Faut que tu viennes voir.» Je dis: «Si la galerie est brisée, qu'est-ce que tu voudrais que ça donne que j'aille la voir? Demande aux ouvriers qu'ils la réparent. Moi je suis en retard dans mon téléroman.» Elle dit: «Toujours ton satané téléroman! Est-ce que tu pourrais pas parfois parler d'autre chose?» Je dis: «Tu le fais pour deux.» Elle dit: «Je ne veux pas me chicaner avec toi aujourd'hui.» Je dis: «Je n'y tiens pas particulièrement moi-même.» Elle dit: «Et si on faisait refaire toute la galerie en neuf?» Je dis: «Si cela se faisait, on n'entendrait vraiment plus que parler de mon téléroman, même quand ça serait silencieux.» Elle dit: «Tu es bête comme tes pieds et c'est de plus en plus comme ça. Pourtant, je n'arrête pas de faire des compromis.» Je dis: «Ne me reparle pas de Saint-Octave-sur-Mer.» Elle dit: «Qui accepterait d'aller s'enterrer là pour tout l'été, sinon moi? Est-ce que tu penses que les filles ne sont pas déçues, elles qui s'imaginaient déjà dans la maison motorisée, en train de jouer avec leurs barbies?» Je dis: «Judith, la maison coûte cher.» Elle dit: «Tes éditions mangent autrement d'argent. Et tout ça pour des livres que même les anges, dans toute leur vertu, n'auraient pas le courage de lire.» Je dis: «Laisse-moi travailler. Il faut que je livre deux textes demain.»

Je décapuchonne mon stylo feutre et fais semblant de me plonger dans le texte de mon téléroman. Un moment, Judith reste devant moi, tout son corps comme une affreuse menace. Quand elle se rend compte que je ne réagirai plus à rien, elle hausse les épaules et sort du souterrain en utilisant le petit escalier en spirale. Moi je dessine un ectoplasme sur la grande feuille blanche. C'est

rien qu'une énorme tête emmanchée sur un maigre cou, sans corps, avec des bras et des jambes qui s'entortillent dérisoirement. Il faut bien que je laisse à Samm le temps de revenir m'habiter et que je la retrouve dans toute sa douceur qu'il y avait quand elle m'a invité dans son petit appartement de la rue Christophe-Colomb. Le disque de flamenco jouait toujours et nous restions là tous les deux, elle debout à côté de moi. Il y avait cette gêne et cette beauté qu'il y a dans la gêne quand les corps ne se sont pas vus depuis longtemps, qu'ils se cherchent dans les anciennes odeurs mais que rien ne survient parce que la peur de la banalité les habite. Alors tout reste en plan, dans une inqualifiable inquiétude puisque tout pourrait durer ainsi, sans même qu'un seul mot ne se prononce et sans même qu'un seul geste ne se pose.

Lorsque le disque de flamenco s'est arrêté, Samm a dit: «Pourquoi ce disque et pas les autres?» J'ai dit: «C'est arrivé comme ça, je le regrette.» Elle a dit: «Pourtant, il ne me semble pas que je t'ai dit que j'étudiais le flamenco. Tu veux que je te montre?» J'ai dit: «Même si tu le faisais, j'aurais de la difficulté à y croire.» Elle a dit: «Nous verrons bien.» Elle a mis l'autre plage du disque sur la table tournante et, malgré moi, je me suis enfoui dans les coussins du sofa-lit alors que Samm, redressant de ses mains ses longs cheveux, s'est mise à taper des pieds, tout son corps comme une formidable tension. Je n'avais encore jamais rien vu de pareil, sauf peut-être à ce Festival des Îles des Trois-Pistoles quand, sous la grande tente, il y avait eu ce concours de sciotage et que, brusquement, était apparue cette grande jeune femme au corps parfaitement moulé dans son vêtement de cuir. C'était pareil à l'arc zen quand il se tend: il y a dedans le corps, la flèche et toute la qualité de l'air devant. Et Samm était exactement comme ça, prise totalement par la danse et la souplesse qui s'y retrouve lorsqu'il n'y a plus qu'elle.

Je regardais, incapable de m'empêcher de penser que c'était moi aussi qui dansais, dans cette Espagne magique de William Gaddis, là où l'intensité est telle que les pierres se fendent et que le ciel, se lézardant de partout, vous tombe sur la tête. Quand la musique s'est tue, et que Samm, pour retrouver son souffle, s'est mise à respirer bruyamment, j'ai dit: «Comment une Montagnaise de la Pointe-Bleue peut-elle danser ainsi?» Elle a dit: «Métisse et sans plus aucun territoire, est-ce que ça pourrait être autrement?» J'ai dit: «Il n'y a que les juifs pour comprendre ça parfaitement depuis qu'ils n'ont plus rien.» Elle a dit: «Je ne veux pas que tu parles de Leonard.» J'ai dit: «Ce n'est pas de lui dont il était question, mais de moi, car je suis juif aussi par tout ce qui n'arrête pas de voyager en moi et qui, pourtant, m'est interdit.» Elle a dit: «Est-ce que c'était le cas de Virginia Woolf?» J'ai dit: «Dans un sens, oui, puisque toute écriture est juive, qu'elle vient de l'exil et de tout ce qu'il y a de la torture dedans. C'est la même chose pour la danse que pour le reste: quand il n'y a plus rien, il reste au moins ça.» Elle a dit: «Être juif?» J'ai dit: «Et surtout si on ne l'est pas.»

Elle avait préparé un petit repas tout simple, des crevettes froides sur un lit de laitue et de choux de Bruxelles. Quelques morceaux de piment rouge à demi enfouis dans du persil y ajoutaient toute la couleur qu'il fallait. Devant nous, cette bougie et le petit bloc-notes, avec un crayon à côté. J'ai dit: «J'aurais dû apporter une bouteille de vin.» Elle a dit: «Il y a tout ce qu'il faut ici. C'est Leonard qui s'en occupe.» Elle s'est levée, est allée dans le bas-côté, en est revenue avec un Bourgogne. Elle était toute nue, comme cette nuit dans ce motel du Cap-Saint-Ignace, mais il n'y avait plus de rigidité dans son corps, qu'un précieux abandon dans lequel je me laissais tomber. Elle a dit: «À quoi penses-tu?» J'ai dit: «Tu l'ignores mais je te voyais toute nue et c'était tout tendre

213

dans mon corps.» Elle a rougi et s'est versé à boire. Nous étions comme des enfants maladroits parce qu'ils n'ont encore rien vu et craignent que le pire ne leur arrive. J'ai dit: «Et Leonard, que pense-t-il de tout ça?» Elle a dit: «Leonard m'aime et voudrait que je sois heureuse.» Lorsqu'elle disait cela, son visage s'est assombri et sa main, en prenant le verre de vin, tremblait. J'ai dit: «Et toi, est-ce que tu l'aimes?» Elle a dit: «Je ne sais pas si c'est lui que j'aime ou le simple fait que je suis bien avec lui.» J'ai dit: «Est-ce qu'il a maintenant trouvé du travail?» Elle a dit: «Il se fait presque rien dans le cinéma. Ça serait un miracle si quelque chose arrivait. Leonard parle de partir aux États-Unis.» J'ai dit: «D'autres l'ont fait, comme Mordecai Richler et Leonard Cohen et ça n'a pas trop mal réussi. Est-ce que tu le suivrais?» Elle a dit: «Je ne sais pas.» J'ai dit: «Excuse-moi.» Elle a dit: «Pourquoi?» J'ai dit: «Je n'ai pas d'affaire à te questionner comme ça. Je dois ressembler à un inquisiteur.» Elle a dit: «Ce n'est pas des questions dont j'ai peur, mais des réponses.»

Nous avons quitté la table et sommes allés nous asseoir sur le sofa-lit. C'était la première fois que j'écoutais du Tommaso Albinoni et, les yeux fermés, je me laissais porter par la musique, sans désirer rien d'autre que ce qu'il y avait dedans, cette simplicité toute chaude qui ne s'attendrit que pour donner le meilleur d'elle-même, qui vous change dans votre corps, rendant impossibles la provocation et la revendication. Dans un champ plein de grandes fleurs roses, je voyais mes filles sauvages courir, et danser à la corde, et c'était enfin souriant, sans visages boursouflés et sans lames de rasoir déchirant la peau. J'ai dit: «Il faut que tu m'apprennes la musique.» Elle a dit: «C'est Leonard qui m'a tout montré.» J'ai dit: «Je suis bien avec toi.» Alors elle m'a forcé à ouvrir les yeux, elle m'a regardé, sa petite main posée sur la mienne. Elle a dit: «Je ne sais pas pourquoi mais j'ai peur. J'ai peur que tout

214

finisse par changer et que le mal arrive, c'est-à-dire qu'il y ait tout à coup beaucoup d'ennui.» J'ai dit: «Comment savoir d'avance et pourquoi le savoir? Je suis simplement pour qu'on continue d'être bien.»

Lorsque Leonard est entré, j'étais en train de réparer les carreaux brisés de la grande fenêtre de la cuisine. Moi qui n'ai jamais arraché un clou dans le vieux chalet de Montréal-Nord et ai toujours, vis-à-vis de Judith, prétexté de mon incompétence pour bricoler quoi que ce soit, voilà que je manipulais le mastic comme un vieil ouvrier professionnel. Même Leonard a admis que l'ouvrage était bien fait. Derrière ses épaisses lunettes, il m'a regardé travailler, debout à côté de Samm, une main sur son épaule. Quand le temps est venu de nous présenter l'un à l'autre, il a dit: «J'ai l'impression de te connaître depuis longtemps. Je suis content de te revoir.» Il a beaucoup appuyé sur les derniers mots, ce qui me rendit mal à l'aise parce que je ne savais pas ce qu'il voulait dire exactement, et d'autant moins que ses yeux restaient vrillés dans les miens, noirs et profonds. C'est Samm qui nous a sortis de là. Elle a dit: «Leonard, est-ce que tu as mangé?» Il a dit, en s'assoyant à la table et en versant un peu de vin dans le verre de Samm: «Je n'ai pas faim mais je me soûlerais bien volontiers.» Elle a dit: «Tu finiras bien par trouver du travail.» Il a haussé les épaules, laissant ses yeux dériver jusqu'au rebord de la fenêtre. Entre les deux briques rouges servant d'appui-livres, il y avait ces quelques ouvrages sur le monde juif: le *Moïse* de Freud, le *Protocole des sages de Sion*, *La guerre des Juifs* de Flavius Joseph, le *Kafka par Kafka* de Maurice Blanchot et, par-dessus eux, les œuvres complètes d'Albert Cohen. Leonard a dit: «Tu t'intéresses à la littérature juive?» J'ai dit: «Comme ça, parce qu'il n'y a pas moyen de faire autrement.» Il a dit: «Explique-moi.» J'ai dit: «Il m'arrive de me voir comme juif moi aussi, mais c'est comme à

l'envers parce que pour moi il n'y a jamais eu la diaspora, ni la torture et pas davantage le meurtre. J'ai toujours eu un territoire et je n'ai jamais eu à le défendre vraiment. C'est que je n'ai pas de Dieu, c'est-à-dire qu'il n'y a rien en moi de tout-puissant pour que le territoire puisse être habité. Dans ce sens-là, je suis un exilé moi aussi. Mais je ne suis pas sûr que la Terre promise soit possible.» Il a dit: «Est-ce que tu crois qu'en fondant Israël, les juifs y sont enfin entrés? Depuis qu'ils habitent enfin un territoire, que crois-tu donc qu'ils sont devenus? Les moins bons des hommes, les plus violents et les plus sanguinaires, ceux qui ne vivent que par le mensonge, la corruption et la culpabilité des autres. Ils ont mis fin à l'Histoire, comme si tout s'était retourné et qu'il ne restait plus rien, que l'effroyable ronronnement quotidien des bombes et du sang qui coule.» J'ai dit: «Je te trouve bien sévère.» Il a dit: «Quand on est juif, il n'y a pour soi aucun pardon possible.» J'ai dit: «Le pardon n'est pour personne. Il n'y a jamais de pardon.» Il a levé vers moi sa belle tête frisée, ses yeux noirs ont cligné derrière les épaisses lunettes, et il a dit: «Alors, il n'y a pas de solution.» Il s'est versé un autre verre de vin et il y avait en lui quelque chose de si profondément désespéré que je me suis senti tout à fait incapable d'ajouter un seul mot parce que si je l'avais fait, il me semble que j'aurais eu honte et que ç'aurait été bien suffisant pour que je sois foudroyé sur place.

Leonard a bu son verre de vin, s'est levé, a dit: «Je vous laisse. J'ai des gens à voir. Il va être tard dans la nuit quand je vais revenir.» Il a embrassé Samm sur le front et s'en est allé avec tant de tristesse en lui que, tout le reste de cette journée que j'ai passée dans le petit appartement de la rue Christophe-Colomb, il n'y a plus rien eu de possible, mon corps comme noué, bêtement heureux que la musique ne cesse jamais parce qu'alors, je ne sais pas ce qui serait arrivé entre Samm et moi. J'avais l'impres-

sion d'être un voleur, et bien pire que ça: un usurpateur. Et je ne voulais rien de tel entre Samm et moi, il y avait bien assez que je vivais ainsi avec Judith et nos deux filles sauvages et la maison d'édition et mon téléroman. J'avais, pour la première fois de ma vie, besoin de pureté. C'est pourquoi, enfoncé dans les grands coussins du sofa-lit, je n'ai plus fait qu'écouter la musique, Samm à mon côté, silencieuse et sa main toute mouillée sur la mienne.

J'étais certain que Judith ne serait pas très long-temps sans revenir dans le souterrain. De me surprendre en train de rêvasser au lieu d'écrire les répliques de mon téléroman déclenche automatiquement son acrimonie. Elle dit: «Sais-tu l'heure qu'il est?» Je dis: «Ça ne m'inté-resse pas vraiment de le savoir.» Elle dit: «J'ai envoyé Livia et Plurabelle souper chez ma mère. Comme je suis la seule à m'occuper des ouvriers, j'avais pas le temps de rien préparer. Toi, qu'est-ce que tu veux manger?» Je dis: «Je n'ai pas faim. J'avance difficilement dans le téléro-man et j'en ai encore pour plusieurs heures.» Elle me regarde, sans plus d'acrimonie dans son visage. Elle dit: «C'est vrai que j'oublie parfois que ça doit être un travail de chien. Excuse-moi.» Je dis: «Laisse-moi travailler.» Elle dit: «T'arrêter quelques minutes, ça te ferait du bien. Sais-tu ce que nous allons faire? Je vais aller chercher quelque chose à boire, nous allons nous étendre sur les grands coussins et nous allons jaser bien tranquillement.» Je dis: «Je veux rien savoir des grands coussins. Tout ce que je veux, c'est que tu me laisses travailler.» Elle dit: «Peu importe ce que je te propose, tu n'es jamais d'accord.» Je dis: «Je n'ai pas le temps d'être d'accord. Demain, peut-être.» Elle dit: «Je ne veux pas rester toute seule ce soir. Ça sera tant pis pour toi, mais je crois bien que je vais sortir.» Je dis: «Fais comme tu veux.» Elle dit: «Je pense qu'on ne se comprendra jamais.» Je dis: «Je cherche une

bonne réplique à mettre dans la bouche de l'oncle Phil.»
Elle dit: «C'est ça, cherche-la et cherche-la longtemps.»
Elle me fait une grimace et disparaît dans l'escalier en
spirale. Judith ignore que je sais que depuis que les
travaux sont commencés dans le vieux chalet de Montréal-Nord, elle sort avec l'un des ouvriers et que, tous les
soirs, ils se retrouvent *Chez Mado* à regarder danser des
hommes nus. C'est peut-être bien tout ce qui se passe
mais quand elle devient acrimonieuse contre moi, Judith
parle avec tant d'ardeur sur le sujet, que j'en suis tout
écœuré. Pourtant, elle n'arrête pas depuis quelque temps
de me dire qu'elle m'aime et, tard dans la nuit, de m'offrir
son corps. C'est surtout quand elle revient de *Chez Mado*
et qu'elle est surexcitée à cause de tous les sexes
d'hommes qu'elle y a vus. Je la comprends parce qu'au
fond, je suis pareil à elle. Mais lorsqu'elle est comme ça, je
fais quand même semblant d'être fatigué et je ne lui
donne pas de chance, même si, dans le désespoir de la
cause, sa main s'empare de mon sexe, ou sa bouche.

Comme je ne veux pas y penser, je reviens à la
feuille de papier et au stylo feutre. Depuis que j'écris mon
téléroman, qu'arrive-t-il de ce livre que je compte rédiger
sur James Joyce, et ce grand texte que je me promets
depuis si longtemps sur Émile Zola, et la suite même de
ma romancerie pour que l'imaginaire édifice bancal se
redresse et me donne enfin la satisfaction de la belle
ouvrage accomplie? C'est comme si mes amis se refu-
saient à moi et que, sans même m'en rendre compte, le
souterrain du vieux chalet de Montréal-Nord ne représen-
tait plus que cette énorme fatigue qui me rend impropre à
toute écriture, insatisfait et grognard. Peut-être est-ce pour
cela que j'attends avec tant d'impatience le retour de
Samm: bien plus que l'habitation du rêve, elle constitue
désormais ma seule lectrice possible.

Le téléphone sonne, et c'est Livia qui me demande

si je veux aller les chercher, elle et Plurabelle, chez leur grand-mère. Je dis: «J'arrive tout de suite», et je raccroche, restant là debout près de la grande table de travail, songeant à ce qui va se passer quand je ferai coucher Livia et Plurabelle dans le grand lit et que je m'allongerai entre elles deux afin de leur raconter l'histoire de Samm, du grand corbeau noir juché sur le casque d'ouvrier de son père, de l'hélicoptère s'enfonçant bien loin au-delà des Portes de l'Enfer, à la poursuite de l'orignal sacré. Je ne sais pas encore comment l'histoire va se terminer, mais peut-être Livia et Plurabelle s'endormiront-elles avant la fin, reportant à demain la solution de l'énigme avec l'arrivée inespérée de Samm, toute bronzée, et cette fleur sauvage dans les cheveux, et sa bouche pulpeuse qui s'offre, et son corps enfin réconcilié, sans culpabilité et sans angoisse. Alors comme nous nous aimerons et comme il n'y aura plus enfin que de la folie très joyeuse!

15

. . . .

. . . . elle dit:
Depuis mon retour d'Haïti, c'est Leonard qui m'inquiète.
Il passe de moins en moins de temps dans notre petit
appartement de la rue Christophe-Colomb sous le prétexte qu'il doit se trouver de l'ouvrage. Mais moi je sais
bien que ce n'est pas pour ça qu'il est si sombre et si triste:
il s'ennuie de l'image qu'il avait de moi quand j'étais
malheureuse et qu'il passait toutes ses nuits à me consoler, dans cette pudeur et cette retenue qui ne lui rappor-
taient rien, sinon cette faille qui s'est ouverte en lui et qui,
depuis, se creuse sans discontinuer. C'était assez terrible
à l'aéroport quand Abel nous a fait à tous les deux la
surprise de venir. C'était assez terrible parce que si
Leonard n'a pas manifesté sa déception, je le connais
assez bien pour savoir qu'il était malheureux comme un
chien. Il n'a rien dit, a laissé Abel me tenir le bras alors que
nous enfilions la série de corridors menant au garage
souterrain. Quand Abel a parlé de nous emmener à *La
Pampa*, Leonard a dit: «On se retrouvera alors à l'appartement.» J'ai dit: «Mais pourquoi, Leonard?» Il a dit:
«Parce que je n'ai pas faim, que les restaurants m'en-
nuient et que je suis fatigué.» J'ai dit: «Fais-le pour moi,
Leonard.» Il a dit: «Lui aussi, il le fait pour toi. C'est bien
assez, je suppose.» J'ai dit: «Mais qu'est-ce que tu vas
imaginer?» Il a dit: «Je veux juste que tu sois heureuse, et

je suis content que tu le sois. C'est tout.»

Abel écoutait tout cela en silence, les mains comme rivées au volant, ses petits yeux verts fixés sur le rétroviseur. Plusieurs fois, il est venu pour dire quelque chose, mais les mots ne voulaient pas sortir. Il devait être aussi malheureux que nous, coincé dans ce silence qui ne fut plus rompu une seule fois tout le temps que ça nous a pris pour revenir de Mirabel. Quand il a stationné la vieille station-wagon devant l'appartement de la rue Christophe-Colomb, Abel s'est retourné vers nous et a dit: «Leonard a raison, je n'ai pas d'affaire ici.» Leonard a dit: «Ce n'est pas de ça qu'il s'agit.» Abel a dit: «De quoi il s'agit, ça je ne veux pas le savoir. C'est mieux que je vous laisse tous les deux ici.» J'ai dit: «Mais ça n'a pas de sens.» Il a dit: «Peut-être, mais c'est aussi bien comme ça. Je te téléphonerai demain.»

C'était si absurde que je ne trouvai rien de mieux à faire que de refuser de sortir de la vieille station-wagon. Alors Abel a poussé la portière, est descendu et nous a laissés là, Leonard et moi. À grands pas, il s'est mis à marcher dans la rue Christophe-Colomb, en direction de Beaubien. J'ai dit à Leonard: «Il faut que tu le ramènes.» Il ne m'a pas répondu, est sorti de la voiture et, quatre à quatre, a grimpé les marches conduisant à l'appartement. Moi je suis devenue comme folle, et je ne savais plus après qui courir, allant de l'un à l'autre, revenant sur mes pas, comme une bête blessée qui ne peut plus s'empêcher de tourner en rond. Puis je me suis assise dans les marches, et il n'y avait plus rien d'autre que je pouvais faire, sinon pleurer. C'est Leonard qui, le premier, est venu me rejoindre. Il s'est assis à côté de moi, m'a caressé les cheveux du bout de son nez et a dit: «Excuse-moi. Je ne sais pas ce qui m'est arrivé. Au fond, Abel je l'aime bien, il me ressemble tellement tout en étant tellement différent. Je crois bien que c'était de la jalousie et, pour

n'importe quel homme, c'est un sentiment indigne qui ne devrait même pas être possible.» J'ai dit: «Tu m'aimes tant que ça?» Il a dit: «Essayons de retrouver Abel.»

Alors nous nous sommes mis à courir dans la rue Christophe-Colomb et quand nous l'avons vu, sous ce lampadaire, en train de vomir, nous nous sommes sentis, Leonard et moi, d'une telle impudeur que nous sommes revenus à l'appartement, incapables de faire autre chose que de nous jeter l'un à côté de l'autre sur le grand sofa-lit, le silence impuissant même à nous abriller. Lorsque c'est devenu absolument intolérable, Leonard a dit: «Pendant que tu étais partie, il est venu plusieurs fois ici. Il m'a emprunté tous les livres juifs que j'avais, m'a demandé d'écouter de la musique avec lui et, aussi, de lui parler de mon travail au cinéma. Je ne savais pas pourquoi il faisait tout ça. C'est seulement à l'aéroport que j'ai compris.» J'ai dit: «De quoi veux-tu parler?» Il a dit: «Il t'aime tellement qu'il est prêt à ne plus être ce qu'il est pour que ça soit possible. Il deviendrait juif s'il le fallait.» J'ai dit: «C'est peut-être qu'il t'aime aussi, et pas seulement moi.» Il a dit: «Ce qu'il aime en moi, c'est tout ce que jamais je ne serai de lui.» J'ai dit: «Pourquoi est-ce si difficile, Leonard?» Il a dit: «Parce que la terre tourne et que la maison juive ne passe pas souvent par ici.» J'ai dit: «Je t'aime, Leonard.» Il a dit: «Pardonne-moi, Samm. Pardonne-moi même si le pardon n'a pas de sens.» Et il m'a tourné le dos, et il s'est mis à pleurer, la tête enfouie dans un gros coussin.

Quand Abel est revenu le lendemain, Leonard a été très chaleureux, préparant même ce repas juif, ce qu'il n'avait encore jamais fait pour lui et pour moi, même si nous habitons ensemble depuis plusieurs mois. Lui et Abel étaient très joyeux, ont passé toute la soirée à discuter du sionisme et de la littérature juive, comme s'ils avaient été deux frères se retrouvant après une longue

absence. Et, toutes les fois que nous nous revoyons tous les trois, ça ne se passe jamais différemment, et ça me rend très inquiète, par rapport à ce que Leonard a dit d'Abel, qu'il deviendrait juif s'il le fallait. Quand je lui ai raconté ça, Abel a dit: «On n'a pas à devenir ce qu'on est déjà, mais à l'abolir. C'est ce que Leonard ne comprend pas. Aussi est-il mal pris, non avec lui-même mais avec les autres.» J'ai dit: «Ça se passe autrement pour toi?» Il a dit: «Même si je ne veux pas, il faut que ça se passe autrement. Sinon, la vie qui n'a peut-être pas grand sens déjà deviendrait une abominable perdition de tout.» J'ai dit: «Je trouve que tu parles comme Leonard.» Il a dit: «Bien sûr, puisque la vraie séduction s'appelle Leonard.» J'ai dit: «Je ne sais pas parler de ces choses-là.» Il a dit: «Moi non plus, mais je tiens trop à toi pour ne pas chercher à savoir de quoi elles sont faites.»

Il y a eu ce long silence alors qu'assis l'un à côté de l'autre sur le sofa-lit, nous buvions un scotch tout en écoutant la musique aérienne d'Erik Satie. Puis Abel a dit: «Même si c'est impossible, je voudrais qu'on oublie Leonard un petit moment. Je voudrais que le rêve ne tourne pas en rond.» J'ai dit: «À quoi fais-tu allusion?» Il a dit, après un sourire et un clignement d'œil: «Au plaisir qu'il y aurait de ne plus être tout à fait nous autres parce que nous le serions trop. Au plaisir qu'il y aurait, ne serait-ce qu'une heure, à vivre dans la folie enfin joyeuse. Est-ce que tu viendrais avec moi jusque-là?» J'ai dit: «À quoi songes-tu?» Il a dit: «Sais-tu comment s'habillaient les Montagnaises de la Pointe-Bleue?» J'ai dit: «Non, mais pourquoi voudrais-tu que je sache ça?» Il a dit: «Tu as jusqu'à demain pour l'apprendre parce qu'en fin de journée je viendrai te chercher et qu'il faudrait bien que le rêve y soit aussi.» J'ai dit: «Je pense que tu es fou.» Il a dit: «Ça serait une bonne idée, oui.»

Il m'a embrassée sur le front et s'en est allé, content de

l'émerveillement qu'il avait mis en moi, tout autant que la peur qui ne m'a pas quittée depuis, même si j'ai réussi à obtenir, du régisseur du téléroman qu'il écrit, un vieux costume de Montagnaise auquel je n'ai ajouté que cet étroit bandeau qui me traverse le front et se perd dans mes cheveux. Leonard m'a dit: «Tu as l'air de Katherine Tékakouita. En tout cas, comme dans le livre d'elle qu'a écrit Leonard Cohen.» Puis, tout de suite après, il s'en est allé, me laissant seule pour attendre ce que je ne sais pas qui pourrait arriver.

Je me regarde dans le miroir de la salle de bains, et, par-delà le déguisement, ce que je retrouve de moi, c'est cette jeune femme inconnue qui attend le retour de son père, afin qu'il la prenne dans ses bras et lui dise que, malgré tout, il l'aime et ne peut pas se passer d'elle, même quand les Portes de l'Enfer, pareilles aux serres de l'aigle noir, se referment sur lui. C'est peut-être la dernière chance que j'ai de ne plus rêver pour rien. En tout cas, c'est ce que le miroir me dit, lui qui aimerait me ramener les sourcils-corbeaux pour que je m'y perde et tout le reste avec.

Quelques heures passent ainsi, dans l'énervement qui me gagne parce que si je ne sais pas comment ça va se jouer, je suis toutefois certaine que, cette fois-ci, tout va survenir, et que ça sera sans rémission. Aussi, lorsque la sonnette de la porte se fait entendre, je ne peux qu'y courir, espérant qu'Abel me prenne dans ses bras et me serre très fort contre lui. À sa place, il y a ce chauffeur en livrée qui me tend une gerbe de roses et me dit: «Monsieur fait dire à Madame qu'il y a la voiture de Madame qui l'attend en bas.» Je jette la gerbe de roses sur le sofa-lit et descends l'escalier derrière le chauffeur en livrée. Il m'ouvre la portière de cette rutilante Rolls-Royce qui est stationnée devant l'appartement de la rue Christophe-Colomb et m'invite à y monter. Abel m'y attend,

sur la banquette arrière. Il est habillé de ce tuxedo étrange, avec les gants de chevreau et le chapeau melon. Il dit: «Samm est resplendissante ce soir.» Il me tend la main, et je m'installe à côté de lui tandis que le chauffeur en livrée fait démarrer la voiture. Pendant ce temps, Abel, par la fenêtre ouverte, lance des bonbons aux enfants qui entourent la voiture. Je dis: «De quoi s'agit-il?» Il dit: «Ce n'est rien de plus que cette joyeuse folie dont je te parlais. Et ça ne peut pas commencer autrement que par un verre. Que te serait-il agréable que je t'offre?» Il me montre le bar qu'il y a dans la voiture, à côté de ce minuscule téléviseur qui diffuse un épisode de son téléroman. Je dis: «Je comprends rien à cette mise en scène.» Il dit: «Les actrices n'ont pas à comprendre ça. Elles n'ont qu'à le vivre, comme tout le reste et comme tous les autres.» Il enlève ses gants de chevreau, me sert à boire. Il dit: «Tu es Montagnaise et, à cause de ça, tu dois subir l'opprobe de l'homme blanc, c'est-à-dire la seule valeur qui tienne vraiment compte de ce qu'il est: sa richesse. C'est déjà un début d'explication pour le chauffeur en livrée et la Rolls-Royce. La suite viendra à son heure.» Je dis: «Je ne sais pas tellement acter.» Il dit: «Pour bien acter, ce n'est jamais une question de moyens mais de désespoir. Aussi serions-nous mieux de boire tout simplement. De toute façon, le chauffeur connaît la route et nous, pour le moment, nous n'avons qu'à regarder.»

La rutilante Rolls-Royce roule lentement dans la rue Christophe-Colomb, en direction du centre-ville qu'elle traverse avant de bifurquer vers l'est et de s'engager sur le pont Jacques-Cartier. Abel dit: «C'est la pauvreté au travers de laquelle nous venons de passer, tous ces gens enfoncés jusqu'aux oreilles dans le méprisable du quotidien quand il n'a rien à jouer, et surtout pas lui-même. Hier, nous étions pareils à tout ce que nous voyons ici, ce troupeau qui court dans les rues, ce troupeau qui mange

dans les snack-bars, ce troupeau qui fait mal l'amour dans de misérables chambres humides, ce troupeau qui regarde la télévision en buvant de la bière, ce troupeau qui, parce qu'il va voter une fois tous les quatre ans, s'imagine qu'il n'est pas conduit mais se conduit lui-même, sans rien soupçonner de la démagogie puisqu'il ne vit que d'elle et en meurt, encore content de pouvoir y arriver. Regarde tous ces gratte-ciel qui se dressent, pareils à des phallus d'homme blanc. On dirait la mort quand elle s'encabane, on dirait la mort quand elle veut s'oublier à tout prix et qu'elle ne devient plus que le simulacre du travail, du plaisir et de la joie. Un jour, mon père m'a emmené chez un éleveur de poules, et c'est comme ce que nous voyons maintenant: les poules vivaient dans des gratte-ciel, entassées par groupes de cinq dans de petites cages qui se superposaient les unes par-dessus les autres, et dans lesquelles elles avaient peine à bouger, toutes déplumées et obèses parce que c'est tout ce qu'on leur permettait, de manger et de produire, jusqu'à l'écœurement ultime du corps. Mon père a acheté quelques-unes de ces poules-là et elles n'ont jamais appris à picorer la terre, pas plus à se jucher et pas davantage à se servir de leurs pattes. Elles avaient tout désappris, comme le troupeau au travers duquel nous venons de passer.»

La rutilante Rolls-Royce s'est arrêtée sur l'accotement de la route, le long du fleuve, face à Montréal pareille à un gigantesque jeu de lumières. Abel pousse la portière, descend et m'invite à en faire autant. Debout l'un à côté de l'autre, nous regardons les grands navires amarrés aux quais, de même que le pont Jacques-Cartier dont la silhouette de métal tordu se découpe dans le ciel, ouvrant la route vers ces énormes bâtiments bariolés où il y a tant de mort mais sans que jamais rien ne s'y apprivoise dedans. Je dis: «Pourquoi est-ce que tu veux que je voie tout ça?» Il dit: «Parce qu'à l'origine il y avait

de longues cabanes à la place de cette mascarade et que lorsque Champlain y est venu, les femmes rouges, nombreuses et nues, ont appris le plaisir à l'homme blanc. Elles s'y sont perdues, en pure perte parce que lui ne venait pas pour ça: il ne venait ici que pour continuer à désapprendre.» Je dis: «C'est trop compliqué pour moi.» Il dit: «Ça l'est pour tous étant donné que ça ne fait que proliférer, mais sans la profondeur des femmes rouges.»

Nous remontons dans la rutilante Rolls-Royce qui démarre aussitôt en direction du pont Victoria. Je regarde Abel en train de préparer deux nouveaux verres de scotch. C'est comme si j'étais en train d'acter dans un téléroman et qu'il n'y avait pas de texte et pas de régisseur pour me dire quoi faire. Je me sens perdue, filoutée, avec ce besoin pressant qui me vient de serrer les cuisses comme si cela seul pouvait assurer ma protection. Pendant ce temps, le système de son de la voiture diffuse le *Don Quixotte* de Richard Strauss, et ça ne fait que raviver ma peur parce que je me souviens de cette image qu'il y avait sur la pochette du disque que Leonard a acheté, ce cheval maléfique monté par ce chevalier affreusement osseux et dont seule la lance, bien tenue, disait toute la menace. Je dis: «Je voudrais rentrer à la maison.» Il dit: «Dans une pièce en un acte, les acteurs ne peuvent plus rentrer chez eux à partir du moment où se sont mis à jouer.» Je dis: «Mais je ne joue pas.» Il dit: «Peut-être, mais ça se joue et ça revient au même.»

Nous avons passé le pont Victoria et nous nous engageons sur cette route qui ceinture le Mont-Royal. Partout, ce ne sont plus que de riches maisons, avec de belles voitures devant, et de grands arbres bien taillés, et des lampadaires que l'on dirait que cela a poussé dedans parce que la lumière vient d'eux, jaillissant de sous les feuilles pour que tout soit comme feutré et inoffensif. Dans le système de son, les violons se déchirent, faisant

se déchaîner le romantisme dans sa meurtrière ironie. Abel sourit. Il dit: «Tantôt, c'était le troupeau, et ici il n'y a plus que ce qui se joue vraiment, la richesse. Regarde la maison des Bronfman, et celle des Brillant, et celle des Steinberg. Dedans, on peut y retrouver les originaux du Groupe des douze de Napoléon Bourassa, et bien d'autres choses, notamment la dernière chemise de Napoléon, tachée de son sang, sous une cloche de verre. Mais là-dedans, il n'y a rien de la femme rouge: elle n'a donné que le plaisir, et ça ne laisse jamais de trace nulle part.» Il boit une gorgée de scotch et ajoute: «Tu vois, c'est ce qu'il faudrait montrer au troupeau, que tout ce qu'il produit et qui finit par le faire mourir, ne peut qu'aboutir ici, dans le malentendu, c'est-à-dire la fausseté, celle qui tue même jusqu'au souvenir de l'origine.»

La rutilante Rolls-Royce a laissé la route, s'enfonçant sous cette allée de longs érables qui mène à cette superbe maison tout illuminée et dont le grand escalier de pierres se perd dans le foisonnement du lierre fleuri. En bas, il y a cette fontaine dont les jets proviennent de tous ces petits anges qui pissent l'eau par leurs bouches et par leurs sexes. Je dis: «Où m'emmènes-tu, Abel?» Il dit: «Là où peut-être la joyeuse folie sera possible.» Il a remis ses gants de chevreau, a ajusté comme il faut son chapeau melon et attend que le chauffeur en livrée vienne ouvrir la portière pour que nous puissions sortir de la voiture. Quand c'est fait, il me donne le bras, et nous nous mettons à monter les marches du grand escalier de pierres. Je dis: «Je voudrais savoir.» Il dit: «Tout est là, et ça se sait depuis les commencements.»

Il n'a pas besoin d'appuyer sur la sonnette qu'un domestique, en livrée lui aussi, vient ouvrir. Il veut prendre le chapeau melon d'Abel pour le suspendre à la patère qu'il y a dans l'entrée, mais ça lui est refusé. Il dit: «Comme vous voudrez, Monsieur.» Et il ajoute, allon-

geant le bras vers l'intérieur: «Tout est prêt. Monsieur devrait être satisfait.» Nous le suivons dans cette grande maison absolument vide: il n'y a pas de meubles ni de draperies aux fenêtres, seulement cet éclairage tamisé qui donne l'impression que si on est quelque part, tout cela ne peut que fuir devant soi, comme ce domestique chargé sans doute de nous étourdir, parce qu'il n'arrête pas de courir, ouvrant des portes derrière lesquelles on ne retrouve encore que le vide, nous faisant monter et descendre des escaliers. Ce n'est jamais la même chose et c'est pourtant tout le temps pareil, comme une course éperdue dans un château désaffecté dont les murs suinteraient l'angoisse et la peur. Je dis: «J'aimerais mieux que nous ne restions pas ici. Je ne me sens pas bien.» Il dit: «C'est pourtant dans des situations comme celle-ci que les bons acteurs se font valoir.» Je dis: «À quoi joues-tu exactement?» Il dit: «Moi je ne joue pas, ce n'est pas là ma fonction. Il n'y a pas de jeu dans l'écriture, que des mots qui s'alignent les uns après les autres et qui attendent qu'on veuille bien les sortir de leurs limbes.»

Je ne comprends absolument rien à ce qu'il me raconte et tout me paraît tellement faux tout à coup, comme dans l'histoire d'Alice quand elle se perd dans le château, que je voudrais fuir pour ne pas voir le grand lapin sortant la grosse montre dorée de sa poche afin que surviennent les monstres reptiliens et verdâtres. Abel m'a pris la main, me montre les grandes portes dorées qu'il y a devant nous. Il dit: «Au-delà, on ne sait pas encore ce qui peut arriver. Est-ce que tu veux toujours m'y accompagner?» Je dis: «De ça, je ne suis pas certaine.» Il dit: «La certitude n'existe pas. Sinon, pourquoi nous faudrait-il franchir les Portes de l'Enfer?» Et souriant et clignant de l'œil, il ajoute: «Il n'y aura pas de corbeau, ça je te le promets. Mais avant, il faut que nous laissions nos souliers ici.»

Il se penche, délace les siens qu'il ôte et remet au domestique en livrée qui les suspend à ce crochet qu'il y a près des grandes portes dorées. Comme je ne bouge pas, il s'agenouille devant moi et me retire les miens sans que je réagisse, trop de choses confuses m'emplissant la tête. Il dit: «Tout théâtre est un cérémonial et, parfois, quand c'est bien mené, c'est rien que la vie qu'on retrouve dedans.»

Je voudrais répondre quelque chose mais le domestique en livrée ne m'en laisse pas le temps et, brutalement, ouvre les grandes portes dorées. Nous sommes devant une grande salle toute vide, sauf pour la table luxueuse qui est au milieu, avec un fauteuil à chaque extrémité. Abel dit: «Assoyons-nous. Nous sommes venus pour ça.» Le domestique en livrée tire le fauteuil et je m'y laisse tomber tandis qu'Abel s'assoit à l'autre bout, son chapeau melon sur la tête et ses gants de chevreau lui recouvrant les mains. Tout me semble tellement irréel que j'éclate de rire. Abel dit: «C'est à cause de mon chapeau sans doute? Est-ce qu'il te fait penser à quelque chose? À un casque d'ouvrier peut-être?» Je dis: «Pourquoi parles-tu de ça?» Il dit: «Parce que ça sera bientôt l'heure.»

Le domestique en livrée est disparu et je ne m'en suis même pas rendu compte. Après les souliers que nous avons enlevés pour franchir les Portes de l'Enfer, et cette allusion au casque d'ouvrier de mon père, je ne suis plus qu'anxiété, comme quand il revenait de la chasse, s'assoyant à la table, la bouteille d'alcool devant lui, et Mam qui se montait déjà, cherchant la chicane et sûre d'y arriver. «Je dis: «Ne restons pas ici. Je t'en prie: ne restons pas ici.» Il dit: «Nous y sommes, il le faut bien.» Il a enlevé ses gants de chevreau et, par trois fois, tape dans ses mains. Alors l'extrémité de la salle qui était restée dans l'ombre s'éclaire totalement et il y a là, assis sur des

chaises, une flopée de musiciens qui se mettent aussitôt à jouer la *Cinquième symphonie* de Beethoven. En même temps, Abel tape de nouveau dans ses mains et de partout sortent ces domestiques habillés à la japonaise, qui s'amènent vers nous, les bras chargés de toutes sortes de choses qu'ils mettent sur la table, ce chandelier à six branches qu'ils allument, ces plats et ces assiettes qu'ils disposent devant nous avec, comme une poudrée savamment orchestrée, tous ces petits pots de fleurs aux couleurs chatoyantes qui composent une manière de jardin luxuriant et chaud. Et puis, il y a tous ces mets que l'on apporte, que l'on organise sur la table en disant ces mots étranges, jamais entendus, et qu'Abel demande que l'on répète: il y a le Yakitori, le Sunamono, le Nuta, le Nanbanzuke, le Sashimi, le Tataki, le Chawanmushi et le Tsukune. Abel dit: «J'aurais préféré un repas amérindien, parce qu'alors tout le rouge aurait eu sa place, mais j'ai pensé finalement qu'il valait mieux mettre ensemble ce que l'Occident et l'Orient ont produit de meilleur, la musique pour l'un et la nourriture pour l'autre. Nous, nous ne sommes encore nulle part, sinon dans la tragédie quand elle ne sait pas encore se reconnaître comme comédie. C'est pourquoi tu es habillée en Montagnaise et que moi je porte ce tuxedo. Dans le monde des symboles, il ne faut rien sacrifier à la magie.»

Les domestiques habillés à la japonaise sont comme des papillons multicolores qui virevoltent autour de nous, mettant dans nos assiettes toute cette nourriture à laquelle je ne touche pas vraiment parce que j'ai peur et que le cœur me lève. Lui, il s'empiffre et boit tout le champagne qu'on lui verse, pareil à un ogre. Les musiciens ont attaqué le troisième mouvement de la symphonie de Beethoven, et c'est comme de grands éclats de désespoir partout. Je dis: «Il faut que je m'en aille, je ne peux plus rester ici.» Il dit: «Bois au moins un peu de champagne pour que la

femme rouge puisse remonter en toi et que l'homme blanc que je suis ne devienne pas tout à fait dérisoire.»

Il sourit et cligne de l'œil. Alors je me sens tellement menacée que j'avale la flûte de champagne qu'il y a devant moi, et en redemande. Sans doute ne fais-je que me dépêtrer d'un mauvais rêve alors que les corbeaux de l'orchestre craillent et que Mam, brandissant un rouleau à pâte à bout de bras, poursuit mon père autour de la table de la cuisine. La tête me tourne et même *lui*, je ne le reconnais plus quand il me regarde. Il a remis ses gants de chevreau, redressé son chapeau melon, s'est levé et vient vers moi. Il n'y a plus de musique et plus de domestiques habillés à la japonaise. Il me met la main sur l'épaule et dit: «C'est l'heure maintenant. On ne peut plus passer à côté.» Il me prend le bras et, malgré moi, je me lève, prête à le suivre encore. Nous traversons ce long corridor déserté au bout duquel s'ouvrent d'elles-mêmes deux autres grandes portes dorées. Nous entrons dans une chambre, toute nue encore, avec seulement au beau milieu cet énorme lit à baldaquin qui, à cause de l'éclairage diffus, n'en paraît encore que plus impressionnant. Il m'y entraîne. Il dit: «Ici, il n'y a plus moyen de tricher. C'est ou bien à la vie ou bien à la mort.» Alors c'est comme si je comprenais tout enfin et je m'agrippe au gros poteau du lit pour ne pas tomber. Il dit: «Tu n'as pas à avoir peur de moi. Je veux seulement que l'on s'allonge l'un à côté de l'autre, et mettre ma main sur ton ventre, sans plus rien d'hostile. Et dormir, et dormir, tout le temps qu'il faudra.» Comme je me retiens toujours des deux mains au gros poteau du lit, il ajoute: «Vois-tu, il n'y a jamais rien eu d'autre dans le théâtre, qu'une prodigieuse séduction. Et ce qui séduit est terriblement vulnérable, avec beaucoup de solitude dedans.» Il m'enlève les mains de sur le gros poteau, et nous nous retrouvons aussitôt l'un à côté de l'autre dans le grand lit à baldaquin qui sent

le muguet. Je n'ose pas le regarder, à cause du chapeau melon qu'il a sur la tête et des gants de chevreau qui recouvrent ses mains. Je dis: «Ne me fais pas de mal, il ne faut pas que tu me fasses de mal.» Il dit: «Dors, Samm. Il n'arrivera rien que la nuit.» Je dis: «Mets ta main sur mon ventre.» Il dit: «Ferme les yeux et elle va y être tout de suite.» Je dis: «Dans le gant de chevreau?» Il dit: «C'est très doux et c'est apaisant, même par-dessus ta robe de Montagnaise.»

Je m'en veux de toute cette méfiance qui ne m'a pas quittée depuis que la rutilante Rolls-Royce est venue me prendre devant l'appartement de la rue Christophe-Colomb, et je comprends enfin tout ce qu'il y a dans cette énorme dépense d'argent qu'il a faite pour moi. Quand je le lui avoue, il dit: «Ce n'est rien. Quelques heures à ne pas vivre ce que vit le troupeau, ne crois-tu pas que c'est déjà une justification? De toute façon, demain sera là bien assez vite, qui nous fera revenir au troupeau, à ce qu'il y a de méprisable dans le quotidien quand il n'a rien à jouer. Dors, parce que nous en sommes là maintenant.» Je laisse ma tête rouler contre son épaule et, à cause de sa main sur mon ventre, il y a tant de calme en moi que je m'endors aussitôt. Mon père n'est pas mort au-delà des Portes de l'Enfer, dans les vertes collines de chasse de la Sagamie. Il repose à mes côtés, dans toute la tendresse de son gant de chevreau. Rien de plus que cette douceur, qui détend tout mon corps et me fait sombrer, sans maléfice enfin, dans le sommeil profond. Je dis: «Je t'aime, si tu savais comme ç'a été long avant que je puisse te le redire!»

Et puis, brusquement, il y a tout ce feu dans mon corps, comme si j'étais écrasée sous une montagne, avec ces grosses pierres qui volent de partout et viennent choir entre mes cuisses, là où tout le mal entre en moi, par grands coups désespérés. J'ouvre les yeux et tout ce que

je vois, c'est ce chapeau melon et ces mains gantées de chevreau qui me retiennent les poignets. Je dis: «Pa, ça me brûle entre les cuisses.» Il dit: «Si tu as peur du corbeau, je peux le tuer si tu veux.» Je dis: «Je ne veux pas que tu meures, Pa.» Il dit: «Personne ne va mourir, je t'aime trop pour ça.» Mais ça me fait si mal, même dans mon ventre, que je me débats et que je lutte, ma bouche pleine de neige, mes jambes comme des fouets. Il pousse un cri et il n'y a tout à coup plus rien dans mon ventre, que cette chaleur qui, brusquement, le recouvre. J'y mets la main, croyant y retrouver la sienne, mais il n'y a, sous mes doigts, que ce petit lac gluant et tiède. Je dis: «Ne me tue pas, Pa.» Il dit: «Demain, je t'emmènerai dans les vertes collines de chasse, et nous ferons la paix avec le grand orignal sacré. Dors maintenant. Le matin, c'est plus facile quand on dort bien.»

16

. . . . il écrit:
Ce que je dis au soleil, c'est: mange-moi car je ne suis plus
rien de ce que je croyais être, qu'un corps nu allongé sur
la pelouse devant ce chalet de Saint-Octave-sur-Mer où
mes filles sauvages, dans les grands hamacs tendus entre
les épinettes, s'amusent comme si elles étaient au Parc
Belmont, changeant à tout moment de manège parce
qu'elles savent que je suis là, pas mieux que mort mais là
pareil, car l'épuisement est tel que même les abeilles
nombreuses qui nous entourent ne viennent pas jusqu'ici:
sans doute ont-elles peur qu'en me piquant, il ne reste
plus rien de moi, qu'une chair hostile dans laquelle leurs
dards ne feraient que s'émousser pour rien. Ce que les
abeilles ont compris, c'est que je ne peux pas être tué
étant donné que ça ne servirait pas à grand-chose, qu'il
n'y aurait là-dedans aucune victoire et pas plus de défaite,
mais que la terreur quand elle ne sait plus disposer
d'elle-même. Aussi, je peux donc continuer à être mangé
par le soleil, puisque c'est tout ce qu'il attend de moi et
que c'est tout ce que j'attends de lui, que je sois brûlé,
rouge comme un homard et tout juste bon à m'endormir,
le corps en feu, la tête pleine de rêves troubles.

Quand mes filles sauvages me réveillent parce qu'elles veulent jouer avec moi, je me fais violence, essayant
d'être à la hauteur comme quand j'étais pour elles un vrai

géniteur et qu'il n'y avait pas de cesse dans l'amusement, tout devenant prétexte pour que je me retrouve bien avec elles dans la simplicité de la joyeuseté. Mais maintenant, j'ai du mal à me rendre jusque-là et j'en éprouve beaucoup de peine: après tout, il ne nous reste plus que deux semaines à vivre à Saint-Octave-sur-Mer et tout, après, risque de redevenir si affreux qu'il faudrait au moins jouir totalement de ces rares moments. Judith, pourtant, n'arrête pas de donner l'exemple: il y a longtemps que je ne l'ai pas vue aussi joyeuse et aussi sereine, avec cette tendresse que je ne lui connaissais pas, qui fait basculer très loin derrière nous l'année terrible que nous venons de traverser. N'est-ce qu'un mirage, venu du dépaysement dans lequel nous sommes depuis que nous habitons Saint-Octave-sur-Mer? N'est-ce pour elle que le refus de voir ce que je suis devenu, avec bien peu de possibilité d'en réchapper?

Tous les matins, quand il fait beau comme aujourd'hui, elle vient me rejoindre sur la pelouse tandis que nos filles sauvages s'amusent avec les chats dans les grands hamacs. Allongée toute nue sur le ventre, elle me regarde lire et, pour la première fois depuis longtemps, il n'y a pas de fâcherie ni dans ses yeux ni dans sa voix. Elle s'intéresse même à ma lecture, me demande de lui raconter *Mangeclous* et *Belle du Seigneur* que, malgré la volonté de Samm, je ne lui ai pas encore retournés, gardant pour moi Albert Cohen, comme si ce n'était plus que la seule façon que j'avais d'être encore avec elle. Après cette soirée folle avec la Rolls-Royce, la grande maison, les musiciens qui jouaient la *Cinquième symphonie* de Beethoven, le repas japonais et le grand lit à baldaquin où je l'ai désastreusement forcée dans son sommeil, elle n'a plus jamais voulu me revoir, horrifiée par ce que je lui avais fait, au point même de refuser ce petit rôle écrit spécialement pour elle dans mon téléro-

man. Alors tout m'est tombé sur la tête et mon amour de Samm m'a fait chavirer absolument: il ne pouvait plus y avoir qu'elle, et elle n'était pas là, et elle ne serait plus jamais là. Ma folie d'elle est devenue sans limites et, à cause d'une scène mal rendue dans mon téléroman, je me suis pris aux cheveux avec Eugène Galarneau, moi si excédé, moi si malheureux, que je me suis saisi de ce cendrier qu'il y avait sur le bureau et que je suis venu pour le frapper avec. Heureusement que le régisseur était là aussi et qu'il m'a enlevé le cendrier de la main, car sinon il n'y aurait plus eu sur la moquette que ce jaillissement de sang noir. Après, nous nous sommes tous retrouvés dans les bureaux de la haute direction de Radio-Canada et la décision finale ne s'est pas faite attendre: mon téléroman a pris fin avec la dernière émission de la saison, et je me retrouve avec plus rien devant moi, sauf l'énormité des factures d'imprimerie que j'ai faites pour la maison d'édition sous la garantie de mon contrat de téléroman.

Évidemment, Judith ne sait encore rien de tout ça. Elle s'imagine que tout va pour le mieux dans le meilleur des mondes, à cause des cotes d'écoute qui étaient très favorables au téléroman. Et je ne sais pas comment lui apprendre, de peur de déclencher chez elle cette acrimonie qui, dans l'état où je me trouve, ne ferait que me rendre odieux. C'est pourquoi je m'obstine à faire le mort, prétextant de ma grande fatigue pour ne plus faire que des choses très simples, aller cueillir des fraises et des framboises avec mes deux filles sauvages à qui j'apprends à faire de la confiture, ou bien nous retrouver tous ensemble sur la plage, creusant le sable mouillé afin de construire tous ces châteaux que les vagues, à marée haute, démoliront d'un seul coup de griffe. Et je lis Albert Cohen, et tout ce que j'essaie de retrouver entre les lignes, c'est le corps de Samm avant que je ne lui

devienne hostile, c'est le corps de Samm avant qu'il ne se refuse à moi, c'est le corps de Samm avant que je ne le force, c'est le corps de Samm avant que je ne le perde. Mais c'est comme le sable du fleuve, ça me coule entre les doigts et c'est d'une souffrance que je ne sais pas encore pendant combien de temps je vais retenir. Il m'arrive de rêver que je me munis d'un grand couteau de cuisine et qu'au beau milieu de la nuit, je fais irruption dans la chambre de nos filles sauvages et que, devant elles dont les tumeurs mangent le visage, je me mets à frapper, non sur leurs corps mais sur moi, à coups violents et profonds. Alors je me réveille et je pleure et j'ai peur et je me sens pareil à une innommable souillure, angoissé à mort par ce qui m'est révélé de moi et contre lequel je n'ai plus la lâcheté de lutter.

Mange-moi, mange-moi tout le temps et saffrement. C'est encore tout ce que je trouve à dire au soleil, mon corps se déplaçant sur la pelouse pour le suivre sans rien manquer de lui. J'ai laissé tomber les œuvres complètes d'Albert Cohen dans l'herbe. Une fourmi y est grimpée aussitôt et court sur les pages. Peut-être veut-elle s'approprier quelques mots afin de les emporter dans la fourmilière pour que toutes, là-bas, sachent que la vie est ailleurs, dans ce qui s'engrange et s'organise, même dans le quotidien sauvage mais policé. Judith allonge les jambes et dit: «J'aimerais que ce soir on célèbre quelque chose, n'importe quoi.» Je dis: «Tu parles de ton amie de Petite-Matane, de tous ces cousins et cousines qui la suivent comme une portée de chats?» Elle dit: «On leur doit bien ça, non?» Je dis: «Tu sais bien que je suis d'accord.» Elle dit: «Je vais aller leur téléphoner chez le voisin.» Je dis: «Je t'aiderai. Pour le repas et pour le reste, je t'aiderai.» Elle dit: «Merci, Abel.» Elle se lève et je la regarde qui, toute nue, se dirige, vers le chalet. Son corps fragile de femme, cette maigreur qu'il y a dedans. Je dis: «Judith.»

Elle s'arrête, se tourne vers moi, me montrant ses petits seins: «Quoi, Abel?» Je dis: «Je trouve que tu es belle.» Elle dit: «Un homme nu, c'est beau aussi.» Elle me sourit, cligne de l'œil et entre dans le chalet. Nos filles sauvages barbotent le long de la plage, à la recherche de coquillages, leurs chats les suivant pas à pas comme s'ils étaient de petits chiens. Peut-être est-ce cela la vraie vie, quand il n'y a qu'un paysage et toute l'aménité qui se retrouve dedans.

Lorsque Judith ressort du chalet, elle est vêtue de ce deux-pièces qui l'affine encore dans sa maigreur, et je ferme les yeux pour ne pas la voir. Pourquoi ne sait-elle jamais trouver les vêtements qui lui conviendraient et pourquoi ne s'habille-t-elle qu'avec ces choses qui tuent sa sensualité? Je reprends les œuvres complètes d'Albert Cohen, essaie de m'y concentrer, mais tout ce que je vois c'est le corps de Samm, si plein et si chaud, avec partout cette faille qui se protège entre les cuisses refermées et dures, comme un refus obstiné, même au cœur de la nuit. Et je me sens par tant de douleur envahi, que je jette le livre devant moi, me redresse, enfile mon maillot de bain et, en courant entre les arbres, vais rejoindre Livia et Plurabelle dont les pieds font taptap dans les vagues mourantes. Le château que nous allons bâtir aujourd'hui, il n'y a rien qui pourra y mettre fin, même pas la colère des eaux. De me voir travailler avec elles avec autant d'énergie, Livia et Plurabelle exultent. Que c'est beau l'enfance, quand ça ne se doute encore de rien!

Puis il faut bien abandonner le château, avec ses tours, ses fanions et son pont-levis fait de bouts de bois et sous lequel l'eau circule. Livia et Plurabelle ont besogné fort, charriant l'eau dans les petits seaux, courant partout sur la plage pour trouver les matériaux de l'émerveillement. Notre château est baroque, et c'est sûr que par tout le reste du monde, on ne peut pas en trouver un autre aussi superbe. Je les embrasse, elles me donnent leurs mains et, comme un équipage joyeux parce que méritant, nous escaladons la petite montagne afin de revenir au chalet. L'amie de Petite-Matane y est déjà, avec tous ces cousins et cousines qui sortent des voitures le vin, la bière, le gros gin et les sandwiches. Parmi tout ce monde, ce vieil ouvrier édenté qui est mineur dans les territoires lointains du Yukon et qui, pour la première fois depuis trente ans, se retrouve dans le Bas du Fleuve. Il a déjà quelques verres dans le nez et jacasse fort. Il veut que je tire au poignet avec lui, moi qui à ce jeu-là ne serais même pas capable de faire mal à une mouche. Je résiste et proteste, mais c'est en pure perte et bientôt, lui et moi sommes allongés dans la pelouse, en train de forcer comme des bons. C'est Judith surtout qui a l'air de beaucoup s'amuser, ses jambes écartées au-dessus de nous, les poils noirs de son pubis apparaissant sous son maillot. Le vieil ouvrier est bon prince et me laisse gagner. Ce n'est pas pour moi qu'il l'a fait, mais pour Judith. Rien qu'à voir toutes les simagrées qu'il lui fait, il faudrait être aveugle pour ne pas s'en rendre compte. Je cache mon ressentiment et accepte ce verre de gin que m'offre l'amie de Petite-Matane. C'est la première fois que je bois depuis que nous sommes à Saint-Octave-sur-Mer, et déjà, dès la première gorgée avalée, je me sens devenir mauvais, comme si l'alcool me rendait à tout ce que je suis, revendicatif et grognard. Judith et le vieil ouvrier édenté se sont assis l'un à côté de l'autre dans un hamac, et jasent sans discontinuer tandis que moi, je suis devenu une manière de garçon de table, allant de l'un à l'autre, versant le vin, la bière et le gros gin dans les verres.

C'est comme ça que le soir finit par arriver, alors que tout le monde, devenu joyeux, veut continuer de s'amuser et que le chalet, apparemment, ne peut pas y suffire. C'est pourquoi, à la queue leu leu, nous descendons par

le petit sentier qui mène à la plage de Saint-Octave-sur-Mer. Il y aura bientôt ce grand feu de grève, et les chars allégoriques, et les chevaux qui piaffent, et la fanfare, et les majorettes qui, cuisses nues, traversent le village, martelant l'asphalte comme si leur dernière heure était arrivée. Et, au beau milieu de tout ça, cette piste de danse aménagée en plein air, avec les haut-parleurs pareils à des maisons. Comment pourrions-nous ne pas nous y retrouver, sautillant sur place comme des codingues, Judith avec le vieil ouvrier édenté qui, quand il croit que je ne les regarde pas, lui met les mains sur les fesses? Heureusement que l'orage éclate presque aussitôt, dans le grand branle-bas de combat du tonnerre qui font se fendre en deux les nuages, faisant venir les éclairs fourchus. Et nous voilà tous en train de courir vers le chalet, heureux de nous y retrouver sans que le mal n'ait eu raison de personne. Un dernier verre, et tout le monde s'en va, sauf le vieil ouvrier édenté qui me laisse border Livia et Plurabelle avant de m'offrir de jouer avec Judith une partie de yum. Je dis: «Je pense que j'aimerais mieux me coucher.» Judith, qui a enlevé son T-Shirt et son short et les a mis près du poêle à bois pour qu'ils sèchent, et qui se promène dans le chalet vêtue que de son soutien-gorge et de son slip, dit: «Une petite partie de yum, pourquoi pas?» Ondulant des hanches, elle se rend au comptoir de la cuisine et ajoute: «Je vais te préparer un verre.» Quand elle revient à la table, le vieil ouvrier édenté ne lui laisse même pas le temps de me remettre mon verre de gros gin, qu'il lui donne une petite tape sur les fesses et dit: «Pour une femme de trente ans, t'as encore un beau cul, tu sais.» Gênée, Judith s'assoit et passe les dés. Une heure s'écoule peut-être ainsi, à la poursuite de la petite et de la grande séries, quand ce n'est pas ce yum qui se refuse, particulièrement pour moi qui joue comme un pied, perdant tout le temps, et par des

scores fabuleux. C'est peut-être le gros gin qui me fait cet effet-là, mais pourquoi Judith n'arrête-t-elle pas de m'en servir, tout comme le vieil ouvrier édenté qui me pousse à boire alors que l'un comme l'autre devraient savoir que ça m'est interdit et que, bientôt, tout ne pourra pas ne pas finir autrement que dans la calamité? Je dis: «Je crois que je vais aller m'étendre un peu.» Judith dit: «Moi, ça ne me tente pas. Moi, j'ai le goût à la fête ce soir.» Je dis: «Je suis fatigué, Judith.» Elle dit: «Il ne pleut plus. On pourrait aller sur la plage et s'amuser.» Je dis: «On ne peut pas laisser les filles toutes seules dans le chalet.» Elle dit: «Ou c'est moi qui reste, ou c'est toi. Choisis.» Je dis: «Il n'y a pas de choix là-dedans parce que tu sais bien que je vais rester.» Elle dit: «C'est comme tu veux.»

Elle va vers le poêle à bois, remet son T-Shirt et son short, prend les clés de la voiture, me fait un salut dérisoire et sort avec le vieil ouvrier édenté. Je reste assis devant la table, mon verre de gros gin devant moi, assommé, incapable même de me lever malgré cette colère qui m'envahit et qui ronge tout. C'est comme si j'avais vraiment tout perdu. Le gros gin m'entre dans la peau, rejoint ma blessure à l'estomac qu'il se met à gruger, et j'en ai tellement peur que je me lève, vais vers le comptoir, apporte avec moi la pinte et m'en verse ce grand verre même si je sais bien qu'il n'y a pas de solution pour moi dedans. Au fond, tout n'est que pourriture et mon corps en est plein, ce que m'a dit ce fou qui est venu me voir à la maison d'édition, désespéré lui aussi mais incapable de comprendre que le désespoir ne se vit pas avec les autres, mais qu'on est pris tout seul avec, et qu'un petit miroir avec un bout de serviette de table mâchouillée en plein milieu ne représente pas grand-chose, sinon le mal qu'on a de vivre quand tout éclate et que, malgré tout, on a besoin des autres, ne serait-ce que pour apporter un peu de qualité à sa folie.

Et c'est pourquoi, au lieu de rire, je suis comme une épaisse et grosse bête souffrante, tous ces livres écrits par moi ne me servant de rien, pas plus d'ailleurs que mes filles sauvages que j'aime et que, dans ce délire qui me couve, je vais voir, si calmes dans la nuit du sommeil, leurs petites têtes reposant sur les oreillers, à mille milles de n'importe quelle souffrance, aussi bien dire à mille milles de n'importe quoi que je suis. Alors je les embrasse tendrement sur le front, et je sors de la chambre, et je suis si bas en moi-même que la colère de tout me rejoint, et c'est à ce point dérisoire que revenu dans la cuisine, je bois à même la pinte de gros gin, espérant que tout meure enfin en moi. Mais cette mort que je veux, mon corps me la refuse parce que le désespoir ne suffit pas, parce que si c'est lui qui se joue tout le temps, c'est bien d'autre chose aussi qu'il s'agit, dans ce chien en soi qui proteste et qui va protester tant et aussi longtemps qu'il y aura de l'énergie. Comment expliquer autrement que mal en point comme je suis, tout ne fait encore que se rebeller en moi, au point que je me mets à fouiller dans la garde-robe, et à fouiller partout dans le chalet, cherchant je ne sais pas quoi, mais qui va finir par se retrouver entre mes mains, cette hache à deux taillants que je prends, que je pèse et soupèse avant de sortir du chalet, courant entre les arbres, certain de retrouver sur la plage de Saint-Octave-sur-Mer tout le mal qui me mange, Judith et ce vieil ouvrier édenté que j'imagine dans mon délire en train de s'aimer follement, quelque part dans le sable, en riant de ce qu'ils croient que je ne sais pas.

Bien sûr, je ne retrouverai rien d'eux, et il me faudra remonter la côte vers le chalet, si menacé dans tout que malgré la pluie qui s'est remise à tomber, je vais me fâcher contre la plus grosse de toutes ces épinettes et me mettre à fesser dessus, non pas pour qu'elle s'abatte mais pour que moi je tombe, et que ce soit définitif. Quand l'épinette

se met à craquer, il y a ces phares qui trouent la nuit et je vois Judith qui descend de la vieille station-wagon, et je vois le vieil ouvrier édenté qui, à deux mains, lui tient les seins alors qu'ils marchent vers le chalet, heureux comme on peut l'être quand il y a eu de la joie et que ça s'est donné pour ce que cela a à donner. Je pousse ce grand cri tandis que l'épinette tombe, et je me mets à courir, la hache brandie au-dessus de moi, et je voudrais tout abolir. Mais arrivé devant le chalet, les jambes me manquent et je tombe sur les genoux, et je les vois disparaître, et tout ce que je retrouve ce n'est que moi, vidé de tout, vidé de Judith, vidé de nos filles sauvages, vidé de Samm qui, peut-être, n'a été qu'un rêve. Agenouillé, pareil à un enfant de chœur, la hache à deux taillants plantée dans la terre devant moi, je me mets à hoqueter, et la pluie tombe sur moi, elle me mouille, mais malgré toute sa froideur elle n'arrivera pas à changer quoi que ce soit: je vais me traîner jusqu'à la vieille station-wagon, oubliant la hache à deux taillants plantée dans la terre, je vais ouvrir la portière et me glisser sur la banquette, je vais tourner la clé pour que la vieille station-wagon fasse crisser ses pneus, moi apportant la vision de Judith sortie du chalet, son soutien-gorge dévasté et l'un de ses seins s'offrant au monde de la nuit.

Et rouler, et rouler sur cette autoroute aussi plate que le pays, dans tout ce qu'il y a de défiguré en lui, et de saignant. Et arriver à Montréal et me retrouver dans la rue Christophe-Colomb et, à peine débarqué de la vieille station-wagon, voir Samm qui, assise dans les marches, ne fait plus que pleurer. Nous montons ensemble l'escalier, et nous n'avons rien à nous dire, sinon que c'en est rendu là, dans ce qui est irrécupérable et, lorsque nous arrivons dans l'appartement, il y a au-dessus du sofa-lit ce corps qui se balance, celui de Leonard qui vient de se pendre avec sa ceinture. Alors c'est la fin et c'est terrible

parce que c'est encore le corps qui a gagné et que ça ne tient pourtant plus à rien, Samm et moi debout l'un à côté de l'autre et secs comme de vieux pommiers, sans larmes, sans cris, sans plus de mal nulle part: il est là, au-dessus du sofa-lit, dans la musique de Gustav Mahler, et se balance tranquillement.

Cette comédie, terminée le dix septembre 1983 aux Trois-Pistoles, met définitivement fin au cycle des Voyageries comprenant *Blanche forcée*, *N'évoque plus que le désenchantement de ta ténèbre, mon si pauvre Abel*, *Sagamo Job J*, *Monsieur Melville* et *Una*.

CET OUVRAGE
COMPOSÉ EN SOUVENIR LÉGER CORPS 12 SUR 14
A ÉTÉ ACHEVÉ D'IMPRIMER
LE VINGT OCTOBRE MIL NEUF CENT QUATRE-VINGT-TROIS
SUR LES PRESSES DES
ATELIERS GRAPHIQUES MARC VEILLEUX INC.
AU CAP-SAINT-IGNACE
POUR LE COMPTE DE
VLB ÉDITEUR.